Le Premier Combat

DU MÊME AUTEUR

La Part animale (roman), Gallimard, 1994 (Folio n° 4643)

Le Rêve de Marie (poèmes), Le Temps qu'il fait, 1995

Clémence (poèmes et proses), Le Temps qu'il fait, 1999

Le Nocher (roman), Fayard, 2000

Les Terres Froides (récit), Fayard, 2000

Peau noire peau blanche (illustrations de Mireille Vautier), Gallimard Jeunesse, 2000

La Femme dieu (roman), Fayard, 2001

Chair (roman), Fayard, 2002

Le Papelet (roman), Fayard, 2004

La Papesse Jeanne (roman ; réédition en un volume de *La Femme dieu, Chair* et *Le Papelet*), Fayard, 2005 (Le Livre de Poche, 2007)

Le Porteur d'ombre (roman), Fayard, 2005 (Le Livre de Poche, 2007)

Resplandy (roman), Seuil, 2010

L'Homme qui marche (roman), Mercure de France, 2014 (Folio n° 6008)

L'Été contraire (roman), Mercure de France, 2015 (Folio, n° 6290)

Indocile (roman), Mercure de France, 2017

Trois Enfants du tumulte, Mercure de France, 2018

La Beauté du geste, Le Pommier, 2023

Yves Bichet

Le Premier Combat

roman

Le Pommier

UN AUTEUR SOUTENU PAR LE CNL

Publié en accord avec l'Agence littéraire Astier-Pécher

ISBN 978-2-7465-2724-9
Dépôt légal : 2023, août

170 *bis*, boulevard du Montparnasse – 75014 Paris
www.editions-lepommier.fr

« Qui serait assez insensé pour mourir sans avoir fait au moins le tour de sa prison ? »

Marguerite YOURCENAR

« Les libellules, plus anciennes que les oiseaux, ont vu passer les dinosaures. »

Pascal QUIGNARD

J'ai oublié notre premier combat en regardant couler l'Ennuye.

Cette rivière porte mal son nom, elle ne s'ennuie jamais, elle descend directement des montagnes, dévale quelques ressauts de marnes grises puis, parvenue dans la plaine, devenue véritable cours d'eau, s'emploie à combler de limon ses propres méandres, ne laissant que des poches d'eau çà et là pour accueillir les truitelles et les sandres. La rivière Ennuye est capricieuse. Elle renverse les digues qu'elle a elle-même édifiées. Elle zigzague jusqu'au verrou de Dibona puis récupère ce qui traîne sur ses berges et le rejette nonchalamment dans les bras morts à la façon de ces humains que nous ne voulons pas devenir, déversant partout leurs aigreurs et leurs angoisses. Inutile de laisser filer notre amertume au fil de l'eau pour la régurgiter piteusement un peu plus loin... Ici, dans la vallée de l'Ennuye, cette tendance au désenchantement est mal vécue. On ne croit guère au progrès en ces lieux géologiques. On a remisé les dogmes et les bannières, regrettant seulement d'avoir proféré tant de mots inutiles jadis avant de commencer à ouvrir les yeux, à regarder autour de nous.

Les enfants nous montrent la voie. L'instituteur Corentin a beau tenter de leur inculquer un peu de savoir jour après jour, ils refusent de guetter fébrilement cette nourriture, préfèrent s'en amuser, l'absorber d'un coup puis retourner jouer et batailler avec cette nature qui nous subjugue mais ne nous console pas, ne nous épaule plus, nous interdit seulement d'être apathiques ou tout simplement découragés. Poreux de cœur, oui... Loyal envers l'environnement aussi, à l'exact opposé des politiciens alentour qui font miroiter la perspective de gagner mieux notre vie, de toujours consommer davantage. Leurs déclarations obscurcissent le ciel comme de petits nuages qui, mine de rien, à la queue leu leu, se font de plus en plus discrets au fur et à mesure de leur progression, essayant de ne pas encombrer nos mémoires. Leurs promesses s'y impriment malgré tout, y macèrent, accolées aux utopies d'autrefois et probablement à une certaine nostalgie des illusions perdues, de la déconfiture. Au fond, les humains que nous sommes aiment peut-être souffrir, brandir leurs peines comme des étendards, se fier aux annonces des politiques et imaginer sans fin leurs déclinaisons. Tôt ou tard on déchante. Un dépit chasse l'autre. On se détourne, on ouvre grand les yeux et, stupéfié par la beauté du monde, la clarté vagabonde des lumières qui le traversent, ses subtiles variations d'une colline à l'autre, il arrive qu'on oublie nos déconvenues. C'est ce temps réduit à l'essentiel qui fascine. Il n'y a rien d'autre à glaner en ces lieux, très peu d'acquis, seulement des gestes et leur répétition tranquille, des lumières reconduites, des enfants qui refusent d'ânonner et la surprise de savoir qu'une forme de joie s'immisce par moments dans nos vies - par moments seulement - aussi fugace que providentielle.

La joie, mais aussi la rage. Et immédiatement après, le combat.

Plus loin, très loin, il y a aussi les cheminées de la centrale nucléaire de La Baume qui crachent leurs panaches lactescents, mais ces fumées industrielles ne font plus vraiment peur. L'Ennuye poursuit son chemin comme si de rien n'était. La nature donne l'exemple en se fichant de ces nuées de vapeurs bouillonnantes, en continuant de nous étonner, de nous façonner, de resplendir insolemment sans attendre la moindre compensation. Les hommes d'ici aiment regarder autour d'eux. Ils ne sont ni naïfs ni passéistes, simplement attentifs, des laborieux ordinaires qui, le soir venu, à l'heure de l'apéritif, surveillent les eaux claires et tumultueuses qui ruissellent des montagnes, les petits torrents qui dévalent les ravines et se rejoignent tout en bas, sur les berges de notre rivière au nom étrange. L'Ennuye est là, qui les attend, qui nous attend. Elle serpente au fond de la vallée depuis la nuit des temps.

Première partie

LA JOIE

1

Ce matin, la classe primaire est rassemblée comme d'habitude sous le grand tableau mural. Les élèves commencent par lire le programme du jour puis font leur quart d'heure de culture physique. Corentin aimerait ajouter des mouvements de yoga à cette séance de gymnastique quotidienne, mais les gamins ont la tête ailleurs aujourd'hui. La petite Oriane ne quitte pas la fenêtre des yeux. Elle scrute le cerisier qui s'est mis à défleurir au fond de la cour. De minuscules feuilles apparaissent le long des branchages. Oriane claironne que lorsque les fruitiers perdent ainsi leurs fleurs, c'est le moment de manger des asperges. Les autres gloussent de rire. On cultive rarement ce genre de griffes légumineuses dans nos contrées, bien que les berges immédiates de l'Ennuye soient assez favorables à leur exploitation, principalement dans les bras morts. L'instituteur Corentin rappelle ce qu'est le bras mort d'une rivière en prenant exemple de la boucle de Dibona que tout le monde connaît ici, filtrante et limoneuse, où effectivement, à temps perdu, le père d'Oriane s'amuse à planter quelques rangées d'asperges. Cette boucle est surtout connue pour les poissons-chats qui s'y font piéger chaque été et que les gosses assomment à coups de galets. Poissons-chats ou pas, Oriane claironne qu'elle a mangé des asperges hier soir à la maison et que son pipi puait la trompette de la mort. Le maître évite de réagir. Inutile de contredire une jeune élève du cours préparatoire qui, juste avant la récréation, se met à commenter la vie. Le petit Pilou de la ferme Champier fronce les narines et rétorque que ça puerait plutôt le têtard. Rigolade de nouveau. Comme il s'exprime rarement, Corentin lui redonne la parole et il raconte que, l'année précédente, il a bâfré comme un verrat une pleine gamatte de ces légumes au goût de chiotte et il a pris la branlée, une sacrée rouste. Corentin hésite à le corriger. L'oncle de Pilou étant maçon, on ne peut critiquer ouvertement l'utilisation inappropriée du terme « gamatte », ou même « verrat », mais il met les choses au point côté « rouste », « branlée » et « goût de chiotte ». Oriane reprend la parole pour certifier que son pipi empestait la trompette de la mort à cause du fumier du père Champier. Les gamins de CM2 applaudissent bruyamment. Pilou Champier proteste que son père n'épand jamais rien dans les boucles de l'Ennuye, il a déjà assez de boulot ailleurs. Et puis, chez eux, on aime mieux la mayonnaise que les asperges. On mange de la mayonnaise toute la semaine pour écouler les œufs qui sortent en quantité du croupion des poulets, deux fois par jour, tout ovales et tout mous. Protestation indignée du reste de la classe. Là, l'instituteur met les choses au point, explique la différence entre poules et poulets et ajoute que, effectivement, il peut arriver de recueillir deux œufs le même jour sous une même poule pondeuse. Tout dépend de l'heure de la collecte précédente. Pilou a raison également sur le dernier point, les œufs sortent mous du croupion des volailles, leur coquille sèche au contact de l'air et durcit en quelques secondes. Bravo Champier !

Pilou, de sa voix perchée dans les aigus, revient au sujet initial. Il regarde Sido qui se ronge les ongles à côté de lui et affirme que les asperges vertes sentent le fourrage mais que les blanches, par contre, puent la ficelle de lieuse, surtout les précoces qui poussent à toute vitesse... La jeune Sido Rousson - CM2, très bonne élève - a grandi de dix centimètres l'hiver dernier et dépasse d'une demi-tête la plupart des garçons de la classe. Elle hausse les épaules avec une moue dédaigneuse. C'est une belle plante assurément, la plus jolie asperge du pays. Pilou, grisé par sa récente prise de parole, susurre que la sienne (d'asperge) est toujours violette et bien droite, tendue au plus haut des cieux et prête à l'emploi. De plus, elle sent la rose.

Là, bien sûr, ça dégénère. Vaste tintamarre à coloration sexuelle, le genre de cacophonie qu'un instituteur doit immédiatement maîtriser. Corentin se lève, renvoie chacun à sa place, menace Pilou de rapporter à qui de droit sa misérable vantardise puis essaie de rebondir en improvisant un cours de botanique. Il lui est arrivé de cultiver des griffes d'asperges au fond de son jardin, sans grand succès d'ailleurs, mais il sait à quoi s'en tenir.

Mercredi, 11 h 30. Fin de la classe.

L'instituteur libère ses élèves et envoie un texto à Zuita qui l'attend au centre équestre pour déjeuner. Il fait un temps splendide. Corentin monte récupérer le sac du pique-nique et rejoint à pied sa belle cavalière qu'il va trouver comme d'habitude derrière la palissade du manège, les cheveux en pétard, les ongles en deuil, boueuse de la tête aux pieds. Le paddock trempé par l'averse de la nuit dernière ne l'aura pas dissuadée de s'occuper des poneys et de son étalon, un jeune mâle très prometteur nommé Spoutnik. Sangles abdominales, tapis sur le dos, longe, chambrière, Zuita ne manquerait pour rien au monde sa séance de dressage quotidienne. Elle y met à l'épreuve sa propre patience et son sens de l'humour. Le poulain est très futé. Il apprend vite mais, comme tous les chevaux, absorbe les événements à la façon d'une éponge, sans retenue ni discernement. Il garde tout à l'intérieur, un vrai buvard. Zuita ne lui propose que des événements positifs. Elle ne le menace jamais, répète des gestes simples, laisse traîner sa baguette au sol et ne la relève que si Spoutnik se rebiffe. Elle lui parle doucement et il finit toujours par obéir. Corentin adore scruter ses yeux de poulain amoureux commençant à piger les nouvelles directives. Un regard craintif, avide et reconnaissant, vaguement inquiet pour la suite, un peu comme lui-même avant l'amour ou comme Liseron, la fille de Zuita, quand lui vient la lubie d'aller galoper seule dans la garrigue.

Ce midi en tout cas, aucune balade en perspective. Liseron va bientôt revenir du lycée et Zuita est soucieuse. Elle oublie d'embrasser Corentin, attrape le sac du pique-nique sans mot dire et balaie l'horizon des yeux en fronçant les sourcils et en se triturant les doigts. Corentin regarde les phalanges boudinées de sa compagne, ses paumes crevassées, de vraies mains de laborieuse. On ne fréquente pas les manucures dans la famille, si bien qu'avec les années il a appris à aimer ces mains rouges et rugueuses, trouvant même un certain plaisir à leur contact quand elles le caressent, le guident entre ses cuisses musclées. Il a le sentiment d'avoir le sexe avalé par une Amazone et, en parallèle, le visage palpé par un menuisier ou une ouvrière agricole... Pardon, Zuita. Ce genre d'images s'impose quand quelque chose cloche et, là, Corentin ne comprend pas ce qui arrive. Il tente de faire diversion en évoquant la controverse du matin autour des asperges, mais Zuita ne l'écoute que d'une oreille. Il tire la table de camping sous le figuier, ramène le panier du pique-nique, déplie les affaires puis, miche de pain sous le bras, carafe à la main, se laisse tomber sur un siège en plastique... Zuita est ailleurs, perdue dans ses pensées. Elle étouffe une petite plainte, comme un hoquet de chaton pris au piège, puis se lève soudain, s'approche, s'assied sur ses genoux, lui caresse le front et, sans explications, enlève ses bottes. Voilà, elle descend le zip de sa combinaison de travail, lui prend la main et l'emmène jusqu'au hangar. Le pique-nique attendra.

Elle a entendu une explosion du côté de La Baume, mais cela n'a pas d'importance. Elle le signale de façon si légère, si insouciante qu'il ne relève pas.

Il se contente de la suivre. Arrivée devant la porte de l'écurie, elle se retourne, pose un doigt sur ses lèvres comme s'ils allaient contrarier les chevaux et, d'une toute petite voix, demande s'il n'en a pas marre de faire l'amour, s'il ne la trouve pas un peu contrefaite, caractérielle aussi, un peu vieille pour tout dire, avec ses ridules autour du visage, ses plis et ses bourrelets. Il répond qu'on ne voit ses rides d'expression que quand elle sourit, et il adore quand elle sourit. Sinon, elle est joliment ridée là où c'est nécessaire. Elle pouffe de rire. Ils oublient leur déjeuner et font l'amour dans la fenière. Les poneys s'ébrouent en dessous d'eux. Spoutnik se met à taper du pied, jaloux sans doute de l'épaisseur de paille fraîche dans laquelle ils viennent de s'allonger. Il ne sait rien de l'amour, ce puceau renifleur, il ne connaît que le pompon accroché à la trique de la patronne et les quartiers de pomme planqués au fond de sa poche. Il ignore le remous qui les gagne, le vieux battement, les ondulations d'arrière-monde, les bourrasques sonores auxquelles on ne comprend rien. Elles se bousculent. Elles se confondent. Retiens ton souffle et prends de la graine, pauvret, ton tour viendra bientôt. On te présentera aux juments et, bien sûr, tu boucleras ta petite commission d'étalon survitaminé en vingt-sept secondes chrono.

Zuita fait tout pour retarder le plaisir. Spoutnik frotte son museau contre la cloison. Corentin caresse les joues de son amante, ses paupières, son front constellé de minuscules rides, en effet, ce visage qui le bouleverse tant, si sérieux et concentré sur lui-même. Au bout d'un temps, elle lui demande de pivoter sous elle. Il s'enfonce entre les ballots, tâche de l'accueillir du mieux possible, mais la paille est bourrée de chardons et son dos lui pique. Il a très envie de se gratter les omoplates. Il ondule entre les piquants et, chevauché par cette saltimbanque qui l'absorbe sans relâche, retient son plaisir lui aussi. Il oublie les chaumes et les chardons et, à l'instant où cesse la démangeaison, Zuita se penche et souffle à son oreille qu'elle va jouir.

Orgasme agricole, donc, tardif et plutôt désopilant.

Ils se rhabillent, ôtent les brins de paille accrochés à leurs cheveux et leurs habits au moment où Liseron se pointe dans la cour et les appelle de sa voix ensoleillée, claironnant qu'elle meurt de faim. Elle les cherche de droite à gauche, finit par pousser la porte de l'écurie, passe la tête au-dessus du box vide et éclate de rire en voyant sa mère se rhabiller en vitesse sous le râtelier à foin. Un jeune Noir arrive dans son dos, parfait inconnu, très timide, très beau, qui bondit en arrière et renverse deux seaux d'avoine. Liseron a les yeux qui brillent en désignant son nouveau copain. Quelque chose a changé dans son visage, quelque chose change aussi sur la ligne d'horizon. Elle hoche la tête, suit le regard de sa mère et marmonne qu'une cheminée de la centrale nucléaire de La Baume est à l'arrêt depuis le début d'après-midi. Deux panaches de fumée seulement, et non trois, se mélangent au loin dans le ciel ardéchois.

2

La jeune lycéenne sourit et file bosser sans du tout cacher son problème de jambe. Elle crochète un ballot de fourrage et commence à le tirer le long du chemin en claudiquant. Une grimace traverse le visage de Zuita qui remonte le zip de sa combinaison de travail. C'est bon, elle a déjà nourri les poneys. Liseron hausse les épaules, continue de traîner son ballot en direction du paddock. Plus trace du jeune Noir. Zuita revient vers Corentin et lui murmure qu'elle a déjà aperçu ce garçon. Il a dormi dans la grange la nuit dernière, il est peut-être en pension ici depuis plusieurs jours... Spoutnik reniflait bizarrement, ce matin. Elle l'a conduit à son box, est revenue côté fenière, est entrée par la petite porte latérale, celle qu'on n'utilise jamais, et a aussitôt buté contre un sac-poubelle. Sous le sac, replié en chien de fusil, il y avait ce type endormi, un bonnet sur le crâne, pieds nus, un vieil anorak autour du cou et un téléphone portable sur la poitrine, accroché à une ficelle.

Liseron s'arrête à mi-parcours. Elle frotte sa hanche malade, regarde fixement vers l'ouest, côté Ardèche. Le portail de la grange se met à grincer. Le battant coulisse sur sa glissière et le jeune Noir réapparaît avec son bonnet de guingois sur la tête, clignant les yeux. Il rejoint Liseron au milieu de la cour, s'assied sur le ballot de fourrage et, d'une voix très douce, avec l'accent roulé des Africains, lui demande pourquoi elle boite. Liseron ne répond pas. L'autre hausse les épaules et marmonne que sa petite sœur Alya connaît le même genre de problème à cause d'une angine mal soignée, une saleté d'angine blanche chopée juste avant l'adolescence. Personne n'y a prêté attention sur le coup. Les antibiotiques manquaient cruellement dans son pays et la bactérie a migré à l'intérieur du genou. Alya a failli perdre sa jambe. Liseron hoche la tête, examine le jeune Noir et, après une hésitation, déclare qu'il n'est pas très élancé pour un Africain, assez massif même, avec un beau sourire lumineux. Elle pivote, plaque son dos contre le sien, compare leurs tailles, se rend compte qu'elle est quand même un peu plus petite. Il lui fait penser à son père gendarme, même carrure, même gentillesse, très attentionné lui aussi. Au mot « gendarme », le jeune Noir bondit en arrière. Liseron le retient par le bras. Elle n'a pas revu son père depuis des mois, mais c'est à cause de lui qu'elle boite. Il ne vient jamais par ici, il est brouillé avec Zuita. Elle se lève, fait le tour du ballot en claudiquant.

Deuxième semaine d'octobre. Elle vient d'avoir huit ans. Les gendarmes rentrent toujours tard du boulot à cette période et son père a l'habitude de la rejoindre à la tombée du jour. Elle l'attend sous le grand portique. La voiture se gare dans la cour. Il arrive, prend place sur la balançoire à côté d'elle et lui raconte sa journée de travail. Ces moments de détente ont le don d'agacer Zuita, car ils en profitent pour se balancer comme des fous et, une fois sur deux, oublient d'aller dîner. La fillette met tant d'ardeur dans la compétition qu'elle dépasse facilement son père. Ce soir, on peut même dire qu'elle le ridiculise. Fin du concours. Elle saute de sa balançoire, le rejoint, s'installe sur ses genoux et ils s'élancent tous les deux en rejetant leur corps en arrière. Ils dépassent bientôt la fourche du platane, parviennent à l'horizontale et là, dans la semi-obscurité, alors que rien ne semble devoir arrêter leur ascension vers le ciel, la balançoire décroche. Liseron ne se souvient pas des circonstances précises de l'accident. Zuita prétend que l'une des cordes a cédé mais, à l'évidence, c'est pour soulager la conscience de son mari. La gamine dévisse, est éjectée du siège en bois. Le père chute à sa suite et lui tombe dessus. Quatre-vingts kilos sur le bas du corps. Fémur cassé, rupture de la rate, traumatisme abdominal.

« On a dû m'ouvrir le ventre avant de pouvoir s'occuper de mon fémur. J'ai la hanche abîmée, une jambe plus courte que l'autre. Je crois que je ne pourrai jamais avoir d'enfant. »

Le jeune Noir lui caresse la joue, récupère le ballot de fourrage et le balance sur son épaule. Il est robuste, très sombre de peau. La sonnerie du téléphone retentit dans le cabanon qui sert de bureau à Zuita. Le jeune Noir bat prudemment en retraite. Liseron le suit. Le combiné grésille, sonne occupé puis, après deux hoquets caverneux, se tait complètement. Plus la moindre tonalité. Zuita raccroche en pestant contre le réseau si chaotique dans ce pays. Les ondes immatérielles n'ont pas l'air d'apprécier les montagnes. Peut-être que nos cimes pelées et nos collines se poursuivant à l'infini désorganisent ces fréquences censées nous combler et nous assagir. En tout cas la qualité du réseau est très médiocre malgré les promesses des trois opérateurs qui officient dans le sud du département. En vérité ils ne font rien pour améliorer la situation. Nous ne sommes ni assez nombreux ni assez riches. Le village et les communes avoisinantes sont en zone grise, une exception selon les autorités, mais qui décrit assez bien l'idéologie ambiante : surabondance de réseau là où les humains s'entassent, déficit criant là où ils s'isolent.

Zuita raccroche son portable en fulminant. Elle récupère le téléphone fixe et compose à nouveau le numéro. Occupé... Elle continue en utilisant simultanément les deux appareils. Pas de tonalité d'un côté et, de l'autre, une friture inimaginable. La ligne finira par être rétablie mais, pour l'heure, impossible de joindre la mairie, les services sanitaires, impossible d'appeler un ami ou même d'interroger la Criirad, la Commission indépendante de recherche sur la radioactivité qui, à coup sûr, nous renseignerait sur cette soudaine mise à l'arrêt de la deuxième tranche de la centrale de La Baume. Zuita est d'un naturel anxieux. Chaque fois qu'une cheminée cesse de cracher sa fumée dans le lointain, elle vérifie qu'il ne s'agit pas d'un accident. Corentin le lui reproche, mais il exagère. Inutile d'en faire un fromage. On reproche déjà beaucoup à l'équipe municipale, dont elle fait partie : cette défiance à l'égard du nucléaire, bien sûr, mais aussi des hypermarchés, du tourisme de masse, des pesticides, de l'intelligence artificielle, des emballages plastiques, etc. Sans compter un certain nombre d'initiatives polémiques, comme la récupération de la compétence en matière de gestion de l'eau, la réquisition des forages des maisons secondaires inoccupées, le captage des anciennes sources, l'interdiction d'arroser les pelouses, l'obligation d'hiverner les piscines, l'arrêt de l'éclairage nocturne et *tutti quanti*.

Résultat, en ce qui concerne l'eau, personne n'a vraiment tiré la langue l'année dernière alors que la France entière souffrait de sécheresse. Les toits de la maison de retraite ont pu être aspergés, la piscine communale remplie, le potager collectif arrosé et, au prix de quelques interdictions ponctuelles, le village s'est plutôt bien sorti de la période caniculaire. On nous le reproche. On nous reproche aussi cette sorte d'indépendance énergétique à bas bruit à laquelle nous sommes parvenus dans la vallée. Nous consommons local et n'en tirons aucune gloire. Nous avons banni les pesticides et les engrais de synthèse, vivons une sorte d'autonomie alimentaire assez bien tolérée, globalement acceptable, bien que certains commerçants continuent d'en souffrir. On nous le reproche.

Au moindre conflit, au premier désaccord, on nous reproche notre manque de compassion et d'esprit démocratique. L'administration n'en finit pas de nous mettre des bâtons dans les roues. Les services de la préfecture trouvent sans arrêt de nouveaux prétextes pour vérifier la régularité de nos installations, les normes sanitaires de l'école, de la cantine, la conformité du groupe médical, etc. Écologistes oui, mais aussi agriculteurs, artisans, commerçants et chasseurs comme autrefois. C'est précisément cette connivence insolite qui agace. Et puis, globalement, nous tirons notre épingle du jeu. Pour preuve, la dernière pandémie nous a seulement frôlés, une vingtaine de malades en tout et pour tout, dont deux graves, l'un vraiment au bout du rouleau et soulagé d'en finir, l'autre tellement mécontent d'avoir chopé le virus qu'à peine guéri il a fui l'hôpital en maudissant le personnel soignant. Aucun de nous ne s'est rendu à l'enterrement du premier - c'était interdit - et personne n'a soutenu les fanfaronnades du second. Plus surprenant: aucun de nous, excepté Champier, n'a accepté d'évoquer la façon dont il avait vécu cette période. Nous en avions soupé, des témoignages, des logorrhées autosatisfaites saturant les médias et les réseaux sociaux. Aucun message à transmettre. Les petits héros du quotidien n'ont rien à dire, ils ne se vantent pas, ils bourrent leur vie comme un sac.

Alors jouez votre partie et laissez-nous mener la nôtre. Passez votre chemin, on verra bien comment tout cela finira. Notre liste municipale sans véritable opposition, nos battues au sanglier sans accident, nos petits vieux qui parlent pluie et beau temps devant l'ancien lavoir, notre curé Hugolin et son amante Ambre Ginoux, une grenouille de bénitier reconvertie en militante du planning familial, tout cela est aussi remarquable qu'insignifiant, comme la sauvagerie du pays, le climat qui se dégrade, les convictions écologiques de nos concitoyens. Et, bien entendu, comme la petite classe de Corentin qui, à compter du cours préparatoire, réunit tous les niveaux du primaire dans une seule et même pièce avec poêle à granulés en hiver, semis de jardin devant les fenêtres, poulailler et toilettes sèches sous le préau, et un seul instituteur toute l'année.

Zuita se remet à pianoter sur ses téléphones tout en sachant qu'elle ferait mieux de prendre son mal en patience. On nous fait miroiter l'installation du câble depuis tant d'années. Elle peste, soupire, raccroche, décroche aussitôt, branche le haut-parleur. Ça sonne dans le vide. Horripilant... En période de vacances, quand le centre équestre tourne à plein, elle n'est jamais certaine de pouvoir joindre les secours en cas d'urgence. Elle tente à nouveau d'appeler la Criirad. Pas de tonalité. Elle recommence. Ça grésille, il y a de la friture partout. Elle regarde par la fenêtre et aperçoit le jeune Noir, toujours aussi timide, qui s'approche du local en se triturant les doigts, couvé des yeux par Liseron. Il demande s'il peut récupérer l'écouteur. Zuita met un certain temps avant de comprendre qu'il parle du téléphone, qu'il voudrait entendre le grésillement, ausculter l'appareil. Elle hausse les épaules et lui refile le combiné. Il prête l'oreille deux ou trois secondes avant de le reposer sur son socle et marmonne que c'est à cause des fourmis. Il en a repéré une colonie autour de la fontaine, une autre devant les fondations du hangar. C'est le printemps, les fourmis ressortent en effet, mais Zuita ne voit pas le rapport avec cette téléphonie calamiteuse. Liseron sourit à son copain. Ils retournent côté fenière. Elle boitille tranquillement à ses côtés, avec une sorte d'insouciance qui fait chaud au cœur. Le jeune Noir réapparaît avec un chèche autour du cou, un magnifique tissu indigo et, toujours accompagné de Liseron, traverse la cour à grands pas.

Il s'arrête devant le poteau téléphonique marquant la limite du centre équestre, noue ses reins dans le turban, tourne deux fois autour du poteau et, les hanches ceintes, commence à grimper. Il atteint en trois secondes un petit contacteur fixé au sommet du pylône, à l'intersection des câbles. Il triture un instant le boîtier puis, toujours retenu par le chèche, se met à pousser une série de gémissements assez comiques. Les fourmis sont bien au rendez-vous. Elles l'attaquent de partout. Il lui faudrait une bombe insecticide, une balayette et un tournevis cruciforme. Corentin file au garage, récupère le tournevis, une brosse, un vieil enfumoir et un petit chalumeau à gaz. Il revient sous le poteau. Deux colonnes de fourmis s'y croisent en effet, impressionnantes, besogneuses et disciplinées, qu'il n'avait pas remarquées jusqu'alors. Il balance les outils au jeune Noir toujours perché sur son pylône, qui dévisse aussitôt la boîte de dérivation tout en continuant à secouer bras et jambes. Il jette derrière lui le couvercle de la boîte, allume le chalumeau. Une odeur de viande grillée assez désagréable commence à chatouiller leurs narines. Le Noir renvoie les outils sans même fermer le boîtier, descend à toute vitesse, trébuche au moment de toucher le sol, dénoue son chèche, s'accroche à Liseron qui le fixe une seconde droit dans les yeux avant de détourner la tête et de fondre en larmes. Le jeune Noir ôte sa chemise et court à demi nu autour du mât qu'il vient d'escalader. Son visage est écarlate, ses poignets gonflés, ses lèvres toutes bouffies. Il fait trois fois le tour du poteau et finit par tomber à genoux en éclatant d'un rire nerveux. Zuita fronce les sourcils, le relève, l'emmène au cabanon, l'allonge sur le canapé du bureau et commence à lui badigeonner le visage d'une crème à la cortisone, puis le cou et les épaules, les bras, les mains. Sa peau est criblée de minuscules piqûres. Il la regarde s'activer avec des yeux reconnaissants, murmure qu'il s'appelle Émir, Émir Germain. Il précise qu'elle ne doit pas s'occuper du reste de son corps, surtout les cuisses et le bas du dos. Corentin peut-être. Ou alors la petite boiteuse au sourire de princesse. Liseron s'approche, mais c'est l'instituteur qui prend le relais. Une demi-heure plus tard, une fois Émir enduit de cortisone, Zuita pense enfin à téléphoner de nouveau. La ligne fonctionne. La friture a complètement disparu.

3

Émir Germain a vingt-deux ans. Il arrive de Conakry et, à l'exception de sa sœur Alya, a perdu quasiment toute sa famille en Guinée, décimée des suites d'une affection parasitaire particulièrement létale, la maladie du ver. Son histoire est une longue liste de deuils plus ou moins prématurés et il n'y a pas grand-chose à en retenir sinon ce patronyme à consonance bien française, cette jeune sœur qu'il adore, et un oncle dans le nord du pays, à Banoro, un wahhabite virulent qui l'a incité à migrer vers l'Europe en lui faisant promettre en retour une bonne rétribution. Après avoir traversé la Guinée à pied, puis le Mali et le nord du Niger, abandonné son argent entre les mains de passeurs libyens, il a débarqué en Italie, s'est échappé du camp de rétention où on l'avait parqué avec les Maliens, a remonté la botte, franchi la frontière française au col du Montgenèvre et rejoint la Drôme par les petites routes des Hautes-Alpes, en se cachant. Il est en possession d'un document justifiant de son identité – un vague certificat de naissance tamponné à l'hôpital de Conakry –, mais n'a plus un sou en poche. Il erre d'un pays à l'autre depuis plus de quatorze mois.

Là, ça va mieux, il a repris du poil de la bête. Son visage a retrouvé son aspect habituel, ses yeux sont de nouveau assurés et confiants. La cortisone a été efficace, ses lèvres et ses paupières ont complètement dégonflé. Liseron proclame qu'il a bien fait de s'installer dans la fenière et qu'il peut rester au centre équestre tant qu'il veut. Le jeune Noir jette un regard interrogatif sur Zuita qui lève les yeux au ciel mais, après une hésitation, lui propose de partager leur déjeuner. Le pique-nique est prêt. Corentin désigne la table et les sièges sous le bosquet d'arbres. Liseron s'assied en pouffant de rire. Ce n'est pas très africain, comme nom, Émir Germain... Émir explique que son patronyme remonte au dix-neuvième siècle, et qu'il le tient d'un matelot décédé dans une goélette en partance pour les Amériques. Ce lointain aïeul était un excellent marin qui avait traversé deux fois l'Atlantique et qui, comme beaucoup, souffrait du scorbut. On avait perdu sa trace pendant une escale dans le port de Boffa. En réalité, on le retrouva mort dans le bateau lui-même, en fond de cale, terrassé par la fièvre et la malnutrition alors que son épouse, enceinte de huit mois, était occupée à laver l'entrepont. Le négrier, ainsi que l'exigeait la loi, dut choisir un homme chargé des intérêts de l'enfant à naître – un curateur au ventre –, et désigna un vague cousin de la famille qui traînait sur les quais, édenté et sans boulot. La mère fut débarquée à Boffa pour l'accouchement mais ne survit pas à la délivrance du bébé. Le cousin ne tarda pas à disparaître lui aussi, quelques jours avant le départ du navire. C'est navrant, mais pas vraiment inhabituel... Il fallut donc baptiser ce nouveau-né et le commandant de la goélette l'appela Maurice Germain en hommage au vieux cousin édenté. Le bébé débarqua aux Amériques, fut recueilli dans une plantation de Virginie, y grandit, s'y maria et donna naissance à une vaste parentèle dont l'un des descendants, Mounir Germain, finit par retourner sur le continent africain au moment de la décolonisation. Là-bas, à Conakry, naquirent Toufik et ses quatre sœurs, puis Mohamed et bientôt, lui-même, Émir...

Le jeune Noir les regarde comme s'il leur avait fait une bonne blague. Il précise qu'il est en possession de documents justifiant de son état civil. Liseron hoche la tête, tire un siège et lui présente le plat d'asperges. Émir contemple ces tiges alignées côte à côte devant lui, en saisit une du bout des doigts, hésite à la tremper dans la mayonnaise, la mâchonne prudemment, retire quelques fils de sa bouche et grimace derrière sa manche. La lycéenne, déçue, marmonne que les asperges du père Champier sont toujours amères et fibreuses, même ramassées dans les bras morts de l'Ennuye. On aurait mieux fait de descendre en ville et d'en acheter à l'hypermarché.

Surtout pas, Liseron. Oublie. Émir est là, parmi nous, qui se fiche des grandes surfaces et dévore la suite du repas en parlant de son ancien boulot. Il était technicien informatique à Conakry, chargé de l'entretien du réseau téléphonique de la presqu'île de

Kaloum, le plus vieux quartier de la capitale. Au bout de trois ans dans l'entreprise, il a été licencié après une obscure affaire de pots-de-vin et, du même coup, on comprend mieux l'histoire de la boîte de jonction. Les borniers suspendus au sommet des pylônes sont des lieux de nidation idéale pour les insectes. L'acide formique, déposé en quantité sur les contacteurs, finit par rendre toute connexion hasardeuse. Émir explique cela en souriant, avant de préciser qu'il y a sûrement d'autres nids du même genre sur les autres poteaux. Il avale un café, emprunte une échelle à Zuita, un bleu de travail, un tournevis, quelques recharges de gaz pour le chalumeau et, secondé par sa jeune acolyte, décide d'inspecter de bout en bout la ligne qui alimente le centre équestre. Vingt-quatre pylônes, un collecteur en béton partagé avec EDF, cinq jonctions filières, douze nids de fourmis impressionnants, deux de mésanges, une portée de loirs coincée entre les griffes d'un collecteur, une centaine de cosses à nettoyer et à resserrer et, finalement, plus la moindre friture. Plus rien. Le son est limpide, on a le sentiment de parler à quelqu'un dans la pièce d'à-côté. Zuita songe aux innombrables fois où les agents d'Orange, appelés d'urgence, ont prétendu que la ligne était opérationnelle, peut-être un peu perturbée les jours de neige ou de grand vent. Jamais personne n'avait eu l'idée de grimper sur les poteaux. Pas assez de garanties, de protocoles d'intervention, d'instructeurs et de nacelles. Les échelles sont bannies à Orange. On se préoccupe d'échelons mais surtout pas du reste. On a peur des fourmis, des loirs, des guêpes, des frelons et des passereaux. La nature n'est pas intéressante.

Émir n'a pas besoin d'échelle, il monte avec son chèche et continue sur sa lancée. Il est ravi de se rendre utile. Cela se voit et cela fait chaud au cœur. Corentin parle de le loger dans l'appartement de fonction au-dessus de l'école, mais il appréhende la réaction de certains parents d'élèves. Finalement c'est notre infirmière Myriam, que tout le monde - Dieu sait pourquoi - appelle Canine, qui lui propose d'occuper sa chambre d'hôte, une pièce de vingt mètres carrés au fond du jardin avec mezzanine, cuisinette et salle de bains minuscule. Du grand luxe pour Émir qui déménage le soir même en emportant son sac-poubelle, son anorak et son chèche. À peine arrivé chez Myriam, il grimpe au poteau téléphonique et vérifie la ligne. Pas de nid de fourmis cette fois. Le lendemain matin, oubliant de déjeuner, il inspecte le reste du réseau, utilise son chalumeau une dizaine de fois et, au bout du compte, l'infirmière récupère à son tour une connexion parfaite, sans interruption ni grésillement. Plus la moindre panne. Émir peut se targuer d'être rapide et efficace. Il propose de contrôler les circuits téléphoniques de toute la commune de Foncouverte.

Une semaine plus tard, le résultat est là. Les alimentations filières de la mairie, de la perception et des services intercommunaux ont été décrassées en priorité. Puis, toujours aidé par Liseron et quelques élèves du collège, Émir a désenclavé les fermes

Champier et Chapouton, le hameau de Pierrefeu, les lignes conjointes avec EDF dans la traversée de Cluze, les cartonnages Mandrin, l'Intermarché sur la rive gauche de l'Ennuye et, dans la foulée, le dépôt de la direction départementale de l'Équipement. Même le commandant Thomas, qui a eu vent de l'affaire, finit par appeler l'hôtel de ville pour savoir si les pylônes desservant le nid d'aigle dans lequel il s'est replié il y a plus de onze ans - trois kilomètres de chemins creux praticables uniquement en 4 × 4 - pourraient être nettoyés à leur tour. Émir s'y colle. Il bosse comme un fou, se dépense sans compter. Il inspecte les lignes de bout en bout, se fait inviter dans les fermes avoisinantes, ne déjeune jamais au même endroit et, en moins d'un mois, nettoie tout le réseau et fait la connaissance de la plupart des habitants de la commune. Il essuie quelques échecs, mais cela n'entame en rien sa bonne humeur et sa détermination. C'est un bosseur, un nettoyeur, un effaceur né. Il se plaît dans nos collines.

Mi-avril, la mairie reçoit une note de la préfecture exigeant que nos listes électorales soient mises à jour pour les prochaines municipales, en conformité avec le Code électoral en vigueur. Les habitants de la vallée n'aiment pas vraiment les codes et les conformités. Ils négligent même certaines traditions républicaines - cérémonie au monument aux morts, vœux de fin d'année, inauguration des ronds-points ou des toilettes publiques, etc. - pour privilégier des événements plus festifs, mais là, on n'a pas le choix. C'est sérieux, la présence de Robert Savajol en dernière position sur la liste sortante pose à nouveau problème. Robert Savajol est le troisième fils du patron de la coopérative agricole. C'est un déficient intellectuel léger qui collectionne les capsules de bière et les voitures miniatures, surtout les Majorettes de La Poste. Il s'habille toujours de la même façon : chemise à carreaux, casquette à visière, rangers et pantalon kaki. Sans compter la veste de camouflage qu'il a récupérée au surplus américain et avec laquelle il assiste aux réunions du conseil municipal. Il s'assied toujours au même endroit, à droite de la porte d'entrée, et n'ouvre jamais la bouche. Pour rien au monde il ne manquerait une séance. Sa présence en fond de salle est tellement banale qu'à l'approche de la dernière consultation quelqu'un a proposé de l'inscrire en bas de la liste. Et voilà, ni vu ni connu, il a été élu avec les autres. Maintenant il ne se balance plus sur sa chaise près de la porte mais bel et bien à la table du conseil, vêtu de sa tenue militaire, marmonnant dans sa barbe et lissant la visière de sa casquette. Il ne s'intéresse pas aux débats et personne ne lui en tient rigueur. Sauf que, récemment, un obscur fonctionnaire s'est pointé à la fin d'une réunion et, à la suite de cette visite impromptue, a envoyé un courrier mettant en doute la légitimité de la présence du fils Savajol au sein du conseil municipal. La question avait pourtant été tranchée au début de l'exercice précédent. Robert, bien que déficient mental, n'a jamais été placé sous tutelle. Il a donc toute sa place parmi les élus de la commune. D'ailleurs ce samedi, comme d'habitude, c'est lui qu'on a chargé d'ouvrir les portes de l'hôtel de ville.

Réunion extraordinaire.

Quinze conseillers sur dix-neuf sont attablés en quinconce dans la salle des mariages. Une cinquantaine d'habitants participe aux débats. Myriam déroule l'ordre du jour comme d'habitude et chacun peut prendre la parole comme il veut à condition de ne pas interrompre madame la maire ou la personne responsable du dossier présenté à la population. Ce fonctionnement n'est pas réglementaire, mais il satisfait tout le monde. À la fin de la réunion, une fois adopté les différentes résolutions, le problème du fils Savajol est évoqué. Le consensus s'impose immédiatement. L'avertissement de la préfecture est indigne et malvenu. La présence de Robert au conseil est entérinée par un simple vote à main levée.

Canine se lève, remercie et, avant de clore la séance, propose qu'Émir, le migrant guinéen qui a beaucoup fait pour la collectivité et réside maintenant chez elle soit inscrit comme suppléant en bas de notre nouvelle liste. Les services de la préfecture ne s'intéressent jamais aux suppléants, d'autant que, vu la taille du village, il n'y a pas obligation d'en avoir. Une déclaration de dernière minute suffira. Émir est en possession de documents justifiant à la fois de son identité et de son domicile. Il a un patronyme bien français et a choisi de rester à Foncouverte. Ce serait une façon de l'accueillir officiellement dans la commune et de le remercier pour les services qu'il a rendus. Cette proposition est adoptée à l'unanimité.

4

C'était un mauvais calcul. Peu importe. Le mois de mai est arrivé et, avec les premières chaleurs, la nature a repris ses droits. Les jardins croulent sous les fleurs, les futaies s'épaississent, les abricots gonflent dans les vergers. Le jeune Guinéen s'est mis à bricoler les ordinateurs des particuliers, crackant des logiciels, nettoyant, changeant les ventilateurs, renforçant les mémoires vives, etc. Il refuse d'être payé. Il ne veut pas non plus s'impliquer dans la campagne électorale. D'ailleurs personne ne fait campagne véritablement. L'infirmière s'occupe avant tout de sa tournée, des prises de sang, des bas de contention, des piluliers et de la toilette des vieux, et sa colistière Zuita continue de soigner ses chevaux comme d'habitude. Ce scrutin sera une formalité. Chacun vaque à ses occupations comme si de rien n'était, en réfléchissant à la meilleure façon d'améliorer son quotidien, peut-être en revendiquant de nouveau une forme de lenteur, en suivant le rythme des saisons, en adhérant à ce temps géologique qui nous répète sans fin son étrange leçon. De ce tempo oublié Zuita prétend que les chevaux donnent la mesure. L'amour aussi parfois, ou certains arbres centenaires, ou l'affût nocturne des animaux sauvages, le grand regard de bêtes... Zuita a un rapport à la nature qui ne laisse pas d'étonner. Ce matin, après le déjeuner, Corentin lui demande de décrire ce regard animal auquel elle fait si souvent référence. La directrice du centre équestre lui prend la main et, sans hésitation, la glisse entre ses jambes, la pose directement sur son sexe. Il écarquille les yeux, incapable de réagir. Alors elle lui demande de raconter les derniers instants de la vie de sa mère. Elle les connaît déjà. Elle sait pertinemment qu'il n'a pas eu le temps de lui dire adieu, qu'il est arrivé une demi-heure trop tard, qu'il lui a caressé le visage et les mains et que, lentement, paisiblement, la pauvre femme lui a offert en retour ce que son corps sans vie recelait encore de chaleur. Zuita sait combien ce legs, ce surplus de fièvre échangé sans réparation possible, sans merci possible, l'a pris de court et bouleversé. Qu'est-ce qu'un tel cadeau a à voir avec le regard des bêtes et le sexe de son amante ? Corentin fixe Zuita sans comprendre et elle lui souffle que là, maintenant, à cet instant précis, la main glissée sur son ventre et la tête encombrée par le souvenir de la femme qui lui a donné le jour et qui, plus tard, en mourant, lui a offert le peu de chaleur qui lui restait – son ultime parcelle de vie –, elle lui dit qu'à cet instant précis, interloqué, ne sachant que faire de ses doigts et de ses souvenirs, il vient de poser sur elle le grand regard des bêtes. Corentin reste sans voix. Il baisse les yeux, ôte doucement sa main. Que répondre ? Les animaux ont peut-être ce regard fixe, fiévreux, cette lueur au fond de la pupille qui rend toute parole superflue. Mais qu'est-ce que la mort et le sexe viennent faire ici ? Zuita sourit, l'embrasse, murmure que les hommes sont encombrés par le souvenir de la matrice dans laquelle ils ont grandi. Et surtout par le souvenir de la porte humaine que leur mère a écartée pour eux au moment de voir le jour. Écartée pour eux seuls, oui, mais une fois seulement. Depuis, ils ne savent que faire de cette nostalgie. Ils sont balourds et ne comprennent rien à rien.

Déjeuner grillades sous le grand tilleul de Canine. Un portable se met à vibrer au moment du dessert. C'est le père de Liseron. Zuita laisse sonner un moment avant de répondre. La communication ne dure pas, interrompue en pleine polémique sur l'organisation des vacances. Zuita pousse une exclamation agacée et demande à Émir s'il peut intervenir sur le réseau Internet du village qui est aussi instable que la téléphonie filaire. Le jeune Noir secoue la tête. Cela dépend du bon vouloir des opérateurs qui se partagent ce bout de territoire, de la puissance de leurs antennes-relais, de la largeur des bandes passantes que l'État leur attribue. Donc à moins d'aller investir l'une ou l'autre des antennes desservant la vallée et de réorienter différemment les panneaux émetteurs, il n'y a pas grand-chose à tenter. Cela dépasse ses compétences et ce serait illégal. Il sourit à Liseron qui le couve des yeux depuis le début du repas puis ajoute qu'il pourrait quand même, pour le plaisir, essayer de bricoler un peu le Wi-Fi de sa mère, mais c'est une sorte de jeu et il faut aimer la Ricoré. Ou le chocolat en poudre.

Liseron file dans la remise, déniche exactement le récipient métallique qu'Émir réclame, une vieille boîte de Nesquik à demi pleine de clous. Il vide les clous dans un pot de yaourt, nettoie sa boîte à la fontaine et retourne dans l'atelier récupérer un petit fer à souder, une perceuse, un tournevis et un rouleau de fil d'étain. Il revient sous le tilleul avec une rallonge électrique, branche le fer et, en attendant que ça chauffe, perfore très précisément la boîte de Nesquik à quarante-quatre millimètres de son culot. Il dénude ensuite l'extrémité du cordon de l'ordinateur de Zuita et le soude à un petit connecteur. Tout cela doit être préparé avec une extrême minutie. Il fixe le connecteur contre le trou percé dans la boîte. L'âme du câble doit pénétrer de quelques millimètres à l'intérieur – trente et un exactement –, pas un de plus, et la tresse doit être soudée à la paroi en aluminium. Il suffit alors de rebrancher l'autre extrémité du cordon à l'ordinateur, d'actionner le Wi-Fi et d'orienter le tube dans la bonne direction, en l'occurrence la fenêtre du bureau où est installée la Livebox de Canine.

C'est Liseron qui manie cette étrange antenne directionnelle. La jeune lycéenne commence par balayer l'horizon avec sa boîte de Nesquik puis, sur les conseils d'Émir, pivote lentement vers la maison. La connexion WhatsApp revient aussitôt sur l'écran.

Le visage du mari réapparaît, sourcils froncés, à la fois mécontent et intrigué par les traits de sa première épouse qui ont soudain gagné en netteté. Elle est penchée sur la table du pique-nique, les yeux brillants, prête à l'épingler pour ses retards récurrents dans le versement de la pension alimentaire. Il aperçoit sa fille Liseron au bord de l'écran, pointant vers la façade une étrange boîte de conserve. Elle lui fait un clin d'œil, pivote la boîte vers le portail. La connexion redevient médiocre. Liseron se régale. Dès qu'elle dévie un tant soit peu son tube-Ricoré, ses parents apparaissent rabougris, biscornus, complètement déstructurés, et leurs échanges ronchons deviennent quasiment inaudibles. Elle adore les déformer ainsi. Émir ramène la perceuse et le fer à souder sur l'établi en précisant qu'on fabrique encore ce genre d'objet en Afrique de l'Ouest pour pallier les défaillances locales du Wi-Fi. Les antennes-Ricoré sont parfois appelées vierges-des-ondes. Liseron ne comprend pas pourquoi. Sa mère attrape le tube, observe ses parois luisantes et la petite âme dressée à l'intérieur, pouffe derrière sa manche, récupère l'ordinateur et va poursuivre sa conversation sous le tilleul. Les divorcés continuent de se chamailler jusqu'à ce que leur fille en ait sa claque et, prêtresse de leurs retrouvailles, dirige la vierge-des-ondes côté opposé, plein ouest, droit sur les cheminées de la centrale de La Baume. L'image se trouble instantanément. Liseron a un petit ricanement triomphal. La boîte lui échappe et roule à terre. Elle la ramasse et dit à sa mère d'aller s'engueuler un peu plus loin, là où ça capte. Émir, de retour de l'atelier, récupère l'antenne, vérifie les soudures puis se tourne vers son amie infirmière. Myriam lui sourit. Elle a un beau sourire. C'est vraiment une carte maîtresse chez elle, ce sourire dont elle n'abuse jamais. Il est sans calcul, il fait briller ses lèvres, ses dents et ses yeux. Parfois même il lui creuse les joues de deux petites fossettes de gamine. Le jeune Guinéen lui sourit en retour et lui offre la vierge-des-ondes. Fin du repas champêtre. Émir a pris soin de ne jamais passer devant la webcam de l'ordinateur. Liseron tire la gueule dans son coin.

Il faudrait réitérer l'expérience devant les élèves. Le procédé est intrigant, ludique et très instructif, mais peut-être est-il préférable d'attendre quelques jours, de laisser passer les élections. Zuita revient boire un café sous le tilleul avec son amie infirmière et Corentin rentre avec Liseron. À mi-chemin du trajet, la lycéenne se frotte les yeux, regarde l'instituteur d'un air accablé et se précipite vers les W.-C. du village, à l'aplomb de l'ancien lavoir. Ils ne sont pas propres et elle le sait. Les lavabos sont bouchés. Il n'y a jamais de papier toilette. On ferait mieux de s'occuper de ce genre de problèmes plutôt que d'ânonner des discours écolos dont tout le monde se fiche. En prime, le miroir est cassé. Elle claque la porte derrière elle. Corentin la prend par l'épaule mais elle se dégage, marmonnant qu'elle a trop mangé, qu'elle pue la merguez et la sueur. Elle se mouche dans son pull. Soudain, elle se détourne et fond en larmes. Émir ne s'intéresse pas du tout à elle. Il n'en a rien à foutre, c'est Canine qui le branche, elle l'a bien vu. Elle est comme ça, l'infirmière, elle sourit à tout le monde mais, au fond, elle aime mieux montrer son cul que son cœur. Ça n'arrête pas. La preuve, elle a essayé d'embrasser Émir dans l'atelier. Au début il n'aimait pas trop, il avait la trouille mais, après, il en a redemandé. Ça fout les glandes, des trucs pareils. En plus, impossible de vérifier quoi que ce soit dans ce foutu chiotte mais, sûr et certain, elle a chopé l'acné, elle se tape les pustules... L'instituteur lui prend la main et tente de la rassurer. Liseron recule d'un mètre dans la rue déserte, écarte grand les bras et claironne que Canine lui file des boutons avec son gros cul. Elle a vraiment la rage. D'un geste, elle ôte son tee-shirt. Elle ne porte pas de soutien-gorge. Elle demande à Corentin de vérifier les boutons d'acné dans son dos. L'instituteur, mal à l'aise, détourne les yeux. Elle insiste. Il finit par obéir de mauvaise grâce. La peau de Liseron est impeccable. Il ne remarque rien, excepté une ou deux minuscules boursouflures sous la nuque qu'il frôle du bout des doigts en souriant. Inutile de sourire. Elle est malheureuse. Elle renfile son tee-shirt, marmonne qu'il n'en a rien à foutre lui non plus. Elle est trop moche. Au vrai, elle est craquante avec ses cheveux noués au sommet du crâne, son air buté et son stylo-bille planté n'importe comment dans son chignon. Elle est pleine de vie, pleine de promesses. Tu te rappelles, Liseron comme, petite, tu aimais qu'on te raconte des histoires qui se terminaient toujours par les mêmes formules : *Jolie comme un cœur, Sage comme une image*... Ou encore *Vieux comme le monde*. Toujours les mêmes mots, les mêmes tournures. Parfois le récit s'achevait sur cette autre phrase que tu aimais particulièrement, plus mystérieuse que les précédentes : *Deux petites mains en terre cuite.* Le lendemain, il fallait inventer une nouvelle histoire qui finissait exactement de la même façon... Ils eurent quelques enfants doux et potelés *comme deux petites mains en terre cuite...* Ils se serrèrent l'un contre l'autre et s'aimèrent comme *deux petites mains en terre cuite*, etc. À présent, ce ne sont plus ces phrases passe-partout qui t'enchantent ou t'obnubilent, mais ton corps qui n'en finit pas de s'épanouir. Il y avait aussi cette dernière phrase, souviens-t'en : *Tous les matins du monde*, qu'il ne fallait jamais prononcer jusqu'au bout... *Tous les matins du monde sont sans retour*, Liseron, on peut la prononcer jusqu'au bout à présent et tu sais combien les matins d'Émir ont été difficiles, terrifiants même. Il t'aime pour ce que tu es, comme on t'aime tous depuis l'enfance, mais tu n'as pas encore paru dans ses rêves. Un jour peut-être... Liseron secoue la tête, se dresse sur la pointe des pieds, embrasse l'instituteur, lui prend la main. Elle est tranquille, soudain. Elle est confiante. Ils cheminent ensemble dans la lumière dorée du crépuscule et, peu après le coucher du soleil, c'est lui qui tout à coup perd pied. Beaucoup trop de choses sont en train de le submerger à son tour : Zuita ce matin même qui le fixait des yeux en évoquant sa mère en train d'abandonner dans ses doigts ce qui lui restait de chaleur, Liseron lui avouant pour la première fois son amour incandescent, le réseau Wi-Fi en quête d'une improbable antenne-Ricoré, et toujours le grand regard des bêtes au-dessus de toute chose... Et toujours ses doigts se posant où bon leur semble, sur un ventre, une main adolescente, une morte. Il s'en faut de peu pour qu'il se mette lui aussi à pleurer.

5

L'opposition n'a pas réussi à constituer de liste. Nos dix-neuf candidats sont donc assurés d'être élus au premier tour. Pourtant, même marginalisés, nos adversaires ne se privent pas de dénigrer les partis pris écologistes que nous essayons d'assumer et de mettre en œuvre. Les Reverchon, les Tournier, quelques artisans ou entrepreneurs comme le restaurateur Jeannot Lascombe critiquent l'idée de décroissance indolore que nous expérimentons dans la vallée de l'Ennuye. Certaines familles d'agriculteurs climatosceptiques nous accusent de tourner le dos au progrès et, de fait, nous n'y croyons plus vraiment. L'idée de bien-être, ou plutôt d'un certain mieux-être est en train de faire son chemin dans les consciences. Le concept de réussite ou de bonheur change d'une exploitation à l'autre. C'était inimaginable il y a quelques années. C'est une réalité maintenant, et les villages autour de Foncouverte se mettent eux aussi à explorer à bas bruit ces nouvelles façons de produire, de commercer et de se distraire. Tant pis pour les sceptiques qui restent au bord du chemin. C'est frustrant, mais leur conception du bonheur – l'enrichissement personnel, la consommation tous azimuts – est de plus en plus inaccessible et désuète. Ils voudraient y revenir mais ignorent comment faire et surtout par où commencer. Ils ne proposent rien. La nostalgie les paralyse. Difficile de fédérer une majorité d'électeurs autour de ce seul dépit passéiste.

Il y a des vaches en semi-liberté sur l'autre versant de la montagne qui regardent les voitures en remuant la queue et en mâchant de l'herbe. Peut-être faut-il les imiter, regarder passer le train du libéralisme en évitant de s'entasser dans les wagons qui s'entrechoquent, cligner les yeux et mâcher des brins d'herbe. L'avenir est devant nous, à portée de main, dans les prés, les cultures, les montagnes. Aucune naïveté, juste un sentiment d'urgence. Les voitures disparaissent une à une derrière le col. La motrice s'enfuit en cahotant. Nous ne sommes ni blasés ni candides, ni même placides comme les grands ruminants de l'ubac, seulement convaincus qu'il est temps de soutenir et de revendiquer ce qui a encore du poids. Le plus terrible des fardeaux, précisément, serait de n'avoir rien à porter. Nous le savons depuis longtemps.

Qui se contente est riche... Zuita ne cesse de répéter cette maxime belle et frustrante. Elle l'a redit l'autre jour à Corentin après avoir repéré un reflet lumineux dans les collines, qui brille par intermittence sous la falaise du Calvon, toujours à la même heure paraît-il, surtout par temps venteux. Ce doit être un bout de verre suspendu à un branchage, peut-être un leurre.

Corentin s'est empressé de désigner le reflet à ses élèves. Pilou Champier et ses copains de CM2 sont partis en expédition le week-end suivant pour tenter de le retrouver, mais l'instituteur n'en sait pas plus... Il faut apprendre à aimer ces petits clins d'œil, ces lumières sans lendemain.

État des lieux le soir du scrutin.

Les habitants de la commune sont conviés à la fête du dépouillement, et c'est un restaurateur de Dibona qui est chargé de l'apéritif dînatoire censé clore cette élection sans surprise. Pas de suspens, un résultat connu de tous et une équipe municipale tenue de réussir son nouveau pari. Canine prendra la tête de la mairie pendant les six mois à venir, remplacée ensuite par le commandant Thomas puis par Zuita, et enfin par Geneviève Ambre, du planning familial. Nous allons poursuivre sur la lancée de la mandature précédente, consulter les habitants, étudier chaque projet de façon collégiale. Rien ne sera jamais acquis ni décidé d'avance. Ce soir, tout le monde se retrouve dans la bergerie réaménagée en salle des fêtes et picole joyeusement. Le curé Hugolin est là lui aussi, le pauvre, tenu de faire profil bas, d'ignorer ostensiblement sa Geneviève. Ce grand écart nous amuse. Il le sait. C'est un prêtre courageux et un amant discret dont les obligations sacerdotales, chaotiques et chronophages, n'en finissent pas de s'alourdir année après année.

Les élections sont derrière nous, l'été revient, la chaleur est là, dont on a oublié la sournoise dangerosité. Le souvenir de la canicule et de la sécheresse des années précédentes reste tapi dans les profondeurs de mémoires qu'il ne fait pas bon raviver. Les jours grandissent. Les fruits grossissent dans les vergers, immédiatement attaqués par des myriades d'insectes et, bien sûr, par les oiseaux qui n'attendent même pas que les fruits soient mûrs. Ils se régalent, laissant juste un peu de sucre aux guêpes et aux frelons, et plus grand-chose pour nous qui devons sans cesse imaginer de nouvelles parades, leurres sexuels, pièges, ultrasons, etc. Sans oublier les astuces plus ou moins éculées des anciens, les épouvantails, les éclats de verre pendus aux branches. Ces batailles avec les ravageurs sont épuisantes, mais nous ne goûterons aux premières cerises qu'en acceptant de mener la guerre. Liseron hausse les épaules. Avec les humains, c'est pareil et c'est gavant.

Émir Germain s'est installé chez l'infirmière. Il s'occupe du jardin, accompagne sa logeuse un jour par semaine au long de sa tournée, donne des coups de main en mairie et passe le reste de son temps dans sa chambre, sur un vieil ordinateur que lui a refilé le commandant Thomas. Instagram, Twitch, Snapchat, TikTok, Twitter... Il navigue, accumule les contacts et se fait un plaisir de remettre en place certains amis désabusés et râleurs. À l'entendre, les Français sont tous trop âgés et trop fébriles. Même les jeunes donnent parfois le sentiment d'être vieux, et ça le fait marrer. Il zappe, surfe, profite à fond de ses journées. Il a croisé quelques personnages remarquables sur les réseaux sociaux, dont un certain Sylvain Lhomme, un geek de son genre qui lui a donné un ou deux tuyaux intéressants concernant les antennes-relais. Émir a suivi ses conseils à la lettre. Il s'est déplacé un dimanche matin jusqu'à l'affût des Estimeurs, un ancien poste de chasse que le réseau Orange a récemment investi et transformé en relais, a sauté la grille, escaladé le grand pylône, pris pied sur la plateforme et bricolé pendant une heure. Personne ne veut savoir ce qu'il a fait exactement, mais le signal est redevenu à peu près stable, les zones grises beaucoup moins nombreuses. Les téléphones portables de l'opérateur ont gagné en efficacité et Émir, une fois encore, en notoriété.

À l'école, ce sont les antennes-Ricoré qui intriguent. Corentin a découvert un vieux fer à souder dans le grenier, acheté un rouleau de fil d'étain, plus une dizaine de contacteurs et trois mètres de câble coaxial. Mardi matin, les élèves du cours moyen, comme prévu, arrivent chacun avec leur petit récipient en fer. Nesquik, Poulain, Mika, Van Houten ou Malongo, peu importe. Sido a même dégoté une vieille boîte de Ricoré et Félix un pot de Banania passablement défraîchi, avec un tirailleur sénégalais sur l'étiquette qui fait bien rigoler Émir. Robert Savajol est là également, avec sa parka de l'armée américaine et ses petites voitures jaunes de La Poste. L'instituteur Corentin n'a pas eu le courage de lui fermer la porte au nez. De toute façon il reste tranquillement au fond de la classe, à jouer avec ses camionnettes tout en jetant des coups d'œil perplexes aux tubes métalliques qu'Émir Germain perfore, soude, relie les uns aux autres depuis le matin. Le cours est presque terminé. Félix est le dernier élève à tester son antenne. Sido et ses copines sont penchées sur l'écran d'ordinateur tandis qu'il brandit le récipient métallique au-dessus des têtes et le promène aux quatre vents. L'image commence à se stabiliser alors qu'il vise les fenêtres de la mairie. Il se tourne du côté de l'épicerie alternative mais ne capte pas mieux. Il revient vers la salle des fêtes et l'image gagne brusquement en netteté. La sonnerie du portail retentit immédiatement après. La petite Oriane saute sur ses pieds pour aller ouvrir, et là, d'un coup, tout chavire.

C'est elle qui a la garde du portillon cette semaine. Elle extirpe la clef de sa poche, fait un pied de nez à ses copines, sort de la classe en souriant, traverse la cour mais tarde à revenir. La sonnerie de l'entrée retentit de nouveau. Félix fronce les sourcils. Sido lui prend la main et l'emmène jusqu'à la fenêtre donnant sur le préau. Ils collent ensemble leur visage contre la vitre. Ils se taisent un moment. Quelque chose ne tourne pas rond. L'instituteur Corentin ramène Robert au fond de la classe et lui demande de ranger ses voitures jaunes. Des pas retentissent dans le couloir. Une tête apparaît au-dessus de la porte, résolue, pouponne, que Corentin reconnaît à la seconde. Le temps de se demander ce que le visage de son inspecteur d'académie fait derrière l'imposte, un policier en uniforme pénètre dans la salle de classe et, d'un geste, ordonne à chacun de retourner en place. Félix siffle entre ses doigts. Sido s'éloigne brusquement de la fenêtre, se prend la tête entre les mains et annonce d'une voix sombre qu'on vient chercher Émir. Le migrant a déjà compris. Il bondit sur ses pieds. Sa chaise débaroule de l'estrade. Il balance le fer à souder sur le bureau de l'instituteur, attrape son blouson et court vers l'appentis où sont stockés les produits d'entretien. Les élèves refluent dans son dos.

La fenêtre du cagibi, à demi obturée par des étagères, n'a plus de poignée mais peu importe, le jeune Guinéen défonce la vitre avec un balai et, sans se soucier des éclats de verre, saute dans la ruelle qui longe l'arrière de l'école. Il disparaît en une seconde. Au même instant l'acolyte du policier et l'inspecteur d'académie apparaissent sur le seuil. Félix essaie de déguerpir à son tour mais l'officier l'arrête d'un geste, ordonnant à tout le monde de s'asseoir. Un filet de fumée grise commence à s'enrouler autour du cartable posé sur le bureau. Le lieutenant l'ignore. Il monte sur l'estrade, balaie la salle des yeux et, très vite, se rend compte de sa méprise. Il n'y a pas de Noir ici, pas de clandestin. Il pousse un grognement dépité tandis qu'une porte en contreplaqué se met à battre le long du tableau noir. Le lieutenant hausse les sourcils une seconde avant de se précipiter sur le battant en bois. Pilou Champier, qui n'a jamais aimé les gendarmes, soulève à son passage la planche où sont rangées les vierges-des-ondes, certaines perforées, d'autres non. Elles roulent jusqu'au sol. Une antenne-Ricoré se glisse sous le pied du lieutenant qui a tout juste le temps d'agripper un portemanteau derrière lui. Le portemanteau se décroche du mur et, là, le type a beau bander ses muscles, il s'étale tout du long sur le carrelage. Éclat de rire général. L'acolyte aide son chef à se relever pendant que l'inspecteur d'académie pianote sur son téléphone portable. Corentin lui saisit le bras en exigeant des explications. Cette intrusion dans sa salle de classe est parfaitement illicite. Il lui demande de quitter les lieux. L'inspecteur ne moufte pas. Les élèves non plus. C'est alors que Robert Savajol, dont on avait oublié la présence, se lève au fond de la pièce, empoche ses camionnettes et marche vers la sortie en se dandinant comme un canard. Plutôt que de prendre la porte, il fait deux fois le tour de la classe en poussant des borborygmes mécontents. Il récupère une antenne-Ricoré au deuxième passage, la triture pensivement, décroche le fil coaxial puis, achevant son inspection des lieux, fonce vers la porte en contreplaqué et s'éclipse au nez et à la barbe des autorités. Il enjambe la fenêtre du réduit et, pliant à l'excès son grand corps dégingandé, saute à l'extérieur. Les policiers se précipitent à ses trousses. Peine perdue, il disparaît dans la ruelle.

La nouvelle de l'intervention policière fait le tour du village en quelques minutes. Les habitants de Foncouverte se précipitent à l'école pour récupérer leurs enfants et manifester leur soutien à l'instituteur. Les flics tentent de leur interdire l'accès, mais ils passent outre et s'installent dans la cour, sous le préau. Un quart d'heure plus tard ils voient leurs rejetons sortir un à un de la classe, tête basse, chacun serrant sur son ventre une antenne-Ricoré. Corentin les précède de quelques mètres, entouré par les deux policiers.

L'inspecteur d'académie ferme la marche. Il n'a pas ouvert la bouche de toute l'opération sinon, au moment où l'instituteur débranchait le fer à souder, pour lui souffler à l'oreille que cette mésaventure lui vaudrait au minimum une suspension administrative. Le lieutenant de police verrouille le portail de l'école puis rejoint la voiture banalisée. Personne ne sait où sont passés Émir et Robert Savajol.

6

Respire à fond. Serre les poings. Les yeux te piquent. C'est un vrai coup de massue mais, à partir de maintenant, promis, on ne pardonnera plus rien à personne, on ne laissera rien passer. Il fait toujours aussi beau dans les collines et l'étalon Spoutnik, qui se fiche complètement de ton chagrin, commence à accepter le mors et la bride. Chevauche-le. Va gambader dans le pas de Cluze, rejoins la boucle de Dibona et remonte les berges de l'Ennuye jusqu'à sentir le cheval accueillir complètement ton poids, revendiquer pour lui-même cette gravité qui le contraint. Remue à son rythme, à son amble. Transpire avec lui, gambade avec lui, les habitants de Foncouverte s'occupent du reste, de la méprise, de la colère qui gronde. On ne sait même pas s'il faut parler d'arrogance, d'incompétence, de négligence ou d'imprudence. Tout à la fois probablement.

La course-poursuite a duré un peu moins de vingt heures. Ils ont retrouvé Robert Savajol le lendemain matin en bas des gorges, au pied de la falaise, qui se frottait la cheville et les regardait en dodelinant de la tête, entouré des Majorette de La Poste, comme s'il leur faisait à nouveau une bonne blague. Robert adore les voitures de collection et les tenues militaires mais, en l'occurrence, il ne portait plus sa parka de l'armée américaine, pas même sa casquette, juste un tee-shirt kaki et ses rangers soigneusement boutonnées. Il semblait à moitié conscient. Il n'a soufflé mot durant tout le trajet à l'hôpital, sinon pour réclamer Émir et se plaindre de maux de tête récurrents. Les médecins, suspectant un traumatisme crânien, ont choisi de le garder en observation quarante-huit heures. L'hématome sous-dural s'est développé brusquement durant l'après-midi. Son état s'est aggravé la nuit suivante. Il a été placé en coma artificiel puis évacué d'urgence vers le centre hospitalier universitaire de Montpellier. Quelques minutes avant de plonger dans le coma, il a de nouveau réclamé Émir Germain en bégayant et en mâchonnant ses doigts, mais les soignants, qui avaient d'autres soucis en tête, ne comprenaient rien à cette demande. Et, surtout, ils n'avaient aucun numéro de téléphone à disposition. Resté inconscient, Robert est mort trois heures plus tard, en plein mistral, sur le toit du CHU, dans les bras du médecin urgentiste venu le récupérer à sa descente d'hélicoptère.

Gambade, Liseron, il y a foule à son enterrement, tu es loin et c'est tant mieux. Le père Savajol est inconsolable. Il pleure comme un paysan, un travailleur de la terre, en grand silence, balayant son visage de la main, se frottant les yeux l'un après l'autre sans faire le moindre bruit. Il est rouge et fripé, il a les joues baignées de larmes. Il porte le cercueil avec ses autres enfants, les frères de Robert qui vont bientôt prendre les rênes de la coopérative agricole et pleurent de la même façon, sans un frémissement, en serrant les poings. Corentin regarde leurs doigts crispés sur les poignées du cercueil, blanchis aux articulations. La mère Savajol avance derrière, soutenue par Canine, première magistrate de la ville et infirmière de son état. Le sous-préfet Reynaud marche en retrait, yeux baissés, suivi du lieutenant de police de Dibona et du sous-fifre en uniforme. Pas de discours en arrivant au petit cimetière qui surplombe le verrou de Cluze, personne n'en voudrait, juste une pause silencieuse devant les gerbes de lavandes et les caisses d'abricots qui entourent la tombe. Elles ont été déposées ce matin même - lavandin Grosso et abricots Big Red, ses préférés - pour rendre hommage à Robert, le saluer exactement de la façon qu'il aurait souhaitée. Il adorait ces fruits et ces fleurs. Il ne manquait jamais la cueillette des nouveaux Big Red qui font la fierté des arboriculteurs de la vallée. Le représentant officiel de l'État, qui ne sait rien de la culture des abricots, se demande ce que fichent là ces cagettes débordant de fruits. Il hausse les épaules, s'approche de la famille, glisse quelques mots de réconfort à l'oreille de la maman. Elle se détourne. Le père Savajol se détourne à son tour puis le frôle et avance jusqu'à la fosse. On craint un instant qu'il ne s'y allonge, mais non, il s'accroupit seulement, tend le bras et dépose un petit abricot plein de vie sur le cercueil. Il en pose un deuxième, puis un troisième sans trembler, très délicatement, avant de se relever. Le sous-préfet hoche gravement la tête, récupère trois brins de lavande dans le couffin qu'on lui présente et les jette d'un mouvement las dans la tombe. Il a un instant d'incrédulité devant l'invitation du père Savajol qui, désignant les corbeilles d'abricots, lui fait signe de l'imiter. Impossible. On ne recouvre pas un mort avec des fruits. La vie est trop compliquée dans ces collines ardentes, érodées par le vent et les orages incessants. Aujourd'hui, c'est un handicapé qu'on enterre sous le soleil, mort accidentellement, connu de tous, soigné et aimé à la manière de ces abricots dont la réputation a dépassé les limites du département. Deux idées traversent l'esprit du sous-préfet et, bizarrement, adoucissent la sévérité de ses traits. La première est qu'il n'en a probablement pas fini avec les habitants de Foncouverte et l'autre, plus saugrenue, qu'il mordrait volontiers dans un de ces fruits gorgés de soleil. Il s'éloigne dignement, va serrer la main de Myriam – maire en exercice –, puis appelle son acolyte et laisse la voie libre aux petites gens que nous sommes. Il s'appelle Reynaud. Pour lui, c'est une corvée qui s'achève. Pour les habitants de Foncouverte, c'est la fin de la candeur, c'est un mode de vie qui se disloque. On ne tournera jamais cette page-là.

La mère de Robert avance à son tour vers la tombe. Elle la contourne à petits pas, pousse comme une plainte d'animal traqué, s'agenouille à même le sol. Elle attrape une poignée d'abricots, puis une autre, les laisse tomber une à une sur le cercueil. En heurtant les planches, les Big Red font un bruit mat, comme s'ils protestaient. La mère recommence. Elle jette plusieurs poignées de fruits avant de repartir sans un gémissement. Ses fils la soutiennent par l'épaule, s'approchent à leur tour et répètent son geste. Les abricots sont là de toute éternité, à disposition pour embaumer et faire disparaître les corps. Ils vont tapisser le cercueil de leur fils, de leur frère. Les habitants du village le tapisseront à leur suite. Ils s'y mettront à tour de rôle, Canine, Zuita, le commandant Thomas, les conseillers municipaux, les artisans, les agriculteurs, les employés. Ils s'avanceront, relèveront la tête, jetteront trois brins de lavande sur le cercueil puis balanceront leurs poignées d'abricots. Les paniers sont déjà presque vides. Le chuintement des fruits se répète et s'amplifie. Il faut avancer sans hésitation et sans regret, il faut tout recouvrir et en finir bientôt avec ce bruit étrange mais infiniment préférable à celui des pelletées de terre. La bière disparaît en une dizaine de minutes sous la couche de Big Red et chacun soupire de soulagement. La paix revient sur le petit cimetière. Il semble qu'il n'y a plus rien de tragique ni d'angoissant en ces lieux, rien que des abricots moelleux tapissant le fond d'une excavation mortuaire, rien qu'un vaste hommage fruité, une couverture lumineuse et parfumée qui fait du bien à l'âme.

La mini-pelle des services communaux patiente dans une allée latérale mais Canine fait signe au conducteur d'attendre. Chacun doit pouvoir quitter l'endroit paisiblement, laisser le silence retomber autour de lui. Une heure plus tard, alors que le jour baisse et que les habitants de Foncouverte sont réunis dans l'ancienne bergerie pour rendre hommage au plus dévoué d'entre eux, au plus indéniablement gentil, pour essayer de comprendre ce qui lui est arrivé, rassembler leurs souvenirs, s'épauler, boire de la clairette et grignoter des chips, l'employé du cimetière revient et annonce d'une voix tendue qu'il a trouvé la parka de camouflage de Robert étalée sur les Big Red. Il s'agit bien du manteau du mort. Il le portait en fuyant la salle de classe. Félix et Pilou Champier se précipitent dehors. Ils arpentent une à une les rues du village, ratissent les environs mais reviennent bredouilles. Émir Germain est introuvable. C'est pourtant lui, assurément, qui est venu couvrir le cercueil avec la parka militaire. C'était un geste courageux. Robert en aurait probablement rêvé, comme il a rêvé des Big Red. Zuita débouche une nouvelle bouteille et chacun trinque à la santé du fuyard.

7

L'enquête piétine et personne au village ne croit à la version de l'accident. Le père Savajol, qui n'en peut plus d'attendre, décide de prospecter dans son coin. Ce drame le concerne au premier chef et il n'a guère confiance en la police. Le patron de la coopérative reprend donc discrètement les investigations, sans même en avertir les autorités. À l'exception du pansement à l'arrière de son crâne et de sa cheville droite cyanosée, la dépouille de Robert semblait intacte, son visage paisible, ses lèvres entrouvertes, presque moqueuses. La famille Savajol a voulu voir le corps dans sa totalité, mais les employés de la morgue l'en ont dissuadée. Robert venait de passer entre les doigts du médecin légiste et cela risquait d'être assez éprouvant pour les proches. Ce sont donc les croque-morts qui l'ont habillé avec leur savoir-faire habituel, leur componction étrange... Tout paraît étrange après coup, surtout cette interdiction d'examiner intégralement la dépouille. Robert Savajol était encore à demi conscient quand les policiers l'ont découvert sous son rocher et on peine à croire que cet homme, qui connaissait parfaitement les gorges de l'Ennuye, ait pu se tordre la cheville le long des berges, se cogner la tête quelques mètres plus loin et enfin s'allonger sous la falaise en attendant les secours. Il était bien trop fier pour cela. Difficile de l'imaginer étendu aussi longtemps sans réagir. Entorse ou pas, il aurait tenté de prévenir sa famille, se serait traîné jusqu'en haut du plateau. L'hypothèse d'un stupide accident le long de la rivière est peu crédible.

Le père Savajol et ses enfants commencent par questionner le voisinage qui, au début, confirme la version policière. Émir Germain s'est bien précipité chez sa logeuse après avoir sauté le fenestron de l'école. Il a récupéré en vitesse quelques affaires dans la chambre d'hôte que lui prête Myriam puis s'est enfui vers la montagne. Il a croisé Robert Savajol sur sa route. La secrétaire de mairie Madeleine Francillon peut en témoigner. Elle les a entendus discuter sous le platane qui surplombe sa maison, les a vus sortir du bourg et s'engager à grands pas sur le chemin des crêtes. Une demi-heure plus tard, à peu près au moment où les autorités emmenaient l'instituteur à Dibona, elle a aperçu un véhicule de police patrouillant dans le secteur. L'infirmière Myriam, qui finissait sa tournée du matin, l'a repéré également. Elle a croisé un deuxième fourgon au-dessus du verrou de Cluze, pile à l'embranchement des chemins menant d'un côté aux gorges de l'Ennuye et de l'autre à la falaise du Calvon. Il était environ midi trente. Le policier s'est arrêté, lui a demandé si elle n'avait pas aperçu deux hommes en fuite. N'ayant rien remarqué de particulier et, ignorant à qui le type faisait allusion, elle ne s'est pas du tout inquiétée.

À cet endroit, une fissure géologique profonde isole le plateau de Foncouverte du reste de la vallée. La route départementale s'enfonce dans le verrou de Cluze, accrochée le long de la falaise, vertigineuse, protégée par un vieux parapet en pierre que les services de la voirie doivent en permanence consolider. La route zigzague au-dessus des gorges de l'Ennuye et enjambe la rivière sur un pont roman dont les arches ont résisté à d'innombrables inondations. C'est ici que s'ouvre le pays. Plus loin, après le tunnel, à la limite de la commune de Foncouverte, se dresse la paroi du Calvon à la topographie si particulière, conséquence d'un mouvement géologique qui a sculpté l'ensemble de la région il y a quelques millions d'années. La muraille se poursuit vers le nord par les falaises de Sahune et de Villeperdrix. Foncouverte est donc un vaste cirque fertile défendu par une faille calcaire où s'engouffre l'Ennuye, sorte de lézarde vertigineuse qui, par le passé, a rarement été envahie. Lors de la dernière guerre, par exemple, les occupants allemands ont négligé ce passage sans intérêt stratégique, refusant d'admettre que des partisans pouvaient l'emprunter. Quand il est devenu indiscutable que la résistance s'organisait sur le plateau, ils ont de nouveau tergiversé avant d'investir les lieux. La passe est dangereuse et ils redoutaient de s'exposer inutilement. Finalement, ils ont renoncé à investir le village.

Les enfants Savajol, eux, ne renoncent à rien. Ils ne craignent pas les représailles, ne courbent jamais l'échine quand l'honneur de la famille est en jeu. Dès le lendemain de l'enterrement, ils décident de suivre le chemin emprunté par les policiers qui ont découvert Robert.

Ils franchissent le pont roman, descendent à la rivière, la suivent jusqu'au rocher où leur frère s'est mis à l'abri. Ils ne remarquent rien de particulier dans les alentours et décident de remonter la falaise par un petit layon connu des seuls pêcheurs et habitants du pays. Le sentier zigzague entre les parois calcaires et prend pied sur le plateau après une demi-heure de marche, non loin d'un groupe de maisons serrées les unes contre les autres, les ruines du hameau de Pierrefeu. C'est à mi-chemin de cette ascension que, contournant un bosquet de chênes, l'aîné des frères Savajol aperçoit soudain le chèche bleu d'Émir Germain coincé sous un genêt, à moitié déchiré. Il semble que les flics n'aient pas relevé cet indice. Le migrant guinéen traînait donc lui aussi dans les parages au moment de l'accident. Les deux frères, perplexes, continuent jusqu'à Pierrefeu. Un figuier marque l'entrée du site. Ils le contournent, rejoignent la chapelle romane au centre du hameau. Les ruelles sont envahies par la végétation. Il n'y a pas un chat, mais les parages de la placette sont piétinés, les ronces et les orties couchées. Une chaussure sans lacets, dévorée par les fourmis, est pendue à un clou devant la porte de l'ancien four à pain. Le cadet Savajol s'approche en fronçant les sourcils.

Une dizaine de guêpes commencent à bourdonner autour de lui. Il écarte la chaussure, passe la main à l'intérieur, palpe les contours de la voûte en briques et se fait piquer à deux reprises. Il pousse un juron, recule à la recherche d'un morceau de bois assez long pour sonder le four, déniche un vieux chevron entre les ruines, revient, s'amuse à agacer le nid de guêpes. Il racle la paroi et sent un objet au bout de sa perche. Il le ramène sur la pierre de seuil, mais ce n'est qu'un vieux sandwich à moitié dévoré par les fourmis. Il repart avant que les guêpes ne deviennent franchement agressives. Le second objet est plus volumineux. Il peine à le tirer sur le devant mais le reconnaît tout de suite et pousse un grognement de triomphe. C'est le sac-poubelle dont on a parlé au village, le bagage d'Émir Germain. Il le pose sur la margelle du lavoir et l'ouvre, découvre une vieille paire de baskets à l'intérieur, une carte d'Italie, un blouson, le bonnet gris du migrant, une paire de jumelles, un torchon roulé en boule, un paquet de biscuits et – plus étonnant – une Majorette de La Poste. Enfin, plié dans une chaussette, les fils Savajol tombent sur le smartphone que les enquêteurs cherchent depuis près d'une semaine, le portable tout neuf que la municipalité avait offert à Émir en remerciement de ses services.

Le Guinéen est donc venu dans le hameau avec leur jeune frère – la miniature jaune l'atteste – et tout porte à croire que les deux hommes se sont séparés ici après avoir échangé leurs vêtements. Robert a dû filer vers la rivière avec le chèche bleu et Émir se sera enfui vers la montagne vêtu de la parka du surplus américain. Le portable que les flics ont vainement tenté de localiser attend ici depuis plusieurs jours, planqué dans le vieux four à pain, bien au sec, privé de sa puce. Il est surprenant que les enquêteurs ne se soient pas intéressés au second téléphone, celui de Robert. Probablement le croyaient-ils trop simple d'esprit pour même en posséder un. La famille n'y a pas pensé non plus. Il venait de mourir, un gendarme avait déposé à la coopérative agricole un carton à chaussures empli de ses maigres affaires, le tee-shirt kaki, les rangers, la casquette, un paquet de Prince au chocolat à demi entamé. Personne n'a songé au portable.

Les fils Savajol s'assoient sur le banc du lavoir en soupirant. Les choses sont claires maintenant. Leur jeune frère, paniqué par l'arrivée des flics à l'école, a sauté le fenestron et s'est enfui dans le village. Il a croisé le migrant sous le tilleul de Madeleine Francillon et, serviable comme à son habitude, a proposé de le conduire jusqu'au hameau de Pierrefeu où l'on peut se planquer facilement.

Sauf que les gendarmes étaient déjà sur leurs traces. Des véhicules patrouillaient dans les environs. Les deux fuyards ne les repèrent pas immédiatement. Ils arrivent en vue du groupe de maisons et, là, apercevant la première camionnette, décident de se séparer immédiatement, de faire diversion, chacun partant de son côté. Émir dépose quelques affaires dans le four à pain et dit au revoir à son ami. On ne saura jamais qui a eu l'idée de la substitution de vêtements, mais Robert adorait les farces et les jeux de piste. Il aura enlevé de lui-même sa parka militaire pour la jeter sur les épaules du migrant, puis récupéré le chèche et, avec un sourire malicieux, envoyé Émir sur le sentier du Calvon qui, cent mètres plus loin, s'élève en zigzag dans la garrigue. Après quoi, turban autour du crâne, il sera descendu au pas de course vers les gorges de l'Ennuye.

Les gendarmes aperçoivent un homme enturbanné de bleu qui s'enfuit en direction de la rivière. Ils se précipitent à ses trousses. Robert perd le chèche à mi-hauteur de la falaise mais peu importe, son ami est déjà loin. Il continue de dévaler le layon, sème sans difficulté ses poursuivants mais trébuche sur un caillou à l'entrée des gorges. Il chute en avant, sa tête percute le rebord de la dalle rocheuse sous laquelle il parvient à se traîner avant de perdre connaissance. Les flics, désorientés, abandonnent la partie une heure et demie plus tard... Erreur d'appréciation, bévue, bavure, on ne saura jamais le fin mot de l'histoire mais, indéniablement, ils sont très contrariés, le lendemain, de découvrir Robert sous son rocher. Le fils Savajol n'a plus vraiment sa tête. Il ne l'a jamais eue, pour tout dire. Les gendarmes décident de maquiller leur conduite erratique en vulgaire accident, s'abstenant de mentionner leur visite au hameau de Pierrefeu, oubliant de préciser qu'ils ont suivi Robert sur le plateau, qu'ils l'ont pris pour Émir, qu'ils l'ont coursé dans la descente, prétendant qu'il s'est tordu la cheville au bord de la rivière et qu'il a patienté là une vingtaine d'heures, sonné mais en parfaite santé, sans appeler personne.

Les deux frères repèrent des traces de pneus partout entre les ruines, y compris près du sentier descendant vers les gorges de l'Ennuye, et en déduisent que plusieurs véhicules ont stationné récemment autour du hameau. Ils décident de jeter un coup d'œil dans la chapelle mais ne trouvent que de vieux cierges, un manche à balai et quelques canettes de bière. L'aîné hausse les épaules puis range les habits du migrant dans le sac-poubelle. Au moment de refermer, le bonnet gris lui échappe. Il le repousse à l'intérieur et, ce faisant, effleure du bout du doigt une pochette en tissu collée contre la paroi du sac. Il la détache, l'ouvre, la secoue au-dessus du dallage. La puce du téléphone portable d'Émir atterrit entre leurs pieds. Les fils Savajol se dévisagent un instant, se tombent dans les bras et s'embrassent comme du bon pain. Ils décident de remettre la puce dans son logement et de consulter les messages mais, au dernier moment, hésitent. La police recherche activement ce téléphone depuis plusieurs jours. L'appareil va donc se mettre à borner... Ils renoncent. Mieux vaut retourner à Foncouverte.

Ils rentrent par le chemin des crêtes.

Une réunion du conseil municipal restreint est organisée le soir même chez Canine au cours de laquelle les conseillers municipaux, stupéfaits, doivent bien admettre que les policiers de Dibona ont multiplié les faux pas. Ils se sont trompés de cible dès le début. Ils ont été menés en bateau par un simple d'esprit et le fils Savajol est mort des suites de cette méprise, en tentant de faire diversion pour protéger son ami guinéen. L'histoire est aussi limpide qu'édifiante. Quant au portable de Robert, dont personne ne s'est préoccupé jusqu'alors, on sait bien qui l'a récupéré.

8

Conseil de discipline, mise à pied conservatoire, interdiction d'enseigner dès la rentrée prochaine. Voilà ce que risque Corentin, l'instituteur en poste dans la commune de Foncouverte. Il a commis trois fautes graves que les services de l'inspection académique ne cessent de lui reprocher au cours de leur rencontre comminatoire à Valence. Il a fait intervenir un jeune réfugié dans son école, un migrant noir sans domicile fixe et sans papiers. Il a laissé un adulte en situation de handicap s'installer au fond de la salle et perturber les cours. Et, pour finir, il a imposé aux élèves de sa classe unique une sorte de leçon de choses résolument hors programme puisqu'elle concerne le système Wi-Fi, les vieilles antennes mobiles et les ondes immatérielles. Il sera fixé sur son sort début septembre.

Côté communal, ce n'est guère mieux. Avertissement au maire en exercice, rappel des règles en vigueur en matière de consultation publique, invalidation du dernier scrutin municipal et particulièrement de l'élection du jeune Savajol, décédé sur les berges de l'Ennuye, ainsi que celle d'Émir Germain en tant que suppléant de l'un des conseillers. Enfin, obligation d'organiser un nouveau scrutin dans les trois mois sous contrôle scrupuleux de la préfecture. En outre, la tolérance dont nous bénéficions depuis plusieurs années à propos de la désignation tournante du premier magistrat de la commune n'est plus de mise. Le futur maire sera choisi par les conseillers nouvellement élus et le restera tout au long de la mandature, sauf décès ou incapacité notoire. Toute nouvelle infraction au Code électoral aboutira à la gestion directe de la commune par les services de l'État.

Concernant Émir, évidemment, c'est bien pire. On n'a plus de nouvelles du migrant depuis près d'une semaine. Il a utilisé le portable de Robert dès le lendemain de ses obsèques et appelé Canine sans lui révéler l'endroit où il se cache, se contentant d'affirmer qu'il va bien et qu'il change souvent de planque. Il sait parfaitement se fondre dans la nature et pense que toute cette agitation va retomber, que les autorités passeront bientôt à autre chose et qu'on l'oubliera. Nous l'espérons aussi mais, à l'évidence, l'agitation ne retombe pas. Le décès de Robert Savajol a suscité un mouvement de curiosité et de compassion qui dépasse largement les limites de la commune. Ses funérailles ont jeté un étrange coup de projecteur sur le village, essentiellement à cause des images des Big Red prises en douce par les accompagnateurs du sous-préfet, des photographies non autorisées qui ont fuité dans la presse et montrent le cercueil entièrement recouvert d'abricots. Ces clichés ont fait la une des quotidiens régionaux et, dès le lendemain, on a vu débarquer une équipe de journalistes de France 3 tout émoustillée à la perspective d'enquêter sur ce territoire rural au nom si étrange. Ils se réjouissaient par avance de la tournure folklorique qu'ils pourraient donner à leur reportage, comptant faire un parallèle entre le destin des migrants de Méditerranée, les pourtours ensauvagés du plateau de Foncouverte et les abricots Big Red qui témoignent sûrement d'une obscure coutume funéraire locale remontant au Moyen Âge.

Le père Savajol leur claque la porte au nez.

La même équipe revient trois jours plus tard après avoir compris qu'Émir Germain et Robert Savajol se sont moqués de la police et ont mené en bateau tout leur petit monde. Les journalistes de France 3 sont accompagnés d'un reporter de France Info et d'une deuxième équipe de télévision - BFM TV cette fois -, ce qui pousse Canine à organiser une réunion chez elle le lendemain. Nous décidons de ne plus répondre aux interviews. Pas question d'entrer dans ce jeu. Robert n'aurait pas aimé qu'on prête le flanc à une telle surenchère médiatique. BFM insiste, parvient tout de même à interroger quelques habitants dont les témoignages ambigus ne font qu'attiser la curiosité générale.

Avec les gendarmes du village, c'est une autre affaire. Ils nous connaissent, nous apprécient, nous respectent, n'interviennent jamais dans les décisions prises lors des diverses commissions citoyennes qui, n'en déplaise aux autorités, déterminent des pans entiers de notre économie locale. Nous les apprécions en retour, et c'est probablement pour cette raison qu'ils arrivent si souvent à leurs fins. Ils sont discrets et très opiniâtres. Ils nous ont écoutés avec bonhomie la semaine suivant les obsèques et ont semblé partager le regain d'optimisme qui nous gagnait peu à peu. « Optimisme » n'est pas le mot, apaisement plutôt, soulagement d'apprendre par la bande qu'Émir est en bonne santé et qu'il se planque quelque part dans les environs. Les gendarmes l'ont compris à leur tour et, sans incriminer personne, sont allés discrètement patrouiller dans les montagnes. Ils ont exploré les falaises de Saint-May, les hauteurs de Sahune, de Condorcet, de Montréal-les-Sources mais, par bonheur, ont oublié la traînée synclinale qui zèbre le bas du Calvon, là où nichent les vautours et où la jeune Liseron part souvent en balade.

Une lézarde calcaire borde cette singularité géologique, une faille rocheuse très aride, sans la moindre végétation, où les chasseurs de la commune ont coutume de déposer les dépouilles des sangliers abattus loin de leurs véhicules. C'est pratique et très salubre. La nature n'aime guère les charognes abandonnées en plein vent et quelques millions de vers s'empressent de les transformer aussitôt en terreau fertile tout en s'y reproduisant sans voleter ni bourdonner, contrairement à certains insectes, ou même à l'hélicoptère de la gendarmerie qui a tourniqué un temps au-dessus du village. L'hélicoptère a abandonné la partie, mais les mouches non, pas plus que les couples de vautours qui niche dans les grottes surplombant ces lieux inhospitaliers. Pas plus qu'Émir Germain. En réalité personne ne traverse jamais le synclinal, ni charognards ni chasseurs, parfois un vol de lucioles en été ou, par inadvertance, l'un de ces cabris au front piqueté de blanc, ces chamois fouineurs qu'on appelle « chèvres » dans le pays, comme on nomme « cochons » les sangliers, les pourceaux. La lézarde est trop aride, trop rebutante. Émir y a aménagé l'un de ses refuges. Il survit tranquillement là-haut. Il peut surveiller la vallée sans être vu, aller s'abreuver en moins d'une heure à la source du Calvon, marauder des fruits sur l'autre versant de la montagne et, qui sait, rejoindre de temps à autre sa Myriam, sa Canine qui rend Liseron folle de jalousie.

Une sonnerie extravagante résonne dans le synclinal au lever du sixième jour et tire brusquement Émir de son sommeil. L'amour n'est pas en cause ici, seulement la loi républicaine et son application. Jalousie et compassion n'ont plus la moindre fonction en ces lieux sauvages et désolés. C'est juste une épreuve, un coup de tonnerre. Des trompes de chasse sonnent partout autour du migrant. La falaise du Calvon en renvoie l'écho jusqu'au verrou de Cluze. Dans un premier temps, Émir se terre dans la grotte qui lui sert de refuge et essaie de comprendre ce qui se passe. Il ne comprend rien, sinon que la course-poursuite recommence comme à son passage des frontières avant de rejoindre la France. On ne saura jamais si ces clairons ont été mobilisés afin de le pister lui précisément, ou de traquer les hordes de cochons sauvages. Cette battue administrative - inhabituelle en la saison - était prévue depuis plusieurs semaines, sans arrière-pensée, semble-t-il, dans le seul but de mettre un terme à la prolifération des sangliers qui pullulent dans la région et dont quelques spécimens hantent déjà les faubourgs de Dibona. Peut-être a-t-on décalé la date de la battue, l'a-t-on avancée de quelques jours pour - qui sait ? - débusquer le clandestin par la même occasion.

Émir réfléchit une demi-heure dans son excavation et décide finalement de quitter les lieux. Les clairons se répondent d'une falaise à l'autre, précédés d'une meute de chiens qui tous aboient d'une même voix triste et enrouée. Les animaux sauvages fuient vers le haut et Émir leur emboîte le pas sans savoir s'il a raison de déguerpir ainsi. Il a reconnu deux ou trois silhouettes familières au milieu du synclinal, a voulu signaler sa présence, mais personne n'a entendu ses appels. Il décampe. Les chasseurs progressent là, en dessous, fusil en bandoulière, soufflant sans discontinuer dans leur clairon. Les lapins bondissent d'un terrier à l'autre. Une laie et ses petits remontent la faille puis se faufilent dans une combe menant droit au sommet de la falaise. Émir les suit en se cachant derrière des blocs de pierre. Il n'a plus vraiment le choix, il faut contourner l'éperon rocheux qui marque la fin du synclinal, gravir un dernier ressaut et se retrouver en plein vent, sous la crête, dans un petit vallon ombreux surveillé par les postes de guet des chasseurs dissimulés entre les arbres. Il ignore que des gendarmes chargés de contrôler le bon déroulement de la battue attendent cent mètres plus loin, tout en haut, sur un chemin poussiéreux. La cavalcade se rapproche. Les guetteurs en poste essaient d'anticiper le trajet des piqueurs et des sangliers. Les clairons se répondent juste au-dessous. Soudain, après un moment de silence assez étrange, la laie affolée surgit dans le vallon, poursuivie par la meute des chiens. Elle bondit de côté, bascule vers le ressaut, disparaît dans un bosquet de cades. Deux ou trois coups de feu retentissent pile au moment où une silhouette humaine apparaît à l'entrée du vallon, qui agite les mains au-dessus de sa tête. L'un des chasseurs reconnaît le migrant et embouche aussitôt une trompe plus petite et plus trapue. Il souffle dedans. Dès la première sonnerie - rauque cette fois-ci -, ses collègues baissent leur arme.

Fin de la traque. Dépités, les chasseurs laissent filer le groupe de marcassins derrière la crête. Les fusils sont cassés, les clairons remisés dans les gibecières. On ignore ce que le jeune Noir fabrique ici, mais beaucoup le connaissent pour avoir profité de ses exploits sur les poteaux téléphoniques. Le père Champier et son fils Raoult se précipitent et lui conseillent de rebrousser chemin en vitesse. Un autre agriculteur lui prend le bras et le tire discrètement vers le bosquet de cades. Émir ne comprend pas. Il est en nage. Il balaie l'horizon des yeux, réprime un mouvement de recul en apercevant les uniformes qui descendent le chemin. C'est trop tard. C'est plié. Il soupire, se laisse tomber au pied d'un rocher, se prend la tête dans les mains. Les gendarmes rappliquent au pas de course et le ceinturent malgré une ultime tentative de Raoult pour s'interposer. Émir se relève, cherche l'instituteur des yeux. Corentin n'est pas là. L'infirmière est absente elle aussi. Personne ne s'intéresse à la battue dans leur petit groupe d'amis. Les gendarmes de Foncouverte ont damé le pion à la police de Dibona et lui s'est laissé piéger comme un vulgaire cochon.

Le chef de la brigade sort de la jeep garée sur la crête et arrive en traînant la jambe. Émir se laisse embarquer sans la moindre protestation. Au moment de lui passer les bracelets, l'officier bafouille quelques mots d'excuse.

Deux jours de garde à vue.

L'opérateur Orange vient de déposer plainte à la suite de l'intrusion nocturne d'un malfaiteur dans son relais de Foncouverte. Émir reconnaît les faits mais précise aux enquêteurs que les antennes étaient mal disposées et qu'il les a seulement réorientées du mieux possible vers la vallée. Ces explications laissent les autorités de glace. Le migrant est aussitôt mis en examen pour violation de domicile et dégradation de biens privés. Parallèlement, il est menacé de rétention administrative pour être entré sur le territoire français sans papiers ni autorisation. Il a interdiction de remettre les pieds dans le département et *a fortiori* de prendre contact avec les habitants de Foncouverte qui l'ont recueilli. Une procédure d'éloignement est engagée contre lui. Le procureur de la République, particulièrement remonté, ignore les associations de défense qui, le lendemain, tentent d'entrer en contact avec le migrant. Il ne laisse personne interférer dans l'instruction. Me Rambaud, notre avocat, ne se montre guère optimiste. Tout se complique en quelques heures et, au centre équestre, Zuita, qui a la rancœur facile, ne décolère pas. Nous savions tous qu'Émir se planquait dans la montagne, nous aurions dû partir à sa recherche, le ramener au village où les abris ne manquent pas. Il y a un appartement vide derrière la mairie, disponible sur-le-champ, qui a seulement besoin d'un coup de peinture. Le migrant aurait pu s'y installer quelque temps. Personne ne l'aurait dénoncé. Corentin a beau rétorquer qu'en matière de délation, on n'est jamais sûr de rien, elle n'en démord pas et continue de traiter son amant de peureux et de lâche. Le circuit emprunté par la battue administrative était connu de tous et, même sans savoir où Émir se planquait exactement, nous aurions dû essayer de le mettre en garde. Elle en veut à la terre entière, comme les élèves de la classe unique qui, privés de cours pendant cinq semaines, livrés à eux-mêmes, se sont mis à déambuler dans les rues en inventant des jeux stupides, dangereux parfois, qui les opposent en bandes rivales. Les premiers temps, Liseron, de retour du lycée, a pris la tête de l'un de ces groupes. On la reconnaît à peine. Elle est devenue susceptible, très agressive. Elle boite ouvertement, comme si la claudication était un privilège.

9

C'était un prince. Il s'est fait prendre au collet comme un malpropre et c'est devenu un paria. Que faire ?... Les habitants de la vallée de l'Ennuye baissent les bras bien sûr, impuissants et indignés. Ils les avaient ouverts sans rechigner car, ici comme ailleurs, il faut accueillir les migrants, mais c'est peut-être à eux à présent, rescapés opiniâtres qui ont traversé mers et conflits, de nous montrer la voie... Ils ont survécu en priant leur Dieu de miséricorde et voilà, à bas bruit, parallèlement, ils nous supplient de leur trouver du boulot. Que faire de ces requêtes puisque le travail manque aussi par ici ? La pitié et la compassion ne suffisent plus. Robert gît sous une couche d'abricots Big Red. Émir s'est fait piéger comme un lapin. Et nous-mêmes, qui croyons en un monde différent, qui parions sur la solidarité, le covoiturage, les transports en commun, qui installons des nichoirs à mésanges ou à chauves-souris pour lutter contre les insectes ravageurs, plantons des rosiers devant les rangs de vignes, multiplions les pièges à phéromones, semons partout des leurres car c'est ainsi qu'il faut se battre, par mirages et artifices, nous-mêmes qui venons d'être mystifiés à notre tour, bernés comme des enfants, comment nous y retrouver et poursuivre notre chemin ?...

Liseron est enfermée dans sa chambre, prise au piège également. Elle a été vraiment trop bavarde. Elle a tout déballé à ses copines : le jeune Noir découvert dans la fenière avec son sac-poubelle, le migrant qui l'a aidée à tirer les ballots de fourrage, qui a été attaqué par les fourmis au sommet des poteaux téléphoniques, qui lui a pris la main en évoquant sa sœur boiteuse, qui a embrassé l'infirmière Canine, celle qui préfère montrer son cul que son cœur, etc. Elle a trop parlé au lycée, beaucoup trop et beaucoup trop vite. Sa copine Olga Reverchon s'est empressée de rédiger un courrier signalant la présence du sans-papiers au village de Foncouverte. Elle a déposé elle-même la lettre dans la boîte du commissariat de la ville. Les Reverchon n'aiment pas les migrants, tout le monde le sait. Liseron a compris que c'était elle qui avait provoqué l'intervention des gendarmes dans l'école de Corentin, mais il était trop tard pour réagir, trop tard pour se venger. Se venger de quoi, de qui ?... De l'infirmière, de sa mère Zuita qui ne cesse de lui faire la leçon, de l'indifférence des garçons de sa classe, de son amour furtif et fautif, de sa jambe bancale, de ses bourrelets, ses boutons d'acné ? L'instituteur est resté sans voix lorsqu'elle lui a rapporté l'initiative d'Olga. Il a posé une main affectueuse sur son épaule. Elle l'a repoussé. Elle déteste les mains affectueuses.

Elle se déteste. Elle a horreur d'être amoureuse. Elle s'est retournée d'un bloc contre le mur de sa chambre et s'est mise à pleurer à la façon Savajol, sans bruit, en balayant son visage avec les mains. Corentin l'a prise dans ses bras, l'a bercée comme quand elle était gosse, en l'affublant de petits noms ridicules : ma puce, mon cœur, mon poussin. Elle ne se souvient pas précisément quel mot, mais ça n'a aucune importance. Mon trésor, peut-être... Il l'appelle mon trésor mais se fiche complètement qu'Émir doive payer la facture.

Elle l'a repoussé puis, méprisante, est partie ouvrir le box de Spoutnik. Elle a dispersé les poneys dans la cour, sauté en selle et filé jusqu'au hameau de Pierrefeu. Elle y est arrivée un quart d'heure plus tard, en nage. Elle a attaché son étalon à la porte dégondée du vieux four et s'est mise à regarder la placette sans trop savoir ce qu'elle fichait là, ce qu'elle cherchait exactement. C'est l'endroit du dernier rendez-vous, là où Émir et Robert ont échangé leur téléphone et leurs habits. Il y avait peut-être encore quelque chose à récupérer, un indice, un signal. Les guêpes bourdonnaient devant l'entrée du four, de plus en plus nombreuses et agressives. Elle a tendu la main, s'est fait piquer une première fois à la nuque. Ça ne l'a pas empêchée d'aller jusqu'au bout, de glisser le bras sous la voûte et d'inspecter les briques à main nue jusqu'à ne sentir tout au fond rien d'autre qu'un petit nid bourré de larves. Furieuse, elle a serré le nid entre ses doigts, l'a arraché d'un coup, l'a jeté dehors et piétiné sur le dallage en pierre. Elle s'est fait piquer une vingtaine de fois en moins d'une minute puis, le souffle court, s'est résolue à détacher Spoutnik qui, agacé lui aussi, tirait sur sa longe en hennissant. Elle est parvenue à marcher jusqu'au banc en pierre de l'ancien lavoir, s'y est allongée un instant, est repartie en titubant, est remontée en selle, a rejoint tant bien que mal le chemin des crêtes mais s'est sentie mal en arrivant devant la haie de cyprès signalant l'ancien hameau en ruines. Ses doigts et ses avant-bras étaient brûlants, bouffis, presque bleus. Ses yeux et ses joues commençaient à se boursoufler aussi. Elle a perdu connaissance d'un coup.

Hôpital...

Il n'y avait rien à récupérer dans le four.

Émir a été conduit au centre de rétention administrative de Nîmes, avenue Clément-Ader, et la vie peine à retrouver son cours dans la vallée de l'Ennuye. La saison des asperges est terminée. Celle des abricots aussi. Viendra bientôt le moment de faucher les parcelles de blé que nous cultivons en fond de vallée, de moissonner les vastes étendues de lavandins plantées sur le plateau. Et, plus tard, quelques hectares de vraie lavande poussant en altitude – la « fine » – qu'on récoltera à la machine aussi. Certains jugent désolante cette nouvelle façon de ramasser les plantes aromatiques, de les broyer comme de l'ensilage, les distiller au gaz butane dans d'immenses conteneurs, puis de stocker l'essence dans des bidons en acier inoxydable. Le progrès n'attend pas. La nature non plus qui, timidement, nous propose malgré tout, quand on s'y attend le moins, son tempo de toujours. C'est la fin du printemps. La chaleur est encore supportable, les températures redescendent la nuit, les fruits mûrissent lentement, les abeilles butinent d'une fleur à l'autre comme si de rien n'était. Bientôt, nous le savons, la canicule reviendra, aussi pénible que les années précédentes et la sidération s'imposera de nouveau avec le retour de la sécheresse, l'assèchement des biefs et des ruisseaux, les incendies partout. Nous en sortirons pantelants, moroses, minés par ce climat que nous avons nous-mêmes façonné, ne rêvant qu'à l'automne, à ses pluies, à ses probables inondations, sans imaginer qu'en octobre, justement, les éléments se déchaîneront à nouveau sans pitié et que nous ne saurons plus où donner de la tête.

Il paraît que le procédé du leurre est notre avenir. Aujourd'hui, par exemple, les insectes ravageurs ont complètement abandonné la partie dans les vergers de Foncouverte. Ils n'ont plus le cœur à l'ouvrage. Les mâles ont cessé de courir après les femelles, car nous avons saturé l'espace d'hormones de synthèse, et les prédateurs, enivrés par cet excès de sexe virtuel, ne savent plus où donner de la tête. Ils voudraient continuer à se reproduire, mais il y a trop d'amoureuses dans ces arbres fruitiers qu'ils ont coutume de coloniser. Cette foule en rut leur donne le tournis. Elles sont pourtant bien là, les vraies femelles, attentives et amusées, constatant que les mâles renoncent à l'amour par surabondance d'enlacements potentiels, qu'ils oublient de féconder leurs œufs pour permettre la naissance de ces vers qui ravageront plus tard les arbres fruitiers. C'est le nouveau jeu de l'offre et de la demande, le seul qui vaille de nos jours – offre excessive, demande en berne –, et nous le pratiquons à merveille. Multipliant ces stratégies où les phéromones étourdissent, on ne peut s'empêcher de penser à Liseron étourdie par l'amour impossible, ou Émir Germain par le brusque tintamarre de la battue administrative, le vacarme des clairons, la fuite en avant des bêtes sauvages. Ou encore à nous-mêmes, que les promesses des politiques continuent d'abuser. À quoi faut-il renoncer pour éviter d'être pris au piège ? à notre fonctionnement communal alternatif ? à notre désir de vivre sans trop d'argent ni de pollution, dans le respect de nouvelles normes écologiques ? ou à ces rites sacrificiels que n'en finit plus de réinventer la petite Liseron, pour elle seule, en priant son Dieu de miséricorde ?

Elle est à l'hôpital pour quelques heures encore. Zuita a eu très peur. Sa fille lui échappe chaque jour davantage mais elle sait que, cette fois encore, la chance leur a souri. Spoutnik a galopé d'une traite jusqu'au centre équestre et a réussi à donner l'alerte en moins d'une demi-heure. C'est un excellent cheval. Il a obtenu double ration de fourrage.

Canine rend visite à Émir dans cette immense geôle barricadée qu'est devenu le centre régional de rétention administrative. Le migrant lui sourit derrière la grille. Il est heureux de la retrouver, mais il ne sait parler que de Robert Savajol, redire comment il a ramené la parka, comment il a recouvert les abricots avec cette vieille tenue de camouflage dont Robert ne s'est jamais départi de toute son existence, sinon pour le secourir lui, Émir Germain... Et peut-être aussi pour le plaisir de berner la police. Les conditions de vie au centre de rétention ne sont pas folichonnes, mais il lutte, il résiste, il essaie de ne plus penser. Myriam acquiesce avec un pauvre sourire. Émir s'appuie aux montants du portail, lui prend la main à travers le grillage et lui demande d'un ton fiévreux si elle parvient à oublier la démarche chaloupée de Robert, sa voix inquiète, perchée dans les aigus, ses Majorette jaunes. Elle répond doucement à la pression de ses doigts et, sentant que ses joues s'empourprent, secoue la tête de droite à gauche et se met à bégayer. Pas question de se laisser gagner par cette propension à rougir pour des riens qui réapparaît ces jours et a déjà pourri son adolescence. Elle doit rester à l'écart de tout cela. Émir n'a pas besoin de son aide. Personne à Foncouverte n'a oublié l'enterrement du fils Savajol. Les habitants sont unis dans la même peine et la même sidération. Elle toussote, soupire, se racle la gorge, annonce que le voyage jusqu'à Nîmes a été éreintant, que la chaleur lui met le feu aux joues et qu'il ne doit pas s'en formaliser. Émir ne se formalise de rien. Il n'a même pas vu que son visage s'empourprait. Le front appuyé contre la grille, replié dans sa peine, il se méprend sur le sourire contrit de sa visiteuse et revient à Robert qui a perdu la vie en lui offrant sa parka. Il avale sa salive puis se met à évoquer les rites funéraires de son Afrique natale. Elle l'écoute avec une folle envie de le serrer dans ses bras, mais un grillage les sépare et elle doit seulement écouter. Rien d'autre. Elle ne bouge plus, ne rougit plus du tout.

On ne prie pas les mêmes dieux, là-bas. On ne réagit pas de la même façon face à la mort, surtout dans les villages reculés comme celui de sa grand-mère. On n'enterre pas les défunts, on préfère les réduire en cendres. Une très ancienne coutume impose à chaque villageois de se nourrir de cette cendre afin de permettre au clan de perdurer. Les disparus se mêlent aux disparus. La poussière des nouveaux défunts est mélangée à celle des anciens morts qui reposent tous dans un même récipient à l'entrée du village, une grande amphore en terre cuite fermée par un bouchon de cire. Il faut chaque fois la désemplir pour faire place au nouvel arrivant. Le chef du village ôte la quantité nécessaire puis distribue l'excédent de cendres aux membres de la tribu et chacun - enfants compris - y goûte avec une cuillère en padouk. Ainsi, de tout temps, les vieux morts ont nourri leur descendance en s'assurant qu'on ne les oublierait pas. Les habitants du village doivent ouvrir plusieurs fois le couvercle au cours de leur existence afin d'y incorporer un proche, un parent, un ami, et vénérer les ancêtres comme il se doit. Une fois partagée la ration de cendre commune, on replonge la cuillère au fond de la jarre où, tôt ou tard, chacun sera plongé à son tour. C'est une tradition millénaire et douce comme celle des abricots.

Myriam sourit. Dans la vallée de l'Ennuye, on n'a pas vraiment l'habitude de recouvrir les morts avec des Big Red. C'est seulement pour Robert Savajol que les villageois ont agi de la sorte, mais Émir n'en démord pas. La coutume est simple et très belle. Il a aimé cette épaisseur de fruits, ce manteau orangé déposé sur son ami mort, aimé l'odeur de vie qui en émanait. Il raconte tout cela en clignant les paupières, puis reprend les doigts de l'infirmière en précisant qu'il a dû descendre lui-même dans la fosse pour goûter aux Big Red avant de tout recouvrir avec la parka.

Myriam, très émue, fouille son sac et lui offre comme convenu le téléphone de Robert. Celui du migrant a été placé sous séquestre par l'administration et, à l'évidence, on ne peut se passer de ce genre d'objet en ce lieu. Émir jette un coup d'œil au portable à touches et à carte prépayée de son ancien copain qui, au bout du compte, n'aura livré aucun secret aux enquêteurs. Ils l'ont inspecté sous toutes les coutures, n'ont trouvé trace que des quelques appels à l'infirmière qu'ils connaissaient déjà. Rien d'autre. Ils ont fini par rendre l'objet à la famille. Émir le frotte longuement contre sa chemise puis l'attache autour de son cou avec une ficelle.

Il sera fixé sur son sort sous quinzaine. En attendant, il tente d'oublier les rumeurs de ce monde étrange et se familiarise avec les règles du droit français. Robert Savajol a perdu la vie à cause de lui et, ça, il ne l'oublie pas, il ne l'oubliera jamais. Il évite de se plaindre, fait le dos rond et, jusqu'à récemment, passe le plus clair de son temps sur la connexion Internet que lui offre l'administration. Il a même réussi à renouer contact avec Sylvain Lhomme, le geek qui lui a refilé des tuyaux sur les antennes de téléphonie mobile. Sylvain Lhomme travaille à la centrale. Il pilote l'un des trois réacteurs de La Baume et affirme qu'on parle beaucoup de sa mésaventure là-bas. Beaucoup trop à son avis. Beaucoup trop dans toute la région. Émir est devenu un symbole. Il cristallise les passions. Difficile de communiquer dans de telles circonstances. Il faudrait commencer par crypter leurs messageries, mais sur l'ordinateur du centre, c'est délicat et, avec le vieux téléphone à touches de Robert Savajol – un vrai portable de papy –, c'est carrément impossible.

10

L'été s'est installé d'un coup.

La canicule revient en quelques jours, moins étouffante que prévu, à peu près au moment où un nouveau document atterrit sur le bureau de la secrétaire de mairie, une feuille volante pliée en quatre, simple photocopie de l'acte de naissance que le migrant possède déjà mais, cette fois, tamponnée par le ministère guinéen de l'Intérieur. Me Rambaud, qui avait noté une irrégularité dans la procédure de son placement en rétention, utilise aussitôt cet imprimé qui atteste formellement son identité et s'en prévaut pour réclamer une remise en liberté. Peu après, le défaut de procédure pointé du doigt est avéré lui aussi. L'instruction du dossier doit reprendre à zéro. Émir respire mieux. Dès la troisième semaine de juillet, comme espéré, après quelques démarches administratives supplémentaires, il obtient l'autorisation de revenir parmi nous. Dans un premier temps, il logera chez Canine. Un apéritif de retrouvailles est organisé en mairie, réunissant la plupart des habitants du village, suivi d'un pique-nique improvisé sous le grand tilleul.

Dès le lendemain, Émir se remet au travail. C'est un bosseur. Il ne veut être à la charge de personne et accepte n'importe quel petit boulot. Il remplace au pied levé les employés de mairie, désherbe les jardins, aide au ramassage des ordures, livre les repas de la maison de retraite, nettoie la place du marché chaque mercredi. La vallée lui ouvre à nouveau les bras. Il est ravi de nous retrouver et de se rendre utile. L'avocat a beau le mettre en garde contre les risques qu'il court en acceptant ces différentes besognes non déclarées, il s'en fiche. Il est de retour parmi nous et c'est inespéré.

Autre surprise de taille : Myriam, maire en exercice et également présidente de la communauté de communes, vient d'imaginer une solution inédite pour lui venir en aide, un remède qu'elle a dû soumettre au préalable au conseil municipal. Elle propose à Émir de l'épouser. Ce projet matrimonial laisse tout le monde perplexe au début. C'est évidemment une alliance conjoncturelle, sorte de mariage blanc qui ne dirait pas son nom mais, à l'en croire, c'est le seul moyen de le sortir de l'impasse. Sauf qu'Émir Germain, premier concerné, n'est pas très enthousiaste à la perspective de cette union de circonstance. L'amour et le sexe n'ont pas l'air de l'intéresser. Il a seulement envie de travailler. Il fonce tête la première dans sa nouvelle existence, n'attend rien en retour, ne recule jamais devant les obstacles mais là, face à cet amour-prétexte, il hésite, comme pris au piège.

Il tergiverse quatre ou cinq jours puis, un samedi soir, au terme d'un dîner particulièrement arrosé, se lève et déclare à l'assistance qu'il ne peut se résoudre à accepter. Impossible d'épouser sa logeuse. Un silence embarrassé accueille sa décision. Canine secoue la tête, respire à fond, courbe l'échine. Émir est imprévisible, il n'aime personne, il profite seulement de ce qu'on lui offre et, cette fois, peut-être qu'elle lui offre trop. Elle soupire, baisse les yeux et regarde dehors. Elle ne sera jamais à ses yeux qu'une jolie potiche, un pot de fleurs accueillant.

Le Guinéen se rassied à ses côtés en soupirant lui aussi. Il est rompu de fatigue. Il étrangle une sorte de gémissement qui met chacun mal à l'aise et se penche vers l'infirmière pour lui souffler quelques mots à l'oreille. Myriam, meurtrie mais fidèle à ses convictions, répond qu'elle restera toujours à ses côtés. Sa proposition tiendra aussi longtemps que nécessaire et, si par hasard il venait à changer d'avis, elle serait toujours là, fidèle au rendez-vous. Il la remercie en serrant les poings, se frotte les yeux et nous regarde l'un après l'autre comme si nous étions responsables de ce qui lui arrive maintenant, sans doute aussi de ce qui va nous arriver bientôt.

Malgré tout, c'est une période heureuse.

La canicule a pris possession du pays et a faibli une semaine plus tard sans faire trop de dégâts. Les jours diminuent insensiblement et Émir Germain travaille. Il reste un mystère. Il ne boit pas, ne se plaint jamais, parle de mieux en mieux le français, sourit quand il le faut, se dépense beaucoup et continue de refuser ce qui, à la limite des règles de l'État de droit, lui permettrait de sortir de l'illégalité. À la réflexion, l'idée de Myriam était pourtant la bonne solution. Elle dirige la commune où il loge, elle aurait pu valider cette union sans trop de peine et elle n'attendait rien en retour. Mais Émir ne veut pas en entendre parler. Zuita professe d'étranges théories au sujet de ces réticences. Elle prétend que, sous ses airs indifférents, le jeune Guinéen manipule inconsciemment les personnes qui s'attachent à lui. Ce serait une sorte de séducteur prêtant une attention ennuyée à la convoitise qu'il suscite, donnant l'impression de ne jamais comprendre ce qui lui arrive, d'être inapte à l'amour, mais sachant confusément qu'il n'y a rien de mieux que ce désintérêt pour empaqueter les amoureuses. La directrice du centre équestre évoque en parallèle ce qu'elle appelle le « plaisir de décevoir », d'après elle un goût spécifiquement féminin, un penchant pour la déconvenue que connaîtrait parfaitement Canine, une tendance à se complaire dans le dépit, les passions contrariées, à aimer autant souffrir que se regarder souffrir... Selon Zuita, le couplage de ces deux dispositions mène droit dans le mur.

Corentin la laisse à ses propos misogynes, mais c'est un fait que Myriam se sacrifie beaucoup, et qu'Émir Germain continue d'intriguer la population. Il est silencieux, brillant, ne rechigne devant aucune tâche, correspond peu à l'image qu'on se fait d'un migrant et revendique précisément de ne véhiculer aucune image, seulement de s'intégrer à notre communauté en y travaillant du mieux possible. On ne peut s'empêcher de songer à cette vallée de l'Ennuye qui nous abrite depuis la nuit des temps et à laquelle nous voudrions nous intégrer en travaillant nous aussi du mieux possible, sans aigreur ni relâche, à cette nature si généreuse que nous revendiquons pour compagne. Elle nous accueille. Elle dépérit par notre faute mais continue de nous nourrir et de nous combler sans émettre d'objection. Elle ne nous déçoit jamais.

Liseron reprend l'équitation. Elle oublie la bande de gamins désœuvrés dont elle a coordonné les maigres rébellions après la mort de Robert Savajol. Elle donne un grand coup de balai autour d'elle. Plus de rapines. Plus de tags, plus de dégradations nocturnes. Elle s'est calmée d'un coup et le village en profite. Le soir, elle traverse la place du marché en claudiquant et va s'asseoir sur le muret en pierre qui surplombe le toit de l'ancien lavoir. Elle s'y installe avec ses livres et son portable. C'est ombragé là-haut, toujours frais, et elle aperçoit les fenêtres du cabanon d'Émir en contrebas. On ignore le profit qu'elle tire à faire ainsi le guet, mais elle est là chaque fin d'après-midi après sa balade sur l'étalon Spoutnik qui s'est considérablement radouci lui aussi. Elle continue à critiquer l'infirmière, répétant que Myriam est trop souriante, trop rondelette, qu'elle préfère montrer son cul que son cœur mais elle lui reconnaît du cran et une certaine générosité... Sa mère respire, qui n'aimait pas la voir traîner dans les rues avec sa bande de copains délurés. En réalité tout le monde respire à Foncouverte, migrant et instituteur, cavalières et magistrate, agriculteurs et artisans. Sans compter les deux couples de vautours au sommet du Calvon.

L'étalon Spoutnik est rentré dans le rang lui aussi. Il ne se rebelle plus pour des broutilles, devient plus vigoureux d'un jour à l'autre, de plus en plus beau aussi. Il gagne en docilité, ne gratte plus du pied au moindre bruit, ne couche plus les oreilles si on tarde à le bouchonner ou s'il ne sent pas la bonne odeur des pommes fourrées dans la poche de la vareuse. Il accepte peu à peu de se laisser dominer. Liseron raffole de cette subordination rétive et des marques de tendresse qu'il lui prodigue de temps à autre en retour, surtout quand elle ne s'y attend pas. Ce sera bientôt une monture idéale. En attendant, elle continue de lui inculquer discipline et endurance. Quelque chose de bénéfique va leur arriver bientôt, elle en est persuadée. Elle ignore quoi.

Fin août, croisant Émir qui termine sa distribution quotidienne de repas aux personnes âgées, elle saute du muret, défait ses cheveux, le rattrape dans l'escalier menant au cabanon, lui prend la main et, en quelques phrases hachées, lui propose de la suivre dans l'une de ses balades quotidiennes à travers les collines. Émir, surpris, sent un malaise diffus l'envahir, mais elle le fixe avec des yeux si confiants qu'il accepte. Il doit d'abord prendre quelques cours d'équitation. Liseron en convient et, au début, rit beaucoup de ses maladresses. Ses copines du centre équestre aussi, qui guettent le moindre faux pas quand il monte du mauvais bord, s'accroche à la crinière de la jument, tergiverse, remue la croupe à contretemps, etc. Elles s'amusent à bon compte, elles qui fréquentent ces lieux depuis leur plus jeune âge et alimentent à leur corps défendant les théories fumeuses de Zuita, qui, à propos de sexe, n'est jamais avare de spéculations. La compagne de Corentin est une thérapeute qui s'ignore, doublée d'une très discrète mère maquerelle. Elle prétend que chevaucher est un remède idéal pour les jeunes filles en quête d'émoi, un puissant dérivatif à la langueur de leurs anatomies bouleversées. Les habitués du centre sont pour la plupart des adolescentes, en effet, qui découvrent l'équitation en même temps que cette sorte d'apprentissage de la sensualité que leur propose la directrice, exploration ludique du corps de l'autre, lente approche de la sueur partagée, des caresses animales, de l'obligation de se frotter au cuir, au pelage, aux odeurs, à l'épiderme de bêtes aussi peureuses et imprévisibles qu'elles. Les filles apprennent à donner des ordres avec leurs cuisses autant qu'avec leur voix, à dompter, à soumettre, à distribuer récompenses et punitions, et surtout à ignorer cette sourde irritation qui leur monte dans l'entrejambe, dont il ne faut jamais parler mais que les chevaux partagent silencieusement. Zuita est persuadée qu'il est préférable de céder à ces jeux innocents plutôt qu'aux avances des pervers qui hantent les réseaux sociaux. Les animaux n'ont pas conscience du plaisir qu'ils procurent, et c'est bien ainsi. Les filles de Foncouverte et des villages de la vallée les chevauchent assidûment. Du même coup elles découvrent le mâle, comprennent peu à peu combien il est timide, peureux, mal préparé. Elles s'aperçoivent parallèlement que leurs amis garçons véhiculent tous la même image de jeunes mecs désabusés et dominants mais qu'en réalité ils ne savent pas comment se dépêtrer avec leur bas-ventre, avec les tensions qui le gagnent. Ils sont fébriles, balourds, totalement embarrassés par leur morphologie naissante.

C'est donc le sexe qui mène la danse dans cette partie-là aussi, un jeu de dupes sans guide ni arbitre véritable, un jeu dont Émir Germain ne semble pas vraiment rêver. Probablement n'a-t-il jamais connu le genre d'émotion qu'évoque la directrice du centre équestre. L'instituteur Corentin a le sentiment que l'histoire personnelle du Guinéen, tellement douloureuse, l'empêche d'accéder à un certain niveau d'intériorité et que cette part cachée de lui-même, si précieuse, cette part manquante se rappelle sans cesse à lui, le faisant souffrir de façon ambiguë, comme on souffre d'un membre amputé. En quelque sorte son destin l'a dépossédé de vie intérieure, il en perçoit physiquement l'absence, mais il s'en désintéresse. Elle s'exprime de façon décousue chez les autres, trop imprévisible, trop décevante. Il a cessé depuis longtemps de s'intéresser à lui-même. Il ne se regarde pas, ne se jauge plus. Sauf que Liseron est comme l'eau des fontaines, limpide et froide. Aucun péril avec elle, aucune toise sous laquelle passer, pas d'émoi à surveiller, aucun enjeu.

La première fois, ils font le tour du village.

La deuxième, ils rejoignent les berges de l'Ennuye et remontent la rivière jusqu'au verrou de Cluze. La troisième, ils décident de continuer vers le synclinal où le jeune migrant s'est terré une semaine durant. Cette promenade au coucher du soleil est plus longue et plus difficile que les précédentes. Les sentiers sont abrupts, pierreux. La chaleur accumulée pendant l'après-midi énerve les montures. Émir, mal à l'aise sur la jument, retrouve l'incroyable sauvagerie des lieux dans lesquels il s'est dissimulé. La muraille calcaire du Calvon, fendue en deux, les surplombe de toute sa hauteur. Les sabots de Spoutnik claquent sur les rochers, les insectes fuient entre les dalles. Une brise chaude, irrégulière, agace les visages. Liseron, voyant que le Guinéen n'est pas dans son assiette, met soudain pied à terre et décide de traverser le synclinal en menant leurs chevaux à la longe. Émir descend de monture. Honteux mais soulagé, il regarde autour de lui, fait trois pas dans la garrigue, ramasse à la volée une poignée de fleurs sauvages, plutôt herbes que fleurs - chardons bleus, mauves, folle avoine -, et revient vers la jeune fille en battant des cils. Il lui tend sa maigre récolte avec un haussement d'épaules timide et interrogatif. Liseron est très émue. C'est la première fois qu'on lui offre des fleurs. Ce bouquet incongru la touche au plus haut point. Elle regarde la falaise où évoluent les couples de vautours. Ses yeux lui piquent. Elle attrape une fleur de mauve, la plante dans l'espèce de chignon qu'elle a noué au sommet de son crâne puis, dans un soupir, propose à Émir de monter avec elle sitôt le synclinal franchi.

Elle chevauchera à cru dans son dos et il pourra tenir les rênes. Émir hoche la tête. Un quart d'heure plus tard, il remonte en selle, coince le bouquet dans la crinière de Spoutnik qui apprécie modérément. La jument alezane leur emboîte le pas en tapant du pied mais la petite boiteuse, trop contente de se plaquer contre le Guinéen, de croiser les mains sur son ventre et de lui servir de guide, s'en fiche complètement. Finalement l'étalon s'engage sur la voie du retour sans s'offusquer de la double charge. Il remue la croupe avec la même nonchalance enjouée que d'habitude. Liseron remue à l'unisson. Sa poitrine frotte le dos d'Émir Germain. Son jeune corps se blottit contre le corps immense de son élève et y trouve une place, une petite place illégitime. Les deux cavaliers ne savent pas trop ce qu'ils partagent. Les vautours finissent par disparaître dans le bleu du ciel et le migrant, qui ne comprend pas grand-chose aux problèmes d'âge ou aux rêves d'amour, se met à siffloter en regardant au loin. Agaçant... Je n'invente pas ce mot, je le tiens de Liseron elle-même – peut-être même le mot « horripilant » –, deux adjectifs qu'elle m'a répétés à plusieurs reprises avant de quitter définitivement la France. Mais inutile d'anticiper... Rien n'importe davantage que cette chevauchée sous les falaises du Calvon et cette légère brûlure entre les jambes qui revient et s'impose comme une mise en garde, peut-être l'émotion de trop. Émir et Spoutnik continuent d'avancer sans se douter de rien. Ce sont deux mâles, deux alliés primitifs. Deux impudents. Pour eux, une jeune fille de quinze ans n'est qu'une enfant sans désir qui deviendra intéressante le jour où ses hanches s'élargiront. Ses seins ridicules et son corps libre ne fascinent personne. Son désarroi, ils l'ignorent ou le mésestiment. Pour preuve, sitôt la rivière franchie, le migrant en a assez de cette chevauchée en tandem et demande à remonter sur son vieux canasson.

Liseron met pied à terre en se mordant les lèvres. Elle s'apprête à lui avouer que c'est sa copine Olga Reverchon qui a dénoncé sa présence aux autorités de Dibona, mais elle s'arrête au milieu de la première phrase. À quoi bon se venger de la sorte ? De toute façon Émir ne comprend rien à l'amour.

Longtemps avant d'arriver au village, ils aperçoivent les habits du Guinéen qui sèchent en plein soleil sous le tilleul de Canine, à côté d'une paire de draps. L'infirmière a dû profiter de son absence pour tout passer à la machine. Ils pressent le pas. Le jeune Noir explique que ces draps proviennent du trousseau de la grand-mère de Myriam. Ils sont rêches et brodés. Ils sentent la poussière. Liseron arrête Spoutnik devant l'arbre centenaire et, avec un petit rire étouffé, aide le migrant à plier sa literie. À présent les draps sentent le mistral et l'anis. Quelques auréoles jaunâtres déparent les initiales entrelacées des anciens époux. Émir, penaud tout à coup, précise que les taches étaient déjà présentes le soir de son arrivée. Liseron, dans un haussement d'épaules, part elle-même ranger la literie dans l'armoire du cabanon. Ces souillures indues, bizarrement, la libèrent. Maintenant, elle chantonne. C'est à son tour de siffloter alors qu'une voiture grise arrive, klaxonne dans l'entrée, se gare en un tournemain sous le hangar. Canine en sort et invite tout le monde pour l'apéritif. Liseron récupère son téléphone et appelle sa mère. L'étalon Spoutnik devrait se tenir tranquille jusqu'au soir. La période est heureuse. La période est électrique, joyeuse et culottée.

11

Politiquement, cette période est de plus en plus étrange.

Au début des vacances, le président de la République, dans l'une des volte-face dont il a le secret, a décidé de dissoudre l'Assemblée nationale et de convoquer les Français à de nouvelles élections législatives. Ce choix risqué prend tout le monde de court. Il tient autant à la vague verte qui balaie le pays depuis quelques mois déjà qu'à la claque mémorable infligée à son parti lors du dernier scrutin. Le président joue son va-tout mais, au bout du compte, selon certains observateurs, il pourrait remporter la mise. Sa décision ne manque pas de panache. Il y a trop longtemps en effet que les élections législatives sont couplées à la présidentielle et une majorité de Français pense à présent qu'il faudrait bousculer ce pas de deux confortable, décaler à nouveau les scrutins. Le président, cohérent avec son choix de dissoudre la Chambre, s'est engagé à maintenir l'assemblée nouvellement élue dans le cas où son parti remporterait l'élection présidentielle prévue une douzaine de mois plus tard. Il a promis en outre d'instiller une dose de proportionnelle dans le scrutin qui se profile. Les décisions simples et radicales sont parfois les plus efficaces, et celle-ci provoque une belle cacophonie. Effervescence au Château, batailles dans les officines, spéculations en tous genres, incompatibilités, alliances contre nature, avalanche de promesses et dézingage tous azimuts. Un théâtre d'ombres assez sordide dont les acteurs, au fond, intéressent peu les habitants de Foncouverte.

Zuita a terminé la saison sur les genoux mais nettement plus à l'aise financièrement. Malgré sa fatigue et le relatif désintérêt de la population pour le scrutin législatif à venir, elle se demande si, une fois nos propres élections municipales passées, il ne serait pas judicieux de présenter quelqu'un de la vallée à la députation. Elle organise plusieurs réunions à ce sujet en compagnie de Myriam qui, au début, freine des quatre fers, pensant qu'il faut avant tout solder notre contentieux avec la préfecture. Mais, globalement, les autochtones trouvent l'idée plutôt séduisante. Il y a peu de chance pour qu'un candidat écologiste parvienne à ravir la circonscription aux formations politiques qui règnent sur le territoire depuis trois décennies - centre gauche en alternance avec droite modérée - mais sait-on jamais... ? On a beaucoup parlé de la vallée de l'Ennuye, beaucoup interrogé les gens qui y vivent et y travaillent sans jamais se plaindre ni plastronner, beaucoup étudié notre mode de vie bougon et alternatif, beaucoup parlé du migrant Émir Germain, de la classe unique de Corentin, de l'infirmière Canine, des antennes-Ricoré et même de nos chasseurs de sangliers ou de nos gendarmes locaux s'avérant au bout du compte nettement plus malins que leurs chefs. Toutes ces petites gens, à un moment ou à un autre, ont fait la une de la presse locale. Il y a peut-être quelque chose à tenter dans la circonscription malgré les pesanteurs politiques, les vieilles inimitiés et certains stéréotypes qui nous collent à la peau.

La troisième réunion s'achève par la rédaction d'un manifeste où les habitants de la vallée proclament haut et fort qu'ils ne sont pas des utopistes indifférents à l'économie de marché, encore moins des donneurs de leçons végétaliens, ni même des indignés, qu'ils n'ont rien à voir avec les bobos des métropoles, qu'ils consomment de la viande avec modération, ne sont pas davantage adeptes de la décroissance que de la relance économique à tous crins, qu'ils aiment les oiseaux autant que ceux qui parfois les chassent, qu'ils ne seront jamais mangeurs exclusifs de châtaignes ou de patates douces, seulement des travailleurs, des laborieux sachant réfléchir, interroger leurs pratiques et se montrer compétitifs chaque fois que nécessaire. Nous aimons regarder autour de nous et croyons au plaisir de bosser sans contrainte. Il existe sûrement des alternatives à l'ordre économique que nous subissons depuis des décennies en courbant l'échine. Il y a partout des chemins de traverse. Nous allons le prouver en réglant d'abord notre problème de représentation municipale, puis en gagnant les législatives.

Il paraît que la terre a tremblé dans la vallée du Rhône. Un léger séisme, à peine 4,3 sur l'échelle de Richter, ressenti seulement du côté de Viviers et de Malataverne mais qui, une fois encore, met les nerfs de Zuita en boule. Ses angoisses resurgissent au moindre incident. Pourtant les trois panaches de fumée de la centrale ont recommencé à s'enlacer mollement dans le ciel ardéchois, les problèmes de maintenance ont été résolus, les unités de production ont repris le travail comme d'habitude. Pour l'heure il pleut, et Zuita se met martel en tête pour des broutilles. Il pleut sans discontinuer depuis au moins une semaine, le temps est en train de changer brusquement, comme souvent en début d'automne. Les nappes phréatiques se rechargent. Le tilleul a commencé à se déplumer dans la cour de l'école. Corentin, quant à lui, retrouve ses élèves avec une épée de Damoclès au-dessus de sa tête, la perspective d'un avertissement ou d'un blâme administratif sanctionnant l'intervention malencontreuse du migrant sans papiers dans sa classe ainsi que la présence indue de Robert Savajol. Il risque la suspension. Il peine à trouver le sommeil et a commencé à perdre ses cheveux par plaques du côté gauche. C'est dissymétrique et assez disgracieux. Le médecin a identifié un début de pelade, doublée probablement d'un léger vitiligo. Rien de grave à ce stade. Les choses devraient rentrer dans l'ordre au bout de quelques semaines. Ses cheveux se remettront à pousser dès que le stress et le surmenage auront diminué, mais il doit se détendre, ne plus se croire responsable de tout, spécialement de la mort de Robert. Dans cette histoire, il n'est en rien fautif, Zuita ne cesse de le lui répéter. Il le sait, mais il perd ses cheveux quand même.

Il pleut.

L'Ennuye gonfle d'heure en heure.

Notre petite rivière a déjà inondé ses bras morts. Elle va finir par déborder carrément après le verrou de Cluze. En amont le plateau reste inchangé, mais la plaine en dessous prend peu à peu une étrange couleur sépia. Le champ d'asperges de Dibona ressemble à une mare boueuse, jaunâtre, envahie par les branches d'arbres et les déchets plastiques. Il fait un temps à la fois rêvé et exécrable. Émir Germain travaille sans interruption malgré ce temps pourri et répète à qui veut l'entendre que la pluie est une bénédiction. Les orages qui tournent au-dessus de la vallée le fascinent. Ce sont des dons du ciel, il ne comprend pas qu'on s'en plaigne. Son enthousiasme à toute épreuve commence à en agacer certains. Le moindre bouleversement météorologique l'intéresse davantage que la politique, ou même l'infirmière qui l'a recueilli, ou la fille de Zuita... Une certaine défiance est en train de ternir l'empathie générale du début. Peut-être que ces averses gonflant le moindre ruisselet, cette pluie qui recouvre le Calvon d'une mantille mouvante, presque sale, et dessine partout des lacis blanchâtres, peut-être que cet excès d'eau torrentueuse nous tape sur les nerfs. Émir Germain, tellement attentif et serviable, va probablement finir par irriter quelques voisins. Aujourd'hui par exemple, après les orages et l'afflux d'eaux pluviales, la station d'épuration de la communauté de communes s'est mise à déborder. Les effluents ont filé directement à la rivière sans décantation ni clarification. Émir s'est précipité vers la plateforme et a pataugé dans le bac de dégraissage pour relancer - sans succès - l'hélice du racleur. Il adore batailler avec les éléments et résoudre les problèmes de ce genre. Il s'attelle à ce qui est urgent ou vital mais ne se prive pas de critiquer notre absence de mobilisation, d'enthousiasme, nos écarts, nos petits manquements aux règles écolos que nous essayons de suivre dans la vallée. Nous avons mis dix ans à les édicter et il les découvre à peine. Il volette là autour, comme un papillon. Et parfois, comme avec les papillons, on a envie d'attraper la tapette.

Il pleut. La terre a tremblé. Corentin surgit un beau matin dans le bureau de Zuita, le front barré d'un pli soucieux, le visage chiffonné, gris, presque have, annonçant que la Criirad organise une réunion au sujet de ce tremblement de terre et de ses conséquences sur la stabilité du canal qui alimente le système de refroidissement des réacteurs de La Baume. La dérivation du fleuve n'a jamais été consolidée depuis la mise en service de la centrale il y a plus de quarante ans. La zone de percement de la digue pourrait avoir été fragilisée par le séisme. Corentin, qui fait partie du conseil d'administration de la Commission de recherche et d'information sur la radioactivité, doit partir vers midi assister aux débats. Zuita l'accompagne. C'est elle qui conduit. Elle est inquiète et n'arrête pas de tapoter son volant du bout des doigts. Corentin regarde les bandes de nuages qui commencent à s'effilocher vers le nord. Un premier rayon de soleil vient de traverser le verrou de Cluze et frappe de biais le pare-brise de la voiture. Zuita met en route les essuie-glaces. De petites griffures brunes brouillent aussitôt le paysage, évoquant les pattes d'oie autour de ses yeux lorsqu'elle rit. Il ne pense plus à la réunion, scrute seulement son visage. Elle ne rit pas. Il remarque deux ou trois nouvelles ridules sur son front. Soupir. Les peaux ne seront plus jamais lisses et uniformes comme avant, il le sait bien. Les vitres non plus, jamais vraiment claires et transparentes, mais cela n'a aucune importance. C'est ainsi : on s'inquiète pour des broutilles. Tant de choses sont déjà maculées. L'auréole disparaît peu à peu sur la vitre. Zuita conduit. Il pose un doigt sur sa hanche, sa hanche douce et bien marquée qui d'habitude le rassure. Il contemple ses joues, ses mains, son regard fixe, sa façon de conduire en serrant les lèvres et, l'espace d'un instant, ce n'est plus le monde qui se lézarde sous ses yeux mais juste ce visage qu'il aime infiniment, si fragile, si poignant.

Zuita sent qu'il la regarde et lui sourit brièvement. Il la trouve belle. Il le lui dit, mais elle n'en croit pas un mot, elle crispe les doigts sur le volant, fronce les sourcils, son visage se plisse et une vraie grimace l'enlaidit soudain. Elle tourne la tête vers lui, claque la langue d'un air agacé. Le rictus disparaît, ses yeux se remettent à briller et un sourire malicieux le remplace, comme après une bonne blague. Elle glousse de rire. C'est bien elle, espiègle, indomptable, avec ses contradictions, ses contre-pieds incessants qui ont séduit Corentin aux premiers temps de leur rencontre. Il retire la main de sa hanche, effleure son visage, lui chuchote qu'elle ne changera pas, toujours aussi imprévisible et soupe au lait.

Silence pendant la traversée du verrou de Cluze.

Une grande tristesse semble les gagner tous deux.

Corentin passe un coup de téléphone à Valence. La Criirad veut profiter du séisme pour réclamer un contrôle de la dérivation du canal foré il y a bientôt un demi-siècle et qui ne doit en aucun cas être fragilisée puisque l'eau surplombe la centrale d'au moins six mètres. Si le tremblement de terre l'a dégradée, le spectre d'une énorme vague – à la façon d'un tsunami – déferlant sur les réacteurs ne serait pas à écarter. On n'en est pas là. Il faut sonder, rien de plus. Corentin raccroche puis, immédiatement, sonde le visage de son amante. Elle a les yeux dans le vague, elle pense à autre chose. Elle conduit sans le regarder. Il se souvient de leurs premiers vagabondages en voiture, des voyages improvisés comme ici, sans queue ni tête, où le moindre virage les faisait chavirer l'un vers l'autre, s'embrasser en pouffant de rire. Plus trop de virages présentement, encore moins de baisers. Les ceintures de sécurité, bouclées comme il se doit, les rivent à leur fauteuil. La nationale est bien droite et, passé la ville de Dibona, une autoroute les attend. Il se penche vers la conductrice, essaie de l'embrasser mais elle se détourne en fredonnant une chanson débile qui – vu les circonstances – ne devrait même pas lui venir aux lèvres. Elle avait les yeux dans le vague la minute précédente, elle ne pensait pas du tout à lui, ni à eux deux, encore moins à sa fille Liseron ou à Spoutnik, ou même à ce qui pourrait advenir à la centrale. Il range son téléphone et lui demande à quoi elle pensait. À rien. Elle hausse les épaules en affichant les mêmes traits agités que tout à l'heure, mais de profil cette fois, et il la reconnaît à peine. Il soupire, hésite à lui dire de faire demi-tour, hésite à rappeler la Criirad, prétendre qu'il a un empêchement de dernière seconde. Elle continue à chantonner. Oui, oui, tout se mélange dans leur tête. Il pense à Liseron, revoit son visage penaud lorsqu'elle essaie de déchiffrer celui, infiniment lisse et inexpressif, du jeune Guinéen dont elle est amoureuse.

Depuis la mort de Robert Savajol, les faciès ont pris une place excessive à ses yeux. Avant, l'instituteur ne s'arrêtait jamais sur eux, il ne les analysait pas. Maintenant il les trouve fascinants et dangereux. Il oublie Émir Germain et se tourne vers son amante qui conduit sans un mot. Soudain elle se gratte le nez, ses narines frémissent, son visage se crispe. Elle lâche le volant une demi-seconde, attrape son mouchoir et éternue bruyamment. Corentin repose la main sur son genou et essaie de la détendre avec cette blague qu'il entendait régulièrement à l'école au moment de l'épidémie.

« On nous demande d'éternuer dans la Manche mais voilà, comment on fait, nous ? On habite dans la Drôme... »

Le rictus revient sur ses lèvres, condescendant cette fois. Elle éternue de nouveau, fait une embardée pour éviter le camion de l'Équipement qui arrive en sens inverse. La roue avant du pick-up ripe sur le bas-côté, la voiture se déporte brutalement. Elle redresse et manque se payer un platane.

12

La pluie a cessé. Les températures remontent nettement pendant le week-end. Liseron commence à en avoir assez de ces revirements météorologiques sans queue ni tête qui l'obligent à regarder le ciel en comptant les points, comme l'instituteur Corentin les brusques sautes d'humeur de sa femme Zuita. Orages, inondations, sécheresses, canicules, épisodes méditerranéens ou cévenols, coupures d'eau, grêle, aridité et *tutti quanti.* Encore heureux qu'on ne se tape pas de vrais incendies comme un peu plus au sud. À part ça, rien ne bouge, sauf la situation politique locale et les boutons d'acné qui ont réapparu sur son front - très agaçants - avant de sécher tant bien que mal, de façon plus hypothétique que la peau de ce monde détrempé. Elle se fiche du monde détrempé et de la situation politique. Elle est appuyée à la rambarde du pont. Elle contemple les gorges de l'Ennuye. Elle respire à fond puis s'approche du migrant, lui dit d'écouter le couple de cigales égarées dans l'arrière-saison, dont les stridulations se mêlent au grondement des eaux tumultueuses qui remontent du verrou de Cluze.

Elle pose la main sur son bras. Il ne retire pas son bras, l'interroge du regard. Elle lui demande d'écouter les cigales puis d'aller caresser la jument alezane qu'il va devoir chevaucher, de plaquer sa paume à plat sur l'encolure et de percevoir la vie qui palpite en dessous, de sentir l'attente, la confiance de l'animal. L'Ennuye s'engouffre dans un goulot entre les rochers. Des branchettes tournoient d'un remous à l'autre, flexibles et prisonnières comme Liseron elle-même, étourdies par leur propre giration. Ces tiges de bois ne parviendront à s'échapper qu'en sombrant jusqu'au fond du lit de la rivière. Liseron souffle à Émir de caresser la jument et de regarder les branchettes qui virevoltent sans espoir, jusqu'à en perdre la raison. Il obéit en haussant les épaules. Elle serre les poings. Personne, ici, ne va jamais s'intéresser à des branchettes qui se noient dans le flux de l'Ennuye ou à la santé mentale d'une gamine amoureuse. Elle boit Émir des yeux et lui ne se rend compte de rien. Elle est trop jeune pour être aimée en retour. Elle maudit ces quelques années qui lui manquent, ces temps aléatoires où il faut se contenter de promenades frustrantes pendant lesquelles elle lui enseigne l'équitation alors qu'ils devraient découvrir l'amour ensemble.

Elle décide de suivre le trajet de la battue aux sangliers. Ce sera comme un pèlerinage. Ils rebroussent chemin devant le hameau de Pierrefeu, grimpent en direction du synclinal, le traversent, remontent le sentier des piqueurs et, une heure plus tard, arrivent péniblement jusqu'à la brèche du Calvon. Après l'éperon rocheux et la faille ombreuse où guettaient les chasseurs, Émir saute de monture et raconte à Liseron comment s'est terminée leur course-poursuite. Elle l'écoute en regardant le paysage. Elle l'écoute en priant de toutes ses forces pour qu'il veuille à nouveau caracoler avec elle dans la descente, qu'il oublie les gendarmes de Dibona et accepte de monter Spoutnik en tandem. Les descentes sont toujours difficiles et là, promis juré, elle ne se plaquera pas contre lui. Elle ne posera pas la main sur sa cuisse, ou alors juste une seconde, pour attraper la bride, elle arrêtera ses doigts à quelques centimètres de son ventre et, de l'autre main, désignera la centrale au loin, les panaches qui s'entrelacent dans le ciel en parfaite ignorance de ce qui leur arrive. Personne ne sait jamais ce qui arrive. Ne te retourne pas, Émir, j'adore chevaucher l'étalon et maintenant, la croupe serrée entre mes cuisses, Spoutnik nous obéit, vois-tu. Il m'obéit... Il reçoit sans broncher un corps supplémentaire, il accepte la surcharge. Accueille-moi sans broncher toi aussi, accepte mon corps tout près du tien et ne te retourne pas. Je suis neuve et confiante. Tous mes sens sont en alerte. J'ai quelques boutons sur le front que tu fais semblant de ne pas voir. J'ai la corde au cou. Tu restes calme et insensible, mais c'est vers moi que tu irradies, c'est vers mon ventre que tu rayonnes. L'âge n'a aucune importance. Ta peau sent le figuier, la mousse, le bois flotté. Tu invoques ton Dieu de miséricorde mais j'attends autre chose de toi, un geste, peut-être un cadeau, surtout pas cette pitié qui semble t'animer en toutes circonstances. Et là, puisque je n'arrive pas à tenir parole, que ma main froide s'est glissée sous ton aine et que tu ne la repousses pas, une idée me vient, je m'en excuse, j'implore ton pardon, je remonte ma main, la pose sur ton épaule, me penche à ton oreille et, puisque tu ne veux pas te donner à moi, je te demande de m'offrir au moins le turban bleu.

Émir bafouille qu'il ne peut pas, c'est le chèche de son père, une pièce de lin toute rapiécée qu'il tenait lui-même de son grand-père disparu en Amérique. C'est à cause de ce bandeau que Robert Savajol a perdu la vie. Elle arrête le cheval, force Émir à se retourner, répète sa demande. Il ne peut pas. Ils restent l'un en face de l'autre sur le dos de la bête qui n'y comprend rien et respire bruyamment. La jument alezane vient se ranger à leur côté. Elle renifle le vent des montagnes. Une bourrasque passe la brèche et fait voler un nuage de poussière. Spoutnik sursaute latéralement, les forçant à s'appuyer l'un à l'autre. Liseron se frotte les yeux. Émir attrape un pan du chèche et le glisse devant son visage pour la protéger. Il l'installe en un tournemain, sans douceur ni prévenance. Elle a envie de pleurer. Elle étouffe une plainte, un gémissement d'excuse et de regret puis avance les lèvres en tremblotant. Quelques centimètres seulement séparent leurs visages. Liseron les franchit, presse sa bouche contre celle d'Émir, l'embrasse avec une fougue et une ferveur si maladroites que le Guinéen n'a pas le courage de s'écarter tout de suite. Il saisit son visage entre ses mains, lui caresse les cheveux, lui dit qu'elle est en train de traverser le ciel de Foncouverte comme une comète puis la repousse avec un sourire désolé. Elle se détourne. Elle pleure piteusement. Il lui saisit le menton, la regarde droit dans les yeux. Elle le fixe en retour en sanglotant de plus belle. Alors il lui sèche les joues avec le turban, le dénoue, l'enroule autour de sa nuque et de son visage, le rabat complètement sur ses épaules. Privé de son bien le plus précieux, il attrape les rênes et fait demi-tour. La poussière continue à voleter autour d'eux en brouillant les cartes.

Spoutnik avance dans le pierrier.

Montures et cavaliers se taisent, sombrant chacun dans leur monde intime : pommes reinettes et paddock pour les chevaux, traversée de la Méditerranée et survie batailleuse pour le migrant guinéen, balançoire et terreurs enfantine pour la gamine. Ils s'appuient l'un à l'autre mais semblent ignorer ces contacts domestiques. Une fois le synclinal franchi, Liseron, visage voilé et tout cerné de bleu, balance les bras le long de son corps et se remet doucement à pleurer. Les cigales crissent dans les buissons. Elle se mouche, jette son mouchoir en papier qui volette un instant sous la bise avant de se poser doucement sur une touffe de lavandes.

Deuxième partie

LA RAGE

13

Côté élection municipale, le pari est de nouveau gagné, malgré un ultime sursaut de l'extrême droite. Le petit groupe d'identitaires qui sévit dans la plaine s'est réveillé en apprenant la libération d'Émir Germain. Des tracts vengeurs et conspirationnistes ont été distribués dans les boîtes à lettres, accusant la municipalité de favoriser l'immigration sauvage et de mépriser les Français de souche qui peinent à gagner leur vie sur le territoire. Il a donc fallu batailler avec une liste concurrente, aux convictions douteuses, conduite par Jeannot Lascombe, notre restaurateur, et probablement encouragée en sous-main par certaines instances départementales. Jeannot s'est entouré des quelques familles climatosceptiques toujours actives au pays, les Tournier, les Marleau, les Reverchon et surtout le clan Savajol qui, depuis la disparition de Robert, ne cesse d'incriminer l'ancienne municipalité. Le patron de la coopérative ne pardonne pas à Canine d'avoir officialisé la présence de son fils à la table du conseil, comme si cette nomination, pourtant saluée par la majorité des habitants de Foncouverte, était à l'origine du drame. Il se démène comme il peut avec sa douleur, mais le premier de sa liste hésite à reprendre à son compte ces thèses outrancières qui, de fait, pourraient lui aliéner une partie de sa clientèle. Jeannot Lascombe n'est pas du genre à souffler sur les braises. Il préfère œuvrer en sous-main. Il a d'ailleurs réussi à débaucher le notaire du village, l'une des boulangères, le patron de l'Intermarché, un rhumatologue venant juste d'acquérir une maison sur le plateau, ainsi que le receveur des postes et l'employée de mairie Alice Truinas.

Mais, au bout du compte, malgré un début de fascination pour les thèses de la droite ultralibérale, les électeurs de Foncouverte font de nouveau confiance à l'équipe précédente. Nous échappons au pire. Notre conglomérat hétéroclite d'agriculteurs, d'artisans, d'employés, de jeunes couples de retour au pays, de chasseurs, de retraités et de commerçants a été reconduit dans ses fonctions, chacun retrouvant sa place autour de la table du conseil, à l'exception du pauvre Robert Savajol bien sûr, et du suppléant Germain, toujours privé de droits civiques.

Jeannot Lascombe ne nous en veut pas. Il a perdu la bataille mais tout laisse à penser qu'il va notifier son échec à ses amis conspirationnistes avec une certaine jubilation. La fête du soir de l'élection a lieu sans lui, sous la responsabilité d'un jeune restaurateur de Dibona, une grande bouffe hyperprotéinée se déroulant dans les locaux de l'ancienne bergerie que les averses de ces derniers jours ont passablement endommagée. Des gouttières sont apparues dans le toit, de longues taches souillent les murs sud et ouest, mais le repas est bien là, sur les tréteaux, viandeux comme jamais : caillettes, saucisses de couenne, pintadeau de la Drôme, tétragones aux lardons et, pour finir sur une note plus moderne après l'inévitable picodon, crème glacée à l'essence de lavandin. Les hanches ceintes d'un tablier à pois, le restaurateur tient à servir lui-même les invités, ce qui nous met tous mal à l'aise. Il est drôle, efficace, pince-sans-rire et de très bonne humeur. Quelques ampoules de plafonniers se mettent à clignoter à la fin du repas. Qu'à cela ne tienne, il ôte son tablier, déniche le tableau à fusibles derrière un tas de palettes, remplace la cartouche de plomb fondu par du papier d'argent et se remet à boire. Il finit la soirée affalé sur la table du dépouillement, bourré comme un coing. Une tuile cliquette au-dessus de sa tête. Il a le teint rubicond et le sourire aux lèvres, comme si les gouttes d'eau qui lui arrosent par moments le haut du crâne composaient la plus salutaire des leçons de vie.

Leçons de vie culottées et hasardeuses, également, à l'échelle de la vie politique locale. Canine, maire de Foncouverte, vient d'être élue à la tête de la communauté de communes, ce qui ne lui était jamais arrivé jusqu'à présent. Une simple infirmière va donc présider aux destinées de toute la vallée de l'Ennuye. Myriam a le vent en poupe et va sûrement devoir réduire son activité professionnelle, d'autant que le reste du pays s'agite de nouveau à l'approche des élections législatives et que le prochain scrutin, qui se déroulera sur l'ensemble du territoire, est prévu en octobre. Tous les indicateurs sont au vert pour l'équipe en place. Myriam se laisse peu à peu gagner par l'idée d'une candidature commune à la députation. Le trio qui dirige à présent la vallée pourrait piloter également la quatrième circonscription de la Drôme. C'est une ambition déroutante, un calcul inédit, sans véritable faisabilité juridique, qui exaspère à nouveau l'extrême droite et devrait obnubiler Zuita davantage que les mini-soubresauts telluriques qui continuent de secouer la campagne. Myriam a déjà pris contact avec son éventuel suppléant, le très consensuel commandant Thomas, qui pourrait s'occuper alternativement de la circonscription comme cela se pratique en mairie depuis plus d'une mandature. Ils se sont rencontrés à plusieurs reprises, ont défini leur programme puis ont proposé à la directrice du centre équestre, première adjointe, d'intégrer ce duo de tête. Zuita a tergiversé quelques jours et finalement accepté du bout des lèvres, en espérant que cela n'interférerait pas trop avec ses obligations professionnelles.

Plutôt que de polémiquer, d'attaquer leurs adversaires, de dénigrer leurs promesses et leur idéologie, Canine, Zuita et le commandant se lancent dans la bataille législative en rédigeant un projet très simple qu'ils comptent afficher dans les mairies et distribuer largement aux électeurs du district. Ils ne feront aucun meeting, aucune réunion publique. Ce programme les engage totalement et sera mis en œuvre tout au long de la mandature. Pour l'heure, inutile de bavarder, il faut juste aller de l'avant, continuer à agir. L'équipe nouvellement élue doit témoigner concrètement de ce qui pourrait advenir après son éventuelle victoire.

Les réformes se poursuivent tambour battant, à commencer par cette décision de la municipalité de Foncouverte, obnubilée comme toujours par la démocratie participative et le partage des tâches, qui vient de céder le quart de ses bois communaux à un collectif citoyen ambitionnant de le transformer en zone protégée, inaltérable, dans laquelle les écosystèmes pourraient se développer à leur rythme et à leur convenance. Cette cession suscite la controverse. Les chasseurs protestent, les communes avoisinantes hésitent à suivre mais le village fait des émules plus au sud et à l'est du département. De même en ce qui concerne la décision - illégale mais souveraine - de refuser la mutualisation du ramassage des ordures imposée par l'État. Cette collecte a toujours été source d'emplois, de contacts entre habitants, de familiarisation avec les nouvelles pratiques écologiques, d'entraide citoyenne, etc. Il faut continuer à gérer localement nos déchets, éventuellement songer à créer notre propre unité de méthanisation. La distribution et le traitement des eaux dans la communauté de communes devraient également échapper à Véolia et aux entreprises dominantes du secteur. Des retenues collinaires seront aménagées sur les petits torrents qui dévalent du Calvon pour stocker les eaux de surface et, en été, irriguer certaines cultures. L'éclairage public s'arrêtera totalement après vingt-trois heures. Des panneaux solaires seront installés sur le toit des bâtiments communaux, école comprise, et une centrale d'achats intercommunale permettra aux particuliers d'acquérir ces panneaux à prix compétitifs.

Les initiatives de ce genre se multiplient. Une partie de la population envisage d'acquérir des mini-éoliennes individuelles pour abaisser sa dépense énergétique. Les pêcheurs, jusqu'alors opposés à toute installation hydroélectrique menaçant les espèces réintroduites dans la rivière, acceptent d'étudier un projet de barrage sur l'Ennuye, avec bief de dérivation et refuge sanctuarisé pour l'élevage des alevins et des truitelles. On parle d'aménager la cour et le préau de l'école primaire pour y accueillir les résidents de la maison de retraite voisine. Certains voudraient combattre le monopole et l'arrogance d'EDF en construisant une ferme photovoltaïque totalement indépendante, non connectée au réseau, qui alimenterait l'ensemble des services de la commune. Les idées de ce genre fusent. L'ambition de la municipalité est de réaliser au plus vite quelques-uns de ces projets, de mettre les autres sur les rails avant que le pouvoir central n'intervienne et ne nous coupe l'herbe sous les pieds.

Dans ce contexte singulier, le préfet de la Drôme, probablement obnubilé par la bonne tenue du scrutin législatif à venir, vient de prendre trois décisions assez inattendues. Il renonce à poursuivre la mairie de Foncouverte et son système de direction tournante. À l'évidence, on nous ménage. Myriam pourra continuer à diriger la municipalité et à présider la communauté de communes comme l'ont voulu les électeurs. Du côté de Corentin, également, les sanctions ont été réévaluées. On ne parle plus de condamnation de niveau 2 ou 3. L'instituteur va écoper d'un simple blâme, assorti d'un contrôle de ses procédures pédagogiques et d'une évaluation de ses résultats en milieu d'année prochaine. Pas de mise à pied. Les élèves de la classe unique sont rassurés et, lui, il respire.

Autre nouvelle, Émir Germain a décidé de s'impliquer personnellement dans la campagne pour les législatives. Il a déniché un vieux scooter Piaggio dans une remise du centre équestre et, depuis plusieurs jours, arpente les routes de la circonscription en distribuant à qui mieux mieux la seule affiche électorale sur laquelle Canine ait accepté de paraître avec ses colistiers. On l'y voit sortant de sa Renault Kangoo, trousse de soignante à l'épaule, avec Zuita à l'arrière-plan tenant en bride l'étalon Spoutnik et le commandant Thomas de l'autre côté, calot sur le crâne et médailles de guerre sur la poitrine. Cette photo insolite, peu conforme aux standards, intrigue beaucoup les habitants de la vallée. Le Guinéen s'amuse à la coller dans les endroits les plus saugrenus : portails de gendarmeries, latrines, abribus, porches d'église, préaux d'école, salles des fêtes, déchetteries, abattoirs, permanences d'assistante sociale, commerces, entrées d'usine, coopératives agricoles et même dans les barres HLM de Dibona ou sur les péages d'autoroute.

Sans oublier le restaurant de Jeannot Lascombe. On le laisse placarder ses affiches sans réagir. Il n'escalade plus les poteaux téléphoniques, ne chevauche plus la jument alezane mais tente de rencontrer les électeurs de tous bords, y compris les Français d'origine maghrébine qui, défrisés par la façon dont on les traite habituellement, dont on les ostracise, ont cessé depuis longtemps d'aller voter. Émir prétend que ce sont ses meilleures recrues.

14

Il y avait trop de gens autour d'elle. Les adultes accouraient de toutes parts. La planchette poursuivait son va-et-vient paresseux autour des visages. Personne ne s'intéressait à ce bout de bois continuant à osciller mollement sous le grand portique. Des bras la soutenaient, sa mère la suppliait de garder les yeux ouverts. Elle se souvient de la salive qui coulait sur le menton de son père, de ses lèvres mordues jusqu'au sang, de la tasse d'eau qu'il lui tendait. Elle n'avait pas soif. Les corps s'agitaient sans fin autour d'elle. De longues vagues douloureuses percutaient ses hanches en lui coupant le souffle. On lui proposait à boire et elle n'en voulait pas. Il y avait trop de transpiration alentour, trop de liquides dans les regards. Mais là, huit ans plus tard, c'est bien de liquide qu'elle rêve en serrant les poings. De sueur. De salive. Il faut qu'Émir Germain l'embrasse de nouveau. Le souvenir de l'accident est loin. Le temps est venu pour elle d'apprécier pleinement une bouche, de goûter ce qui en tapisse l'intérieur. On l'appelle salive, mais c'est peut-être de l'eau tiède, du venin. Tout lui paraît funeste ces derniers jours, y compris ce premier baiser dérobé au migrant, le parfum de son haleine, leurs lèvres jointes trop vite, trop maladroitement.

Un long silence avait suivi, embarrassé, délétère, alors qu'ils traversaient le synclinal et qu'il aurait fallu récidiver, goûter de nouveau au poison. Elle avait gagné la bataille de la balançoire, elle pensait remporter celle du migrant, mais c'était un rêve, une chimère. Maintenant Émir ne veut même plus partir en balade. Il ne sait comment revenir en arrière. Il est obnubilé par les élections et ses séances d'affichage journalières. Il pense qu'elle n'est qu'une enfant, une gamine. Une gamine... Un cœur en surcharge, oui, prêt à fondre comme les vieux réacteurs de la centrale nucléaire de La Baume qui n'en finissent plus de se fissurer, ou comme les fusibles en plomb de l'ancienne bergerie. Ce genre d'images l'obsèdent depuis quelque temps. Elle les déteste, mais il est vrai qu'elle se sent vieille tout à coup, un cœur de beurre à moitié ranci, un cœur d'artichaut dans un corps mi-cuit incapable d'assumer la honte qui le gagne. Émir Germain ignore tout de l'amour, tout de ce qui contraint le cœur des femmes, qui agrippe leur ventre. D'ailleurs, ce matin, la jument alezane est restée seule dans son box, comme elle-même dans sa chambre. La pouliche avec ses chaleurs, elle avec ses saignements menstruels... L'étalon Spoutnik, qui ne comprend rien à rien, n'en finissait pas de piétiner devant le paddock.

Et puis voilà, elle a revu Émir sur le parvis de la salle des fêtes. Ils n'ont pas vraiment eu le temps de se parler. Elle lui a pris la main, l'a tiré à l'écart et il n'a pas retiré ses doigts, seulement jeté un coup d'œil au cadran du clocher. Il l'a suivie jusqu'au lavoir et là, devant le robinet à tête de faune, elle a prononcé les mots qu'elle s'était juré de lui dire un jour, un message très simple mais difficile à énoncer, une vérité impossible à admettre. Elle lui a déclaré à voix haute, en bafouillant, en butant sur ses mots mais en relevant la tête, qu'elle l'aimait. Émir a été pris de court, a paru bouleversé, peut-être même, en un sens, trahi mais lui a caressé la joue comme lors de leur balade sur l'étalon Spoutnik et a murmuré que dans son pays les différences d'âge ont moins d'importance qu'en France. Là-bas, peut-être, il aurait pu l'aimer et l'épouser... Elle a souri, lui a ouvert la paume, a embrassé doucement sa ligne de vie en disant que ça n'avait pas d'importance, qu'elle s'en fichait. Ils se sont assis au bord du rinçoir en pierre. Les dalles étaient très glissantes et il a dû la retenir contre son torse. Elle a continué à embrasser l'un après l'autre le bout de ses doigts. Ainsi, c'en était fini de l'humiliation.

Il avait prononcé les seuls mots capables de l'aider à vivre.

Elle pouvait recommencer à se battre et à rêver.

Les vendanges se terminent. La chasse au gros gibier vient de rouvrir. Une sorte d'été indien s'installe sur le pays. Les crêtes des collines se chevauchent et se superposent à l'infini, repoussant l'horizon toujours plus loin. Les gens discutent, râlent, se passionnent pour l'actualité, s'engueulent et jouent aux boules en pointant du doigt ce monde qui claudique chaque jour davantage. Liseron connaît la musique. Elle claudique depuis huit ans et n'essaie même pas de le cacher. Elle avance tête haute, méprisant ceux qui baissent les yeux à son passage. La pleine lumière ne convient ni aux amoureuses ni aux boiteuses. Elle est les deux à la fois. On la craint autant qu'on la guette depuis qu'elle a embrassé Émir, qu'elle a vieilli d'un coup. Pas question de perdre son temps avec les gamines du village qui se font les ongles du matin au soir, qui n'en finissent pas de comparer leur poitrine et leurs petits fessiers blêmes, de traquer les fourches dans leurs cheveux. Elle est amoureuse et n'a rien de commun avec ces collégiennes. Pourtant elle a gardé deux ou trois amies qu'elle retrouve à la sortie du lycée, surtout Anaïs et la jeune Nadège au teint de biscotte. Elles sont un peu comme elle, un peu rondes, vives, pas tout à fait belles, ne sachant que faire de leur désir et de leur corps. De leurs journées aussi, mais ce sont les corps qui les intéressent. Le reste a déjà amplement déraillé. Le monde piétine et le corps des filles est à la traîne. Liseron passe des heures dans la salle de bains à scruter son visage, à interroger le miroir, à se demander pourquoi sa peau s'enflamme ici plutôt qu'ailleurs. Sa figure l'obsède. Le migrant l'obsède.

Corentin frappe à la porte et, cette fois, elle le laisse entrer.

Il la découvre courbée en deux au-dessus du lavabo, à cinq centimètres de son miroir de poche. Il fronce les sourcils, évite de la toucher, de la rabrouer, lui répète seulement deux ou trois conseils qu'elle connaît par cœur. Il suffit d'éliminer la charcuterie, le chocolat, les patates frites et le fromage frais. Et puis, surtout, arrêter de se triturer la peau pour un oui pour un non... Crois-moi, Liseron, tout disparaîtra en quelques jours. Bientôt tes seins auront fini de grossir, tes hanches s'élargiront à leur tour et les boutons disparaîtront. Ils ne seront plus qu'un mauvais souvenir... Elle grimace, se relève, ramène ses cheveux sur le devant. L'instituteur ne veut pas l'admettre mais il n'y a que les frites d'à peu près mangeables à la cantine du lycée. Et, de plus, elle adore le chocolat. Silence. On a l'impression qu'elle va se mettre à pleurer et puis, non, elle saute sur ses pieds et déguerpit dans le couloir en disant qu'elle se fout des tailles définitives et ne veut pas que ses hanches s'élargissent. Il recule, un peu honteux, la laisse devant l'escalier, bataillant avec son corps, son dépit amoureux et, bien au-delà, alors que tout en elle promet l'inverse, avec la perspective de devenir laide.

Le surlendemain, à 7 heures tapantes, les gendarmes de Dibona débarquent au centre équestre au moment où Émir s'apprête à partir coller des affiches pour les législatives. Il finit de les ranger dans la sacoche de son Piaggio. Le brigadier-chef se gare devant l'entrée du manège et lui annonce que son dossier de demandeur d'asile est enfin bouclé. L'instruction arrive à son terme. Émir remise son pot de colle et sa brosse sur le porte-bagages du scooter puis tend la main en souriant. L'autre regarde ailleurs, grimace, fouille dans la poche de son blouson, en ressort un document administratif qu'il brandit sous les yeux du jeune Guinéen en précisant d'une voix neutre que le préfet a décidé de prendre contre lui une mesure d'éloignement, éloignement suivi d'expulsion dans les quinze jours s'il se trouve dans l'incapacité de produire un passeport valide ou un laissez-passer consulaire. Pour l'heure, il a ordre de le ramener immédiatement au centre de rétention administrative de Nîmes. Émir bafouille qu'il a déjà séjourné dans ce centre, qu'il en a été libéré par le préfet lui-même en raison d'un vice de procédure lors de son interpellation. Le brigadier hausse les épaules. Il ne voit pas le rapport. Émir se mord les lèvres, récupère dans la sacoche le document attestant son état civil - document contresigné au consulat - et le tend au gendarme qui n'y jette même pas un coup d'œil. Émir, résigné, regarde une dernière fois autour de lui. Les rayons de soleil traversent la haie de cyprès en illuminant l'entrée de la vieille borie que Corentin parle toujours de reconstruire. La falaise du Calvon reste dans l'ombre. L'Ennuye, gonflée par les pluies récentes, vrombit doucement au pied du synclinal. Rien ne change. Le puits est là, au milieu de la cour, la porte du hangar où il s'est réfugié grince comme au début, le petit cabanon en bois est toujours appuyé au paddock, le pylône sur lequel il a grimpé vibre au moindre coup de vent. Il descend calmement du Piaggio en oubliant de refermer la sacoche. Les affiches volent dans la cour.

Dès lors, tout va très vite. Les habitants de la vallée de l'Ennuye, choqués par cette décision, comprennent que l'ordre est venu d'en haut et que les autorités ne reviendront pas sur leur décision. Le gouvernement tente de contrecarrer la progression de l'extrême droite en se montrant inflexible avec les migrants. Émir est la victime collatérale de cette politique. Il est entré illégalement sur le territoire, il doit retourner au pays. Il a déjà largement profité de l'indulgence de l'État.

Un premier rassemblement est organisé le soir même au village, place de la Mairie, sous les yeux des quelques policiers restés sur place. Une deuxième manifestation a lieu le lendemain dans les rues de Dibona en présence du conseil municipal, d'une bonne partie des habitants de Foncouverte, des élèves du lycée Victor-Hugo et des deux collèges de la ville. La presse locale est là elle aussi. Les enfants sont là. Les gendarmes sont là de nouveau, on les connaît et ils hésitent à s'interposer, sauf lorsqu'une poignée de lycéens repart en direction du village dans l'intention d'investir le pont de Cluze et de bloquer l'accès à la vallée. Finalement le cortège se disperse dans le calme. Les lycéens renoncent au blocage et se retrouvent en mairie pour évoquer la suite à donner au mouvement.

Cette nouvelle incarcération rajoute à la confusion qui règne dans le sud du département à l'approche des élections législatives. Elle est contraire à l'image rassembleuse et humaniste que revendique le pouvoir en place. Le migrant Émir Germain s'est parfaitement intégré dans la commune, il parle français, ne bénéficie d'aucune aide sociale particulière, n'a jamais postulé au moindre regroupement familial. Cette nouvelle rétention administrative est inadmissible. Les élus de la vallée décident d'interpeller directement le ministre de l'Intérieur. Le préfet lui-même semble désorienté car, imitant la jeunesse du pays, des groupes de population habituellement peu enclins à manifester commencent à se mobiliser, les agriculteurs, les commerçants, parfois même d'anciens Gilets jaunes. La colère gronde. La détention d'Émir cristallise les mécontentements.

Un rassemblement est prévu le samedi matin devant les grilles du centre de Nîmes. Il réunit à nouveau une foule considérable mais, cette fois, une unité de gendarmes mobiles prête main-forte aux policiers locaux. Les télévisions régionales font le déplacement. Un reportage est diffusé sur France 3 décrivant la manière dont Émir Germain est arrivé au pays, ses efforts pour intégrer la vie locale, son envie de se rendre utile et de se montrer à la hauteur de l'accueil qui lui a été réservé. Les témoignages en sa faveur se multiplient. Le mouvement de protestation, inédit et finalement assez étrange, fait peu à peu tache d'huile. Un troisième rassemblement est prévu en fin de semaine, juste avant le premier tour des élections législatives qui, en l'occurrence, s'annoncent particulièrement délicates pour la majorité. Canine et Zuita sont de chaque manifestation, chaque cortège. Le commandant Thomas, quant à lui, troisième élément du trio, reste en retrait, fidèle à l'armée française qu'il a servie pendant plus de trente-cinq ans et à ses promesses de neutralité. Il se tient à l'écart mais nous transmet en sous-main les informations qu'il parvient à glaner de droite à gauche. Nous n'avons aucune nouvelle directe d'Émir, sinon par Me Rambaud qui a pu lui rendre visite une fois à Nîmes. Il semble qu'il n'ait plus envie de se battre, qu'il ne croie plus en grand-chose.

Liseron s'est rabibochée avec ses copines du collège. Réconciliation aussi brouillonne et passionnée que leur fâcherie initiale. Elles ne se chamaillent plus. Elles se sont retrouvées à la fin de la dernière manifestation alors que la boiteuse, visage enturbanné de bleu, répondait aux questions d'un journaliste de BFM TV affirmant qu'en matière d'immigration clandestine il allait être difficile de faire plier le gouvernement. Liseron a froncé les sourcils d'un air mécontent, s'est obligée à écouter encore une minute, puis un sourire a passé sur ses lèvres, elle a haussé les épaules, dénoué son turban, secoué la tête, laissé tomber ses cheveux sur ses épaules. Elle les a caressés machinalement et a rétorqué qu'il fallait peut-être inventer de nouvelles manières d'exprimer sa colère et son indignation. En mobilisant le corps par exemple, en sacrifiant ce qui nous obnubile tous et ne sert pas à grand-chose, les cheveux par exemple. On pourrait taillader dans nos tignasses et aller en accrocher quelques mèches aux grilles du centre de rétention administrative. Certains y attachent bien des cadenas... La jeune Anaïs éclate de rire derrière elle. Tout aussi cinglée que sa copine, jamais en reste en matière de provocation, elle bat des cils, plonge la main dans son sac, en extirpe une paire de ciseaux et coupe sans la moindre hésitation l'une des tresses nouées au sommet de son crâne. Elle la tend à Liseron qui hoche la tête avec un sourire admiratif puis s'en va en boitillant vers le journaliste et lui offre la mèche. Le type reste sans voix. Nadège, la grande bringue au teint de pain d'épices, imite bientôt Anaïs. Liseron glousse de rire, claque la langue puis, comme prévisible, récupère les ciseaux et avance devant les caméras pour trancher à son tour sa chevelure.

Cette initiative fait les délices de la presse locale. Les lycéennes de Dibona focalisent soudain l'attention et ne se privent pas de claironner que les migrants croupissant dans les centres de rétention méritent amplement ce sacrifice. C'est un mal pour un bien. Leurs cheveux, de toute façon, repousseront plus vite et plus soyeux. Elles s'amusent comme des folles. Elles sont drôles, insolentes, déterminées. Liseron prend la tête de ce petit groupe de réfractaires. Anaïs garde en réserve sa seconde tresse et la porte de guingois sur la tête, nouée par un chouchou, percée d'un vieux stylo à bille. Nadège a coloré au henné les quelques mèches qui lui restaient et Liseron ne quitte plus le chèche indigo du Guinéen. Cette longue écharpe bleue enserre son visage à chaque apparition publique et la fait rayonner comme une madone. Une douceur inédite vient contredire sa colère si perceptible, comme une naïveté, une candeur. On l'appelle la boiteuse au turban.

Avec ça, le cerisier au fond de la cour s'est remis à fleurir malgré la saison tardive. Les élèves n'en reviennent pas. Corentin non plus, pour tout dire, bien que la sécheresse de cet été ait à moitié déplumé la plupart des végétaux et qu'un automne pluvieux et particulièrement doux ait suivi avec de faux airs de printemps. Quelque chose est en train de se dérégler là aussi. Le vieil arbre a perdu ses feuilles, les jours raccourcissent mais il fait encore terriblement chaud. On n'y comprend plus rien. Faute de mieux, peut-être pour ne pas se méjuger, les branchettes du cerisier se sont couvertes de pétales minuscules. D'ordinaire les fruitiers ne commettent pas ce genre de bévue. Ils restent circonspects. Ils connaissent le rythme des saisons et se méfient des écarts de température. L'instituteur part interroger le père Champier mais lui ne s'étonne plus de rien sinon, bien sûr, des mèches de cheveux accrochées aux grilles du centre de rétention administrative de Nîmes. Il prétend que le cerisier a un petit vélo dans la tête, qu'il est aussi frappadingue que l'air du temps et les lycéennes de Dibona. Quoi qu'il en soit, tout cela n'est pas bon signe, l'arbre va crever dans l'année... Corentin peine à le croire. Le père Champier secoue la tête, jette un coup d'œil à la pelade de l'instituteur puis grommelle dans sa barbe que cette manie de se cisailler les cheveux est pire que le réchauffement climatique. En une semaine le quart des adolescents du coin s'est rasé la tête. Il n'en revient pas. La plupart des toisons hirsutes ont disparu de la circulation, remplacées par des crânes lisses et luisants. Plus la moindre crinière lustrée au gel, plus de rastas à l'horizon...

De fait les mèches tranchées sans le moindre souci esthétique garnissent peu à peu les grilles du centre de détention, souvent teintes en bleu ou même en gris ou en violet. Après quelques jours, plus personne ne s'en étonne. Personne ne vient les décrocher. Ce sont les nouveaux signes de ralliement. Le mouvement est en train de prendre de l'ampleur et, à l'évidence, il va dépasser la seule question du destin des migrants. Liseron et ses camarades lycéennes s'en amusent. Elles voudraient bien minimiser cet engouement, le prendre à la rigolade mais les collégiens, eux, ne plaisantent pas. Ils sont très remontés. Ici même, à Foncouverte, les élèves de la classe primaire de Corentin, faute de pouvoir disposer à leur guise de leurs cheveux et de rejoindre le mouvement, ont ressorti les antennes-Ricoré et les portent autour du cou, façon porte-bonheur. Ils les percutent à la moindre occasion. Tapage garanti. La vierge-des-ondes devient aussi un symbole de la résistance.

Et puis, comme prévisible, Myriam et ses colistiers s'imposent facilement lors du scrutin législatif. Ils remportent haut la main la quatrième circonscription, dès le premier tour, avec plus de 52 % des suffrages. Des voix s'élèvent aussitôt pour contester cette victoire, accusant l'infirmière de s'être présentée à l'élection avec un suppléant de trop – la directrice du centre équestre en première ligne, et le commandant Thomas en embuscade – ce qui est illégal. Illégal ou pas, le raz-de-marée écolo est tel que ces chicaneurs ne sont pas écoutés. Sur le reste du territoire, aussi, les repères habituels sont en train de tomber. Le Parti national gagne des points dans la plupart des circonscriptions mais le mouvement écologiste parvient à lui damer le pion ici et là. Les partis traditionnels sont à la traîne partout. Quinze jours plus tard, après le deuxième tour, il n'y a plus de majorité à la chambre. On est en plein brouillard.

D'après Liseron, on entre les yeux grands ouverts dans un nouveau monde.

15

Commune de Foncouverte. Dix-neuf conseillers municipaux, deux mille huit cents habitants, un migrant emprisonné, des cultivateurs massivement convertis à l'agriculture biologique, des chasseurs en poste sur les hauteurs du Calvon, un restaurateur climatosceptique, une jeune députée à l'avenir prometteur, des collégiennes sans cheveux, une vierge-des-ondes omniprésente et une boiteuse qui défraie la chronique bien au-delà de la seule vallée de l'Ennuye. Nous n'en demandions pas tant, mais la presse commence vraiment à s'intéresser à nous. Dans un sens, c'est gratifiant. Le paysage politique vient de changer et les transactions vont bon train entre des partis que rien ne prédisposait à collaborer et à gouverner ensemble. Le président hésite à nommer un Premier ministre directement issu des rangs écologistes, ses opposants de longue date. Il n'a guère d'autre choix, mais il continue à tergiverser tout en prenant peu à peu ses distances avec ses anciens alliés.

On tergiverse également à la centrale de La Baume. Sylvain Lhomme est brièvement réapparu sur la messagerie d'Émir Germain pour l'assurer de son soutien et lui confier en aparté qu'il s'arrachait les cheveux lui aussi. L'alimentation électrique du pays et la gestion du réseau se compliquent terriblement ces jours-ci, d'autant que le froid arrive et que les Français ont largement utilisé leurs climatiseurs tout au long de l'été. La consommation n'a jamais vraiment ralenti et il n'a pas été possible de mettre à l'arrêt la troisième tranche de la centrale pour effectuer comme prévu une partie de la maintenance et des contrôles. Sylvain doit en permanence composer avec la sécurité. Il manœuvre sans visibilité, repousse certaines inspections, jongle au mieux d'une semaine à l'autre et, certains soirs, en a vraiment sa claque. Il parle d'arrêter de piloter ce grand bateau à la dérive, d'autant que les problèmes de corrosion sous contrainte se multiplient dans le reste du parc.

Le président hésite. Ses partenaires européens s'interrogent. Sylvain jongle et tranche. Les nouveaux élus se prennent de bec pour des broutilles, la bourse dévisse et nous, localement, nous poursuivons nos réformes à un train d'enfer, convaincus qu'il faut profiter du désarroi général pour avancer. La liste des transformations à finaliser s'allonge sans susciter de véritables désaveux, même lorsqu'elles sont innovantes ou potentiellement douloureuses, comme ce projet d'empreinte carbone individuelle que nous allons expérimenter dans la vallée de l'Ennuye. L'idée, en l'occurrence, est de consigner sur une carte à puce la charge carbone utilisée lors de nos différents déplacements ou acquisitions - véhicules, travaux, achat de carburant, de vêtements, de nourriture, de livres, d'appareils électroménagers, voyages, soirées au cinéma ou au restaurant, vacances, etc., sans oublier les ordinateurs, téléphones ou autres objets connectés. Cette charge carbone sera pondérée dès qu'il s'agira d'activité professionnelle, souvent irréductible individuellement. Un décompte sera réalisé en temps réel par la puce et une prime offerte à ceux qui, chaque mois, restent en dessous de l'empreinte communément admise ou à ceux qui, d'un trimestre à l'autre, parviennent à réduire sensiblement la leur. Les contrevenants seront juste avisés qu'ils ajoutent du péril au péril. On agite une carotte mais on ne brandit pas de bâton.

La perspective du bonus financier et la confiance en notre trio de tête sont telles que, à Foncouverte, la curiosité aidant, une partie de la population accepte de tenter l'aventure. En réalité, ça ne marche pas très bien car nous sommes sous-équipés. Les commerçants et artisans rechignent à acquérir le matériel informatique indispensable pour identifier les empreintes, les comptabiliser puis les transmettre en temps réel à la puce. Peu importe, il s'agit d'une expérimentation balbutiante, discutable du point de vue des libertés publiques mais qui a le mérite de remettre en question nos usages. Nous avons choisi de les modifier contrairement aux politiques qui polluent sans scrupule et nous resservent éternellement le même plat, rejouant les mêmes scènes outragées avant de sauter dans l'arène et de s'affronter pour la galerie. Ce combat de gladiateurs a fini par lasser la population. Il résonne âprement et, en l'occurrence, ne fait pas d'ombre à notre petit remue-ménage, n'interfère en rien dans l'écho suscité par nos initiatives, comme si, dans le brouhaha général, il y avait encore ici et là des chemins de traverse, des lieux où se ressourcer, où changer d'air.

Les Français n'en finissent pas de s'interroger sur le processus politique en cours. Les habitants de la vallée de Foncouverte un peu moins que les autres pour tout dire, persuadés qu'il faut avancer localement, en regardant loin, le plus loin possible, sans se retourner ni éluder certaines questions qui fâchent. Sauf que la mairie, la communauté de communes et maintenant notre députée et ses deux colistiers manifestent un goût immodéré pour l'indépendance qui, tôt ou tard, leur vaudra quelques retours de bâton.

Zuita, prise dans le tourbillon général, subit déjà ce contrecoup. Elle reste souvent immobile sur sa chaise, la tête entre les mains, les yeux dans le vague, ruminant on ne sait quelle faute ou erreur de stratégie. Elle a perdu sa fougue, comme si les événements qui se déroulent sous nos yeux, tellement singuliers, ne la concernaient plus tout à fait. L'instituteur a beau lui rétorquer que ce ne sont que des histoires chatoyantes mélangées à une foule de promesses irréalisables, sa compagne a besoin de direction claire, de véritable récit démocratique. Mystérieusement, malgré les récents succès électoraux et les innombrables initiatives pour changer le quotidien, elle donne l'impression de ne plus croire en grand-chose. Peut-être que la disparition du migrant pèse dans ce désenchantement. Elle fait des efforts pour rester attentive et bienveillante, un peu moins soupe au lait que d'habitude, mais se raidit imperceptiblement les rares fois où Liseron se montre câline ou quand Corentin s'approche d'elle. Elle est fatiguée, revient passablement énervée de ses entrevues avec les responsables politiques qu'elle côtoie au jour le jour et qui, chacun à sa manière, résistent et traînent des pieds. Les choses n'avancent pas aussi vite qu'elle le souhaiterait. Corentin résiste lui aussi. Il est là, taiseux, à préparer ses cours, à ne s'intéresser qu'à ses élèves. Elle lui reproche son manque d'engagement amoureux mais, s'il tente de se corriger, elle le rabroue. Après quoi, coupable, elle s'excuse.

Parfois, le soir, après le compte rendu au commandant Thomas, elle se glisse dans la baignoire et, une heure durant, participe à une cession de travail en vidéoconférence avec Myriam, sa colistière, qui adore la retrouver ainsi cheveux défaits, seins à l'air, barbotant dans son jus tout en consultant ses notes. Ni dépit ni faux pas en l'occurrence. Le trio fonctionne de mieux en mieux. Chaque proposition est étudiée dans ses moindres détails, rédigée et signée conjointement avant d'être soumise au conseil municipal ou défendue à l'Assemblée. Tout cela est conforme à leurs engagements mais très chronophage, et plutôt frustrant pour l'instituteur.

Un matin, après avoir cherché une demi-heure les clefs de la voiture, ramassé des Tic Tac dans tous les coins et s'être fait engueuler pour une histoire de géraniums, il en a vraiment marre. Ils n'ont plus fait l'amour depuis plus d'un mois. Quelque chose de poisseux s'est glissé entre eux, qu'il n'identifie pas encore mais qu'il supporte de moins en moins. Il parle de s'exiler quelques jours dans le logement de fonction de l'école. Zuita l'écoute, pose les mains à plat sur sa poitrine puis l'embrasse tendrement, plus tendrement que d'habitude. Elle l'entraîne dans la chambre à coucher. Ils s'aiment sans beaucoup d'imagination puis elle file à la salle de bains et, de là-bas, barbotant dans l'eau tiède du bidet, lui demande ce qu'il pense de l'armée française. Il hausse les épaules. La « grande muette » n'est plus aussi silencieuse qu'avant, semble-t-il. Certains cadres commencent à gronder et notre commandant à la retraite suit tout cela de très près. Zuita approuve, ajoutant qu'il s'autorise parfois une entorse à la règle qu'il s'est lui-même fixée, un simple pas de côté comme ce matin à propos d'Émir Germain. Corentin fronce les sourcils. Sa compagne revient dans la chambre les cheveux en pétard, le peignoir déboutonné et lui annonce qu'un colonel de gendarmerie a prévenu le commandant Thomas de l'imminente expulsion du jeune Guinéen. L'instituteur tombe des nues. Zuita referme son peignoir en précisant que le commandant connaît le lieu, le jour et l'heure du refoulement d'Émir, ainsi que le numéro du vol Marseille-Conakry dans lequel il va devoir embarquer. Il connaît aussi la route que le convoi empruntera pour rejoindre l'aéroport de Marignane. Zuita ignore comment l'information est arrivée jusqu'à lui. Notre avocat, Me Rambaud, n'est même pas au courant et il reste à peine deux jours pour réagir.

Une première réunion est organisée une heure plus tard, en comité restreint, et chacun promet de ne pas faire état des contacts que le commandant Thomas pourrait entretenir dans la police ou la gendarmerie. Une seconde réunion se déroule le soir même, élargie à l'ensemble du conseil municipal. L'expulsion doit avoir lieu le surlendemain, un mercredi après-midi. Les élèves n'auront pas classe et, d'une certaine façon, c'est une chance. Il faudra sûrement intervenir à l'intérieur même de l'aérogare, au milieu des voyageurs, devant les guichets des compagnies aériennes et sous les yeux des hôtesses. C'est là que notre baroud d'honneur aura lieu, là que nous devrons dire adieu au migrant, lui souhaiter bonne chance et bon courage. Bon vent, Émir Germain ! À plus tard... À bientôt... En réalité il n'y a pas de bientôt qui compte, juste un fiasco, le pire adieu qu'on puisse imaginer. La machine administrative broie tout sur son passage. Elle est en route présentement, tyrannique et sans pitié.

Canine, Zuita et les membres du conseil trouvent l'énergie pour organiser leur déplacement à Marignane, prévenir le plus possible d'amis, envoyer une feuille de route à chacun. Zuita, blanche comme un linge, quitte la réunion une heure plus tard et retourne à pied au centre équestre. La nuit tombe. Elle n'a même pas le courage d'avertir Liseron.

Émir trimballe une petite valise à roulettes en plus du sac-poubelle qu'il a jeté sur son épaule. Il avance tête basse entre deux policiers en uniforme. Il contourne les comptoirs d'enregistrement et s'apprête à passer dans la zone d'embarquement par une petite porte dissimulée sous les panneaux d'affichage. Avant de la franchir, il se tourne vers ses accompagnateurs et leur demande s'il peut venir nous saluer, dire au revoir à Canine, à Zuita, aux personnes qui l'ont accueilli à son arrivée en France. Le lieutenant hésite, observe notre petit groupe en retrait dans le hall puis hoche la tête avec mansuétude. Émir agite un bras dans notre direction, longe à nouveau les comptoirs d'enregistrement et s'approche timidement de Myriam. Il la prend dans ses bras et l'embrasse. Il embrasse sa première hôtesse, notre infirmière courageuse, maire de Foncouverte et députée de la Drôme depuis quelques semaines. Après une seconde d'hésitation, il avance d'un mètre supplémentaire, attire à lui la première adjointe, se tourne côté tarmac et l'embrasse à son tour. Zuita répond un instant au baiser puis détourne la tête en crispant les poings. Elle recule, se frotte les yeux, revient vers l'instituteur et se serre contre lui.

Au même moment, un groupe de contestataires envahit la place, précédé par les deux ou trois journalistes que la députée a eu le temps d'avertir. Personne ne connaît cette poignée de manifestants qui se précipitent dans le hall en scandant le nom d'Émir Germain. Ils envahissent les lieux et déploient une sorte de banderole en drap sur laquelle est inscrit en majuscules et au feutre noir un intitulé qui en fait sourire plus d'un : La Force du refus. Une vingtaine d'Anonymous masqués arrive juste derrière.

Le lieutenant fronce les sourcils en les apercevant et, immédiatement, fait signe à son acolyte de tirer le migrant de côté. Les Anonymous contournent la banderole et se déploient en arc de cercle devant les comptoirs d'enregistrement, entourés de quelques lycéens aux cheveux ras et masqués comme eux. Un représentant d'Amnesty International observe la scène en souriant. Trois militants du collectif pour l'arrêt de la centrale de La Baume distribuent des tracts à l'entrée. Les voyageurs n'y comprennent rien et hésitent à avancer. Pas de radio ni de télévision. Mobilisation minimale, donc. Émir doit se sentir un peu seul. Les agents de la sûreté aéroportuaire, avertis du rassemblement, prennent position devant les guichets d'embarquement. Un maître-chien contemple la scène en souriant. Il flatte distraitement son bas-rouge qui, à l'évidence, n'aura pas grand-chose à renifler cet après-midi. On ne nous prend pas au sérieux, et c'est bien ainsi.

Émir fait demi-tour en traînant sa valise à roulettes. Les Anonymous suivent, mi-hilares, mi-menaçants. L'un d'eux s'approche du lieutenant de police, baisse son masque, lui sourit gentiment, avance la main et, de l'index, lui chatouille le menton. C'est un jeune lycéen au visage d'ange, avec des bouclettes brunes sur le front. Le flic recule, surpris, regarde les accroche-cœurs qui s'entortillent sur la nuque de l'adolescent, repliés sur eux-mêmes, mouillés de transpiration, et sent une palpitation vicieuse au creux de ses reins. Il sourit au gamin. L'autre recule en lui faisant un doigt d'honneur. Le lieutenant hausse les épaules, pose une main paternaliste sur l'épaule du garçon qui, aussitôt, s'écarte avec une grimace de dégoût. Le flic retire ses doigts et les ramène sur la crosse du SIG Sauer accroché à sa ceinture. Il caresse son pistolet les yeux dans le vague, sans imaginer une seconde ce que l'autre mijote. Il pourrait verbaliser mais doit d'abord poursuivre sa mission, s'occuper du migrant. Lèvres pincées, il ordonne à son acolyte de relever l'identité du jeune merdeux. Le gamin approuve en souriant de plus belle, plonge la main dans la poche de son blouson, en ressort son portefeuille, l'ouvre, en retire sa carte d'identité et la tend nonchalamment au planton qui, aussitôt, fronce les sourcils devant la photo. Il la présente à son chef. Le gradé se penche. Alors, d'un geste incroyablement vif et résolu, le garçon tombe à genoux et, de la main gauche, saisit l'arme de service qui lui pend sous les yeux. Il l'extirpe violemment de son étui et ôte le cran de sécurité. La dragonne se tend contre la hanche du lieutenant qui étouffe un juron, trébuche, se redresse *in extremis*. Il écarte les jambes, attrape le jeune assaillant par la nuque et lui fait une clef d'étranglement. Le garçon continue d'agripper le pistolet. Le second policier lâche le bras d'Émir Germain et se précipite en dégainant son arme. Aussitôt le gamin lève le SIG Sauer et, sans la moindre hésitation, lui tire dans les mollets. Le flic, stupéfait, recule en poussant un cri. La foule se disperse. Le jeune lycéen tire une seconde fois en l'air puis, brandissant le pistolet toujours relié à la ceinture du flic, doigt sur la gâchette, retourne l'arme contre lui.

Le canon est brûlant. Il pousse un gémissement de douleur mais maintient l'arme appuyée contre sa tempe. Le lieutenant cesse aussitôt de le garrotter. L'acolyte rengaine son pistolet, lève les mains en l'air puis avance d'un mètre pour parlementer. Les Anonymous se rapprochent, encerclent les deux flics. Certains filment avec leur portable. La confusion augmente d'un cran quand la silhouette d'Émir Germain est avalée par le groupe de braillards et que le lycéen à genoux, exsangue, doigt crispé sur la gâchette, se met à bredouiller des phrases incompréhensibles. Il tremble de la tête aux pieds en continuant de fixer le policier droit dans les yeux. D'une voix éraillée, il lui gueule de détacher cette putain de dragonne sinon il s'éclate la cervelle. L'autre baisse doucement les doigts jusqu'à la ceinture où est fixé l'étui du SIG Sauer. Une alarme se met à résonner dans le hall. Certains voyageurs reculent en désordre vers la sortie. D'autres se couchent à même le sol. Le garçon pousse un gémissement étrange. Un spasme lui déforme le bas du visage, il étouffe un sanglot puis répète à mi-voix qu'il va se défoncer le crâne si l'autre ne détache pas sa foutue dragonne. Il n'a pas l'air du tout dans son assiette. Le lieutenant, déstabilisé, ouvre son blouson et dégage doucement l'attache du pistolet. À peine le mousqueton libéré, le gamin boule de côté avec l'arme, tire une nouvelle fois en l'air puis balance le SIG Sauer au loin. Il se lève juste à temps pour affronter le second flic, l'arrête d'un coup de savate aussi précis que redoutable et, la seconde suivante, disparaît dans la foule qui reflue vers l'entrée. Pistolet de service et dragonne s'entortillent trois mètres plus loin sur le carrelage. Les lycéens masqués emboîtent le pas à leur copain tandis qu'une demi-douzaine d'agents de sûreté arrive dans le hall. Le maître-chien ôte la muselière du bas-rouge. Une rumeur sourde envahit l'aérogare. Les manifestants se séparent dans le plus grand désordre. Ne restent bientôt que quelques voyageurs allongés sous les portiques de sécurité et les hôtesses accroupies derrière leur guichet. Un responsable s'égosille dans l'interphone, un autre rampe sous les vitres en pianotant sur l'écran de son téléphone portable. Les voyageurs abandonnent sacs et valises dans le plus grand désordre. Le hall d'enregistrement se vide en un tournemain. Le collègue du lieutenant se précipite pour ramasser le SIG Sauer. Il le tend à son supérieur tout en cherchant des yeux le jeune Guinéen dont ils avaient la charge. Quelques secondes seulement se sont écoulées mais, il faut se rendre à l'évidence, il n'y a plus personne devant les tourniquets. Émir a disparu.

16

Cette fois, on ne s'en sortira pas indemne. Liseron et ses amis ont leur part de responsabilité dans cette histoire, c'est évident, même si l'on ignore comment ils ont fait pour nous rejoindre et si la confrontation dont ils ont été les témoins - peut-être même les acteurs - était d'une façon ou d'une autre préméditée. Il semble que plusieurs adhérents de cette Force du refus les aient accompagnés jusqu'à l'aéroport. Les Anonymous étaient probablement mobilisés eux aussi, mais en équipes restreintes, sans qu'on puisse les reconnaître ni les compter puisque des masques avaient été généreusement distribués dans le hall et adoptés par de nombreux manifestants. Deux jeunes à capuche faisaient le pied de grue devant la porte d'entrée et en offraient à toute personne se présentant sans bagages. Nul n'a revu ce couple. Nul n'a revu le garçon aux bouclettes.

Par contre, nous savons qui a récupéré Émir Germain. La voiture de Zuita n'était plus au parking de l'aéroport quand l'instituteur a voulu quitter les lieux.

Il a dû repartir dans le véhicule de son amie députée avec l'adjoint au maire de Dibona et le représentant d'Amnesty International. Ils ont filé vers le nord dans une totale confusion, silencieux, visages fermés, portables désactivés. Au péage de Vitrolles, Canine est brusquement sortie de ses gonds. La moutarde lui montait au nez depuis quelques minutes déjà. Elle a interpellé l'instituteur avec une virulence que peu de gens connaissent mais qui, au moment de son divorce, lui a valu son fameux surnom. Corentin s'y attendait, pour tout dire. Il a essayé de la convaincre que ni Zuita ni lui n'étaient au courant de l'intervention des Anonymous, des lycéens et de la mystérieuse Force du refus. Il n'est même pas certain que Liseron se soit trouvée avec eux à l'aéroport. Dans cette affaire, rien n'a vraiment été anticipé. L'adjoint de Dibona est d'accord avec lui. L'important, pour l'heure, est de récupérer Émir et Zuita qui doivent tenter de revenir à Foncouverte par les routes secondaires. Ils n'ont pas trop le choix. Ils essaient de regagner la vallée de l'Ennuye en évitant Carpentras et la plaine vinicole de Rasteau. Qu'importe l'itinéraire, ce retour à la case départ nous concerne tous. Il faut définir une stratégie et ne plus en démordre, ne plus sacrifier personne. Au mot « sacrifier », Myriam a comme un haut-le-cœur. Elle appuie son front contre la vitre et murmure que, concernant Émir Germain, c'est déjà fait... Le silence retombe. Elle branche son téléphone portable au moment de quitter la vallée du Rhône. Messagerie saturée. Corentin fait de même avec son smartphone et découvre deux messages du rectorat, une convocation à la gendarmerie pour le lendemain matin et une mise en garde anonyme assez violente dont le ton fait immédiatement penser à l'extrême droite conspirationniste qui continue de sévir ici et là dans la vallée. Il pense aux Tournier et aux Reverchon. Ce n'est pas la première fois qu'on l'interpelle de la sorte sur les réseaux sociaux. Il reste songeur un instant, marmonnant qu'il devrait peut-être signaler ces menaces à qui de droit. Myriam soupire. Le commandant Thomas l'a appelée plusieurs fois également, mais sans laisser de message.

Liseron est déjà au centre équestre. Elle prétend être revenue du lycée en prenant le car comme d'habitude. Il n'y a aucun moyen de le vérifier. À l'entendre, Émir Germain doit sommeiller dans l'avion qui amorce sa descente vers Conakry, c'est bien triste mais c'est comme ça. Personne n'échappe à la loi… Elle parle de son ami guinéen avec un tel détachement qu'on se demande si elle sait ce qui s'est déroulé à l'aéroport. Elle monte dans sa chambre en haussant les épaules, branche à fond la musique, discute une demi-heure sur WhatsApp avec ses copains puis redescend les yeux brillants et nous annonce que les collégiens et lycéens de Dibona se retrouveront samedi matin au verrou de Cluze pour dénoncer les conditions d'internement des migrants et soutenir Émir. Elle est aux anges. Il a réussi à passer entre les mailles du filet. Elle avale un verre d'eau, attrape le paquet de biscuits qui traîne sur la table, l'ouvre avec les dents, dévore une poignée de croquettes, claque deux fois la langue. Pas question de baisser les bras pour autant. Pas question non plus de revenir sur les récents événements à l'aéroport. Ce qui s'est passé là-bas, l'intervention des Anonymous, le coup d'éclat du garçon aux bouclettes, les bannières et les pancartes, tout cela ne la regarde en rien. Elle n'y était pas. Elle s'en fiche. Sa mère en fuite, elle s'en fiche aussi. Les conneries des uns et des autres ne la concernent pas. Émir a décidé de résister, c'est le principal. Donc on va se battre, affronter les flics, mettre le nez de tous ces connards – préfet compris – dans leur propre merde et quand ils en auront marre de puer, Émir gagnera la partie. Il aura enfin les mains libres. Corentin, dubitatif, marmonne qu'en l'occurrence un tien vaut largement mieux que deux tu l'auras. Elle le regarde en hochant la tête, branche le vidéoprojecteur, cherche un film sur Netflix, choisit un vieux *James Bond* et le fait défiler en commentant les effets spéciaux qui, avec les années, sont aussi ringards que les formules alambiquées de son beau-père. Ça la fait trop rigoler. L'instituteur essaie de revenir sur les événements de l'aéroport mais Liseron ne veut plus en parler. Ils finissent par aller se coucher.

Tard dans la nuit, Liseron frappe à la porte de Corentin, entre dans sa chambre, le secoue, lui souffle à l'oreille qu'elle sait où Émir et Zuita se terrent, probablement dans la même planque que la première fois, sous la falaise du Calvon. Elle ira les chercher au lever du soleil, elle emmènera Spoutnik. Corentin la regarde à la lumière de la lampe de chevet. Elle a enfilé une veste de travail à moitié déchirée qui traîne sur le portemanteau du couloir depuis des lustres. Ses yeux brillent, sa peau est magnifique, elle n'a plus le moindre bouton, seulement deux petites rides concentriques autour de la bouche, comme des parenthèses qui la vieillissent un peu. Elle tournique devant le lit en boitillant, serrant dans sa main le petit cheval en bois qu'il lui a offert il y a deux ans, avec une muselière dorée, une minuscule selle en cuir et deux balzanes.

« C'est mon porte-bonheur. Émir l'aime beaucoup lui aussi. Je comptais lui en faire cadeau mais il n'en a pas voulu. Il a reposé le cheval sur la margelle du lavoir avec le bouquet de fleurs et m'a dit de les conserver en pensant à lui. On est remonté vers le village. Il s'est retourné à mi-parcours et a murmuré qu'il aurait probablement pu m'épouser dans son pays mais ici, non, je suis trop jeune. Il a répété que j'étais trop jeune et n'a plus ouvert la bouche. »

Elle virevolte autour du lit. La vieille veste de travail sent la poussière, la crotte de loir, le bâton de réglisse.

« Il est par là, j'en suis sûre. Il est revenu pour moi. »

Corentin lui sourit. Elle bat des cils une seconde puis lui tourne le dos en disant qu'il sourit toute la journée. C'est agaçant.

Liseron part sillonner la campagne au petit matin mais revient bredouille. Spoutnik l'a conduite d'un trait jusqu'en haut du synclinal, ils ont galopé deux heures durant, transpirant tant et plus, ignorant les rapaces qui leur tournoyaient autour et maintenant, voilà, elle est fatiguée, elle a besoin de réfléchir. Les deux fuyards sont introuvables. Elle décide de ne pas retourner au lycée, de rester sur place et de se rendre utile au mieux.

Les forces de police arrivent vers 10 heures et établissent une sorte de QG à l'entrée du hameau de Pierrefeu. Les allers-retours se multiplient sur la petite route qui enjambe l'Ennuye. Depuis quelques minutes, à Foncouverte, les téléphones n'arrêtent pas de sonner. Corentin, averti du déroulement des événements en temps réel, décide de libérer ses élèves. Inutile de faire classe dans ces conditions. Tout le monde surveille tout le monde ce matin et les habitants de la commune, rivés à leur portable, semblent prendre goût au jeu de piste qui se déroule entre les falaises. Pour preuve, un accrochage vient d'avoir lieu au verrou de Cluze entre une fourgonnette de CRS et le fils Reverchon qui descendait épandre un tombereau de fumier dans les bras morts de l'Ennuye. La camionnette des flics a refusé de se rabattre pour laisser passer la tonne à lisier alors que le tracteur, déjà engagé sur le pont, était prioritaire. Anatole a continué sa route comme si de rien n'était, le fourgon de police a été obligé de mordre sur le trottoir et le hérisson de l'épandeur a explosé son pare-chocs et son rétroviseur latéral. Anatole ne s'est pas arrêté. Les flics l'ont rattrapé dans la descente de Dibona. Entendant les sirènes qui hurlaient dans son dos, Anatole a balancé une giclée de lisier sur le macadam, histoire de parfumer notre mère nature et de montrer de quel bois on se chauffe chez les éleveurs de porcs. Le pare-brise du fourgon s'est trouvé maculé de purin, la chaussée est restée glissante et nauséabonde jusqu'au lendemain matin. Les CRS ont immobilisé le tracteur quelques virages plus bas et conduit son conducteur au poste. Un voisin a immédiatement averti Canine, puis rameuté quelques collègues pour récupérer la tonne à lisier. La circulation sur la départementale s'est trouvée bloquée au moins une heure, au grand dam des forces de police. Le plus étonnant, c'est que les agriculteurs en question sont plutôt climatosceptiques, pas du tout du même bord politique que leur députée, et qu'ils se fichent pas mal du Guinéen. Anatole Reverchon a été relâché vers le milieu d'après-midi mais deux tracteurs sont restés sur place. La tension n'est retombée qu'après le coucher du soleil.

Émir Germain et Zuita réapparaissent sur les coups de 2 heures du matin.

Ils vont directement à l'école du village, tapent au carreau du bas, traversent le vestibule en se gardant bien d'allumer la lumière. Zuita se doute que l'instituteur ne dort que d'un œil. Il les a sûrement entendus mais ne veut pas alerter sa fille. Ils montent l'escalier sur la pointe des pieds. Corentin leur ouvre la porte du logement de fonction. Il lève les yeux au ciel en constatant à quel point ils sont sales et affamés. Liseron surgit dans leur dos, pieds nus, toujours vêtue de la vieille veste de travail qui sent la crotte de loir. Émir retient un sourire en la voyant. Zuita hausse les épaules. L'instituteur ferme les volets de l'étage et c'est Liseron qui explique ce qui va se passer maintenant. L'appartement jouxtant l'hôtel de ville a été mis à la disposition d'Émir Germain. Canine et son conseil municipal le soutiennent et sont prêts à mobiliser la communauté de communes si nécessaire. Le mécontentement est palpable chez les habitants de la vallée qui, en grande majorité, sont scandalisés par la façon dont l'expulsion a été décidée et mise en œuvre. Il paraît que les télévisions nationales, alertées par les quelques journalistes présents à l'aéroport, sont en train de réagir. BFM TV a décidé d'envoyer une équipe sur place. Anaïs et Nadège, les amies de Liseron, ont été sollicitées par le reporter qui les avait interviewées juste avant qu'elles se cisaillent les cheveux. Me Rambaud, de son côté, a essayé de joindre la mairie pour évoquer les recours administratifs encore envisageables et propose de faire le point avec l'équipe. Le commandant Thomas, notre informateur, notre taupe fouineuse a promis lui aussi de continuer à se renseigner. Foncouverte prend donc clairement le parti d'Émir Germain. Les agriculteurs sont en train de se mobiliser après l'épisode Reverchon. Ils ont démontré qu'on pouvait fermer l'accès au village en un tournemain. Les jeunes, eux, sont en première ligne.

17

Émir est donc à nouveau parmi nous et les gendarmes de la vallée, bizarrement, ne semblent pas s'en soucier outre mesure. Ils se terrent dans leur caserne, se font les plus discrets possible. Les patrouilles ont complètement cessé sur le plateau. Le QG de Pierrefeu a disparu aux premières heures de la matinée. À l'évidence, les autorités sont au courant de la présence du migrant au village et hésitent quant à la marche à suivre. Ici, la mobilisation ne faiblit pas. Émile Reverchon - qui l'eût dit, qui l'eût cru ? - est même réapparu en personne pour nous proposer ses services. Les flics l'ont libéré la veille avec une amende plutôt salée et l'obligation d'enfouir immédiatement son purin avant de reprendre les travaux d'épandage. Le lisier de cochon va donc cesser d'empester notre fond de vallée plus rapidement que d'ordinaire, mais le fils Reverchon est vraiment furieux. Il doit enterrer *illico* ses déjections porcines alors que celles des hommes décantent à ciel ouvert cent mètres plus loin, douze mois sur douze sans que personne s'en émeuve. Que répondre à cela? Il n'a pas tout à fait tort. On a beau lui expliquer que les pestilences de la station d'épuration sont moins aigres, moins incisives, il prétend le contraire et ne décolère pas. On le soupçonne de garder en réserve quelques tombereaux de lisier au cas où les choses dégénéreraient mais, bon, il est le bienvenu. Il a proposé d'intégrer l'équipe de bénévoles chargée de repeindre l'appartement de la mairie et de récupérer quelques meubles pour Émir, un frigo, deux ou trois chaises et même un ordinateur portable. Ça tombe à pic, le Guinéen doit prendre possession des lieux au plus vite. En attendant, il loge à l'école primaire et, à la grande joie des élèves, s'est remis à réparer les antennes-Ricoré. Les gamins se passionnent à nouveau pour le ventre en fer-blanc de la vierge-des-ondes. Ceux du cours moyen apprennent la soudure à l'étain, les autres réfléchissent. Leurs parents gambergent aussi à Foncouverte et dans les environs. Temps mort pour tout le monde.

Coda. Une journée entière de réflexion.

Le samedi, à la première heure, le commandant Thomas descend de son nid d'aigle et avertit Myriam que le préfet de la Drôme commence à en avoir assez de nos coups de sang. Il vient d'envoyer un escadron de gendarmes mobiles à Dibona afin d'assurer la libre circulation des véhicules, de dégager au plus vite le pas de Cluze et de faire appliquer la loi républicaine en récupérant *manu militari* le jeune migrant sans papiers que nous abritons illégalement depuis plusieurs mois.

Émir Germain fait l'objet d'une mesure d'expulsion et les élus locaux n'ont pas à interférer dans cette décision de justice. On ne contourne pas ainsi les lois de la République. Trois pelotons de gendarmerie sont mobilisés pour l'opération. Le préfet a donc décidé de nous mettre au pas. Il semble prêt à tout. Le sommes-nous pour sauver Émir ?... Myriam attrape le téléphone de la mairie pour appeler Me Rambaud, mais le commandant à la retraite, visage fermé, plaque la main sur le combiné et l'empêche de composer son numéro. La ligne est probablement sur écoute après ce qui s'est passé. Celle de l'avocat aussi. Restent quelques portables non répertoriés, dont évidemment celui de Liseron. Myriam hoche la tête. Corentin se lève pour aller chercher la lycéenne tandis que le père Champier arrive dans la salle de réunion, souffle court, et nous annonce qu'un groupe d'agriculteurs, scandalisés par la garde à vue d'Émile et l'amende qu'on lui a infligée, se rassemblent à nouveau dans les gorges de l'Ennuye. Une compagnie de gardes mobiles est en train de prendre position de l'autre côté, à l'entrée du goulet.

Les paysans paraissent aussi remontés que la veille. Ils ont discuté toute la nuit sur les réseaux sociaux, ont débattu de la meilleure tactique, se sont levés à l'aube. Leurs tracteurs convergent actuellement vers le pont. L'expulsion d'Émir Germain les galvanise nettement moins que les mésaventures policières de Reverchon mais, quoi qu'il en soit, ils ne veulent pas se laisser marcher sur les pieds. On n'empêche pas les gens de travailler. On n'interdit pas à un jeune Noir de distribuer les repas de la maison de retraite, de balayer la place du marché deux fois par semaine ou de nettoyer les poteaux téléphoniques de la commune. Chacun bosse comme il l'entend, sans rendre de comptes à qui que ce soit, surtout pas à ces robots casqués qui essaient de s'en prendre à un jeune Guinéen sans histoire, pas du tout bégueule, poli et très attentionné.

Les poneys du centre équestre sont là, grattant le sol de leurs petits sabots cornés. Liseron, visage enturbanné dans le keffieh d'Émir, chevauche l'étalon Spoutnik. Raoult Champier attend un peu plus loin avec ses copains du collège, mains dans les poches, clope au bec, inventoriant les tracteurs immobilisés à la queue leu leu sur la route départementale. Les couples de vautours tournoient sous la falaise. La jument alezane broute dans un fossé. Les représentants de la commune rejoignent un à un cet attroupement bon enfant tout en surveillant d'un œil inquiet les rangs de gardes mobiles qui ont pris position à l'autre extrémité du goulet. L'attroupement grossit de minute en minute. Deux ou trois tracteurs auraient probablement suffi pour faire la nique aux forces de l'ordre, mais tout est bizarre en ce matin d'automne : ce rassemblement d'agriculteurs passablement remontés, ces gendarmes locaux sur la défensive et ces élus du peuple réunis sous le soleil tardif, sûrs de leur droit, députée-maire en tête, précédés par les enfants de l'école et quelques animaux du centre équestre. Le restaurateur Lascombe nous a rejoints lui aussi avec son gros ventre et son bandonéon, plutôt ravi de s'agréger à ce groupe de râleurs qui, en l'occurrence, marchent vers l'inconnu mais sont persuadés d'une chose : on ne méprise pas les gens, on ne piétine pas impunément le destin d'un Africain que le pouvoir central, par commodité ou veulerie, a choisi de désigner à la vindicte.

Sauf que la victime en question n'a aucune envie d'être là, c'est l'unique Noir de l'assemblée, le seul Guinéen du canton, et il est aussi visible de loin que les rangs de tracteurs ou de gendarmes mobiles sur la route. Il préférerait manifestement être ailleurs. Liseron passe d'un groupe à l'autre, répétant à qui veut l'entendre que, réunis de la sorte, nous allons gagner. Nous sommes invincibles. Elle dit cela sourire aux lèvres mais ne quitte pas le migrant des yeux qui, lui, ne se marre pas. Canine et Zuita ne sourient pas non plus, comprenant que les habitants de Foncouverte sont contaminés par le même sentiment d'invulnérabilité que leur vis-à-vis en tenue de combat, le même excès d'énergie, avec la rage en plus de ce côté-ci du pont. Ou la joie...

« Avec la joie en plus. »

Le Guinéen ne réagit pas. Il surveille du coin de l'œil la députée-maire qui, après discussion avec ses conseillers, s'est résolue à traverser le pont dans les pas d'un jeune lieutenant chargé de la négociation. Le soleil illumine la falaise du Calvon. Le vent s'est calmé. Un drôle de silence envahit le verrou. Émir bougonne qu'on fait erreur, qu'il est vain et inutile de négocier. La bataille est perdue d'avance.

Effectivement, Myriam, le visage sombre, revient expliquer que c'est une sous-préfète qu'on nous a envoyée cette fois-ci et que la dame reste droite dans ses bottes. Elle ne transige en rien. Elle exige la dispersion immédiate de la manifestation, promet du bout des lèvres une certaine mansuétude dans les poursuites si la route est entièrement dégagée dans les minutes qui viennent et si personne ne s'oppose à l'interpellation du migrant. Des coups de klaxons saluent cette annonce. L'équipe municipale se réunit à nouveau sous la falaise et décide d'évacuer Émir Germain. Le temps d'appeler la mairie, de consulter quelques amis à Dibona, la situation change soudainement du côté des forces de l'ordre.

Deux petits véhicules antiémeutes viennent d'apparaître sur la route, que le lieutenant s'empresse de positionner à la tête du pont, avec un cheval de frise à l'arrière et ses effectifs au milieu, lance-grenade à la main, boucliers devant les yeux. À son signal, les gendarmes mobiles enfilent d'un seul geste leur casque en plexiglas. Les animaux du centre équestre, qui n'apprécient guère cette parade d'humains sans visage, reculent sur la route en tapant du pied. Jeannot Lascombe, pas du tout impressionné, continue de faire le pitre avec son bandonéon et les gamins s'approchent du barrage en fanfaronnant eux aussi. Nos gendarmes locaux, après un bref échange téléphonique avec leur hiérarchie, préfèrent retourner au village.

C'est un baroud d'honneur. Il y a foule, il fait beau, la lumière d'automne est douce et perlée. Le village de Foncouverte brille sous le soleil, cerné par notre immense plateau calcaire. L'Ennuye et ses alluvions limoneuses continuent d'engraisser la plaine de Dibona dès la sortie des gorges. La nature resplendit en se fichant complètement de la troupe de manifestants et des boutefeus casqués qui prétendent les mettre au pas. La route serpente entre les falaises comme d'habitude, accrochée aux parois rocheuses, à présent embouteillée sur plusieurs kilomètres. D'ordinaire on ne stationne pas en ces lieux, on s'en échappe au plus vite ou alors on dévale le goulet avec une canne à pêche à l'épaule et on rejoint les berges de l'Ennuye comme le faisait Robert Savajol, les poches bourrées d'asticots et de quignons de pain. Pas le moindre goujon à taquiner aujourd'hui, pas de truitelle, pas même un pauvre ragondin.

Zuita propose de conduire le migrant au village et d'y monter la garde le temps nécessaire. Liseron s'empresse de contredire sa mère. Il vaut mieux qu'Émir aille se planquer dans le synclinal. Corentin pense au contraire qu'il devrait contourner les gorges et redescendre vers Dibona par la montagne. Finalement, c'est Alice Truinas, secrétaire de mairie, qui l'accompagne. La boiteuse, déçue, saute de monture pour lui souhaiter bonne chance. Elle l'embrasse, le serre longuement contre sa poitrine, aussitôt imitée par les élèves de la classe unique qui défilent à la queue leu leu. Le Guinéen sourit à tout le monde puis s'éloigne sans apercevoir la bande de lycéens de Dibona débarquant à l'autre bout du goulet. Le petit groupe, accompagné d'une équipe de télévision, avance jusqu'aux piles du pont et s'agglutine derrière les gendarmes mobiles. Certains tentent de traverser mais se font refouler sans ménagement. Ils protestent pour la forme puis, fatalistes, retournent discuter avec les conducteurs coincés dans leurs voitures. Ils distribuent leurs tracts, finissent par s'asseoir au beau milieu de la route et font bloc de l'autre côté du passage. Dans une certaine mesure, les forces de l'ordre sont maintenant prises en tenaille.

Les choses en restent là pendant plus d'une demi-heure. Zuita, lassée par ce *statu quo*, a un geste d'agacement. Elle quitte sa veste, retire ses chaussures, enjambe le garde-fou du pont et se risque pieds nus sur l'étroit ruban métallique accroché à la limite du tablier. C'est très dangereux. Personne n'ose intervenir. Après avoir marché une trentaine de mètres au-dessus de l'abîme, elle se retrouve face à face avec la responsable du maintien de l'ordre restée à l'écart de ses troupes, casque audio vissé sur la tête. La représentante du préfet l'ignore ostensiblement. Zuita fait un geste circulaire, désigne les gorges, les poneys, le bandonéon dont on entend les vocalises dans le lointain. C'est comme ça, la vie, il y a de la musique, des animaux, et toujours des victimes, toujours des poursuivants... Elle saute du garde-fou en ignorant les soupirs agacés de la sous-préfète. Elle avance le bras et referme d'un coup sec le couvercle de l'ordinateur sur lequel l'autre pianotait depuis plusieurs minutes. S'ensuit un échange de mots plutôt vifs. Zuita finit par tourner les talons, enjamber de nouveau la rambarde, reprendre pied sur l'étroit ruban métallique suspendu au-dessus du vide. Mais la sous-préfète ne l'entend pas de cette oreille. Elle claque les doigts et désigne la directrice du centre équestre à son jeune lieutenant. Zuita est en équilibre sur le rebord du tablier, mais le gradé s'en fiche. Il se précipite, ceinture la cavalière, la tire de côté, lui passe les menottes.

Vu d'ici, on ne comprend pas trop ce qui se passe. Zuita se débat une bonne minute avant de disparaître à l'intérieur d'un fourgon de gendarmerie qui fait aussitôt demi-tour et se dirige, sirènes hurlantes, vers la ville de Dibona. Zuita est éleveuse de chevaux. Elle connaît chaque agriculteur du pays, elle les a toujours soutenus, s'est investie sans compter dans les destinées de la commune en compagnie de l'infirmière Myriam et du commandant Thomas. Son arrestation est incompréhensible. Les paysans remontent sur leurs tracteurs. Les lycéens, qui commencent à s'énerver à l'arrière du barrage, ramassent ce qui leur tombe sous la main et marchent vers les rangs de CRS. Un engin agricole à moitié rouillé, pétaradant, polluant et hors d'âge se met en branle de l'autre côté de la route et progresse lui aussi vers les militaires, sans personne au volant. Cette avancée prend tout le monde de court. Le vieux tracteur, un Zétor des années 1970, vitesse ultra-lente enclenchée, différentiel bloqué, avance comme une tortue et, semble-t-il, ne dévie pas d'un pouce malgré l'absence de conducteur. On ignore qui l'envoie ainsi vers le sud. Le spectacle est étrange, sans véritable danger pour les forces de l'ordre vu son train de sénateur, mais l'engin est énorme, tchécoslovaque, et file obstinément vers le barrage sous les yeux des gendarmes mobiles. Rien ne peut arrêter la progression nonchalante de ce fleuron de l'époque soviétique, à moins que quelqu'un saute aux commandes et débloque la vitesse lente.

Raoult Champier, le frère de Pilou, ne pensait jamais s'amuser autant. Il regarde autour de lui sourire aux lèvres. Une deuxième antiquité ronronne à ses côtés, un Massey Ferguson qui date de la fin de la guerre, prêt à tout lui aussi, semble-t-il. Raoult grimpe aux commandes, fait signe à ses potes, enclenche la vitesse lente, bloque tant bien que mal le volant avec une fourche avant de redescendre sur le marchepied. Roue dans la roue avec le Zétor, sans personne pour le diriger, l'engin accepte à son tour d'avancer vers le barrage militaire. Ces deux tas de ferraille roulant sur les gardes mobiles avec une lenteur exaspérante matérialisent notre besoin de revanche. Pas question de rester les bras croisés après l'interpellation de Zuita. Pas question non plus d'en venir aux mains. Au début, les gendarmes mobiles n'y comprennent rien. Ils méprisent le flegme, comme toujours, la placidité. Ils n'ont jamais entendu parler de ces vitesses lentes démultipliées à l'infini qui tirent vers l'avant façon tortue serpentine n'importe quelle machine agricole digne de ce nom. Sept ou huit mètres par minute, pas un de plus. Ces vieux clous ne valent pas tripette mais, en l'occurrence, ils leur arrivent dessus. Les gendarmes hésitent à rompre le rang. Le jeune lieutenant, aussi désemparé que ses troupes, cherche des yeux la sous-préfète, mais les instructions tardent à venir. Personne ne veut croire à la réalité de cette attaque indolente jusqu'au moment où le Zétor, approchant des premiers boucliers et s'apprêtant à les écraser, grimpe sur un caillou de rivière. Sa roue gauche broie le galet sans le moindre état d'âme mais cela modifie sa trajectoire et tire l'engin vers la droite, côté rambarde. Le Zétor poursuit dans cette direction à son amble de pachyderme. Il escalade le trottoir, percute le garde-fou, le brise en morceaux puis bascule mollement vers la rivière. On croit qu'il va chuter mais, non, il stoppe à l'équilibre, son gros nez rouge hésitant au-dessus de l'abîme. Les gendarmes, soulagés, baissent leur bouclier. Certains remontent la visière de leur casque. Les manifestants pouffent de rire. La sous-préfète se penche au-dessus de la rambarde et regarde en grimaçant le cours sinueux de l'Ennuye qui brille cent mètres plus bas. Elle aurait aimé qu'on fasse carrément basculer l'épave mais voilà, ses gendarmes sont incapables de la moindre initiative... Elle s'écarte du parapet, appelle le lieutenant et lui ordonne de dégager la voie immédiatement. Le gradé claque les talons, avance d'un mètre puis revient sur ses pas et, dubitatif, désigne le Massey qui continue d'avancer vers eux sans personne pour le conduire. Sa supérieure le fusille du regard. Le lieutenant finit par obtempérer. Il marche jusqu'à la tête du pont, donne deux ou trois coups de sifflet, bâcle les sommations d'usage en moins d'une minute. De toute façon personne ne les entend. Il repose son porte-voix, fait signe aux véhicules antiémeutes de se mettre en branle. Les gendarmes mobiles se bousculent derrière, lanceur de grenades à la main, casqués, protégés par leurs boucliers en plexiglas.

L'ambiance change brutalement. Les grenades lacrymogènes commencent à siffler au-dessus du Massey, diffusant leur poison vingt ou trente mètres plus loin sur la chaussée. Certaines débaroulent jusqu'à l'Ennuye, d'autres glissent entre les pattes des chevaux qui se mettent à piaffer et à hennir. On tire les enfants vers l'arrière. Les lycéens, de l'autre côté, tentent de traverser le pont pour opérer leur jonction avec la population de Foncouverte. Quelques agriculteurs font demi-tour mais la plupart emboîtent le pas au Massey Ferguson qui, seulabre, continue fièrement sa marche en avant. C'est un ballet étrange, improbable, une confrontation entre des half-tracks de la Gendarmerie nationale et quelques vieux clous de paysans. Parvenu à dix mètres du barrage, le Massey, toujours aussi imperturbable, semble prendre le même chemin que le Zétor. Il dévie à son tour vers la droite. Le jeune Raoult Champier, revenu auprès de Liseron, décide de le remettre sur la bonne voie. Il lâche la bride de Spoutnik, traverse d'un bond le nuage de fumigènes, saute au volant du tracteur de son grand-père et rectifie promptement sa trajectoire. Raoult est le plus âgé des collégiens de Dibona, mais il est resté un gamin. Il bloque le volant avec un sourire victorieux, s'assure que le Massey file droit à présent puis, cheveux au vent, les yeux pleins de larmes, se met debout sur le siège métallique et salue la foule aux quatre vents. On n'y voit plus grand-chose. Le nuage lacrymogène recouvre la route, mêlé aux gaz d'échappement des tracteurs. Raoult Champier tangue sur son perchoir, mais il jubile. Il s'époumone face aux gendarmes. Derrière eux, les lycéens ramassent les cailloux traînant au pied de la falaise et commencent à les balancer vraiment sur les forces de l'ordre. Le groupe de tracteurs avance lentement au cul du vieux Massey. C'est là, devant cette troupe d'engins rouillés dont on voit à peine les conducteurs, que le commandant de l'escadron a le sentiment d'être pris au piège. Une bande de lycéens harcèle ses gendarmes à l'arrière, quelques véhicules irresponsables les menacent à l'avant. Il plisse les yeux, se gratte le front puis, soudain, pivote le micro accroché à son casque et autorise en quelques mots lapidaires l'emploi des grenades de désencerclement et des balles de défense.

Les blindés antiémeutes s'arrêtent à la seconde. Les tracteurs stoppent aussi, mais le Massey Ferguson poursuit sa progression en vitesse lente. Raoult Champier, toujours debout sur son siège, continue de rigoler en faisant le signe de la victoire. Les balles en caoutchouc fusent autour de lui mais il s'en fiche, il a quinze ans, il est invincible. Il déboutonne sa chemise, l'enroule autour de son visage pour se protéger des lacrymogènes et c'est là, torse nu dans la lumière jaunâtre, qu'il reçoit une balle de défense en pleine tête. Il perd l'équilibre, bat des mains, bascule en avant, s'accroche une seconde au capot du tracteur avant de s'écrouler tout du long sur la chaussée. Le vieux Massey continue d'avancer comme si de rien n'était. Son pneu arrière, aux crampons usés jusqu'à la corde, garde fièrement la route. Il ne dévie pas de sa trajectoire. Il poursuit sa course et frôle d'un cheveu le visage du fils Champier.

18

Les tirs cessent à la seconde. Raoult gît sur le côté, la joue gauche appuyée au goudron, la jambe droite agitée de spasmes. Un lourd silence envahit le pas de Cluze, troublé par les criailleries d'un couple de busards tourniquant au-dessus des gorges. Cet appel résonne d'une falaise à l'autre et fait penser à une lamentation, une vaste controverse sexuelle. Les buses sont des rapaces ordinaires, et pourtant leurs gémissements amoureux parviennent à éloigner les aigles et les vautours. On ne comprend rien à leur supplique, on ne comprend pas grand-chose non plus aux réactions des hommes mais ici, bêtes sauvages ou pas, le pire vient de frapper à notre porte. Cet accident nous terrifie. Comment composer avec une telle violence? Après une seconde de sidération, les paysans de la vallée de l'Ennuye se précipitent pour secourir Raoult, leur collègue, leur enfant, dont la vie est clairement en danger. Les gendarmes mobiles savent eux aussi que l'affrontement doit cesser immédiatement, qu'il est temps de songer à pactiser, à compatir, à réparer.

Un hélicoptère de la Sécurité civile atterrit sur le pont vingt minutes plus tard. Raoult est emmené au CHU de Nîmes alors que les tracteurs continuent de se croiser en désordre au milieu de la route. La sous-préfète est invisible. Myriam la cherche des yeux un moment puis se résout à parlementer avec le jeune lieutenant. L'escadron de gendarmerie fait bientôt demi-tour. Les buses continuent à criailler dans le ciel sans nuages. Le soir va tomber. Liseron dénoue son chèche, le jette sur ses épaules et rentre à pied à la maison en murmurant que notre plateau tant aimé ressemble maintenant à une île de pleureuse. Corentin lui prend la main, mais de nouveau elle pleure. Elle pleure en répétant ces mots : île de pleureuse. Il n'arrive pas à la calmer.

Émir Germain se cloître plusieurs jours dans l'appartement proposé par la mairie. Un soir, il demande aux habitants de Foncouverte de le rejoindre dans la salle des fêtes et là, d'une voix cassée, annonce qu'il rentre au pays. Il est temps pour lui de tourner la page. Ce sera préférable pour tout le monde. Myriam ne veut surtout pas interférer dans cette décision mais, sur un signe de Corentin, elle interroge malgré tout ses administrés... La consultation à mains levées, sans aucune validité, donne un résultat étonnant, quasi vertigineux, 90 % des habitants s'opposent au départ du Guinéen. Les Champier, Reverchon, Cadenet, Marleau, la famille Tournier au grand complet, les Marcellin, Alice Truinas elle-même, tous ces adversaires politiques de jadis s'accordent pour dire qu'il faut continuer à se battre et à dénoncer l'arbitraire des décisions administratives condamnant Émir. Les enfants de l'école, invités à la réunion, applaudissent à tout rompre. C'est un signe. Il fut un temps où les habitants de la vallée s'affrontaient sur quelques prises de position écologistes, mais ces combats d'arrière-garde n'ont plus lieu d'être. On laisse de côté l'écologie. On résiste.

Cette réaction unanime déplaît aux autorités, mais le préfet n'a d'autre choix que d'en prendre acte. Il vient de désavouer publiquement la sous-préfète, a fait muter le lieutenant de l'escadron de gendarmerie et ouvert une enquête pour déterminer les circonstances exactes de l'accident et éventuellement désigner des coupables. Un médiateur a été envoyé auprès de la famille Champier. Le préfet lui-même prend régulièrement des nouvelles de Raoult tout en se gardant bien d'évoquer le destin d'Émir Germain. Il est aux abois. Ses conseillers épient la moindre de nos initiatives. Il semble que ce soit l'implication des enfants et des adolescents de la vallée dans le soutien à Raoult et au migrant guinéen qui dérange le plus. Les enfants font peur. On ne peut rien contre eux. Ils sont invincibles. La question migratoire, considérée jusqu'alors comme un prétexte idéal pour exacerber les tensions et canaliser certains affrontements politiques, ne fait plus vraiment recette dans la vallée de l'Ennuye. Les collégiens de Dibona ont très vite interféré dans le débat. Les mèches de cheveux suspendues aux grilles du centre de rétention ont clairement remis les choses en place. Nous devons nous inspirer de ce coup médiatique. Le refus de la violence institutionnelle est en train d'unir les acteurs de notre communauté, d'agréger ses différentes tendances politiques.

Il faut ajouter au désarroi de la population le pari de la boiteuse elle-même et de Raoult Champier aux premiers temps de sa convalescence. Là, il s'agit clairement de défense passive et d'utopie. Émir Germain ne pouvait plus s'enfuir. Impossible d'aller se planquer à nouveau dans le hameau en ruines ou dans la faille du synclinal, encore moins de faire subrepticement ses valises pour retourner en Guinée. Personne ne le souhaitait, même plus lui. Il est résolu à rester parmi nous et loge dans l'appartement de la mairie en attendant le résultat des différents recours que l'avocat a intentés contre la décision du préfet. Chacun – gendarmes compris – sait où il se terre. Il est à la merci des forces de l'ordre et, dans un sens, chaque heure passée entre nos murs le met en péril. Les unités d'intervention de la gendarmerie peuvent à tout moment investir les lieux, l'appréhender, le jeter dans le premier avion et en finir avec toute cette histoire. Émir dort mal, sort très peu la journée et, de fait, lui qui aimait tellement se rendre utile dans la commune se sent de plus en plus désœuvré et contreproductif.

Il y a eu un moment de confusion le lendemain de l'accident. Une poignée d'élèves de Corentin a voulu lui rendre visite avant de rejoindre l'école. Ils sont entrés dans le local de la mairie, ont salué le migrant et, au moment de repartir, se sont retrouvés face aux gendarmes du village qu'ils connaissaient parfaitement et qui, bonhommes, venaient eux aussi aux nouvelles. Les gamins se sont mépris sur leurs intentions. Écartant grand les bras, ils leur ont tout simplement interdit d'entrer. Pas question de franchir le seuil de la maison d'Émir, à moins de leur passer dessus. Les gendarmes, voyant que leurs menaces ou leurs flatteries ne servaient à rien, ont fini par reculer. Les habitants ont beaucoup ri. Liseron s'inspire de cette mésaventure pour imaginer une riposte qui, à n'en pas douter, servira conjointement les intérêts de Raoult Champier et d'Émir Germain. De son point de vue, la meilleure façon de couper l'herbe sous les pieds du préfet et d'éviter une intervention éclair est de s'exposer soi-même, de mettre en place une sorte de bouclier humain devant la cible, si possible enfantin, jour et nuit, vingt-quatre heures sur vingt-quatre. On empêchera toute intervention de commando en se terrant près de la victime. Personne n'osera s'en prendre à des enfants ou à des adolescents contraints de protéger un immigré à leur corps défendant, surtout dans les circonstances que nous venons de vivre... Zuita rétorque que les gendarmes obéissent aux ordres, qu'ils n'en sont pas à une contradiction près et s'encombrent rarement de scrupules. Liseron n'en campe pas moins sur ses positions. Rien de tel qu'un bouclier humain pour refroidir les velléités interventionnistes de notre police républicaine. Il faut organiser des rotations dans l'appartement, y dormir la nuit et y rester le temps nécessaire.

Elle parle du projet au jeune Raoult qui, encore très affaibli, vient juste de rentrer de l'hôpital. Ses derniers espoirs ont été douchés la veille par le chirurgien. Il va perdre définitivement son œil. Il s'en doutait un peu, mais la minuscule perception lumineuse sectorielle qu'il gardait au centre de sa vision lui permettait d'entretenir encore un semblant d'espoir. Il n'y a plus rien à espérer de ce côté-là. Il le dit à la boiteuse dont il se sent étonnamment proche soudain. Elle lui prend la main, l'emmène sous le platane de Madeleine Francillon. Sa paume se met à transpirer. C'est la première fois qu'on le touche de la sorte. Il s'assied sur le muret et l'écoute exposer son idée sourire aux lèvres. Très vite, il ne sourit plus. Il jette un coup d'œil à l'appartement communal en contrebas, fronce les sourcils au fur et à mesure que Liseron s'explique. La proposition est cocasse. Il ne sait qu'en penser. Liseron le fixe intensément en attendant sa réaction. Elle ne le quitte pas des yeux. Il finit par se gratter la nuque, scrute la route départementale qui contourne le village à leurs pieds puis file en direction des gorges. Une dizaine de véhicules viennent de s'y engager, qui ont disparu en quelques secondes, silencieusement, comme si de rien n'était. Raoult pousse un gémissement. Il ne peut plus regarder cette route sans penser au Zétor et au Massey Ferguson, sans avoir envie de rire et de pleurer à la fois. Il récupère son opinel au fond de sa poche, se cure les ongles un instant puis se relève et, fataliste, tope avec la lycéenne. On peut tenter l'expérience. Ses anciens copains habitent juste à côté, il sera entouré. Il pourra manger à la cantine, se balader autant qu'il voudra sur Internet et les réseaux sociaux. Dans un sens, ce plan tombe à point nommé. L'appartement d'Émir jouxte l'hôtel de ville, il est spacieux, les fenêtres des chambres donnent sur la cour de la mairie et l'infirmière Myriam, qui garde un bureau sur place, sera toujours à proximité pour les soins.

Au début, ses parents résistent. La perspective de voir leur fils Raoult utilisé comme bouclier humain après avoir été victime de cette horrible bavure policière est difficilement tolérable. Le père Champier pense que les gendarmes mobiles, s'ils devaient récupérer le migrant, n'hésiteraient pas à écarter de leur chemin cet enfant qu'ils ont eux-mêmes mutilé. Ce sont des soldats. Ils obéissent aux ordres. Pourtant le projet semble séduire Raoult qui, ces temps-ci, supporte de plus en plus mal la vie de tous les jours à la ferme. Il ne peut même plus conduire le tracteur, a des maux de tête incessants, des cauchemars la nuit, et se sent de trop dans l'exploitation. Il revient à la charge dès le lendemain et tente de présenter les choses différemment. Une sorte de lumière est apparue pour lui au bout du tunnel, quelque chose d'assez joyeux et gratifiant. Il parle d'entraide, de solidarité, évoque le collège qu'il va devoir quitter plusieurs semaines et le voisinage de son ancien maître d'école, qui pourrait l'aider pour les devoirs.

Sa mère, comprenant que Raoult veut avant tout se protéger lui-même, est la première à céder. La proposition de Liseron est un pis-aller mais aussi une parade, peut-être la meilleure béquille qui soit. L'idée finit par faire son chemin également dans la tête du mari qui, au bout de quelques jours, rend les armes en bougonnant. Le jeune Raoult peut s'installer à l'essai dans l'appartement de la mairie, sans aucun engagement de sa part, à condition bien entendu d'obtenir l'accord du conseil municipal et surtout l'aval du chirurgien. Le paysan insiste pour rester avec lui le premier soir. Émir Germain les reçoit tous deux bras grands ouverts et leur prépare son meilleur plat guinéen, un couscous de fonio.

La cohabitation est immédiatement bénéfique pour les deux garçons. Émir et Raoult affrontent maintenant leur destinée entourés d'une dizaine de copains qui, sans vraiment se concerter, établissent une sorte de filet de sécurité autour d'eux, résolument désorganisé et aléatoire. On ne sait jamais combien de personnes traînent dans l'appartement. On ne sait jamais qui attend derrière la porte. C'est la bonne tactique. Les cours ont repris au lycée, l'hiver approche, la population est remontée, un petit nombre de journalistes reste dans les parages, toujours aussi intrigués, essayant de comprendre les événements qui se déroulent sous leurs yeux, emblématiques à plus d'un titre : les antennes-Ricoré, le chèche bleu de Liseron, les cheveux ras des ados de Dibona et à présent, plus insolite, plus culotté, ce bouclier humain dont on commence à parler au-delà de la vallée de l'Ennuye.

La boiteuse, à l'origine du projet, n'a pas encore rejoint le groupe de défense quand est proposée une nouvelle initiative tout à fait conforme à leur esprit rebelle et potache, peu ragoûtante à vrai dire, que les élèves de l'école primaire sont les premiers à expérimenter. Difficile d'en parler sans sourire ou grimacer... Raoult Champier est dans l'obligation de changer toutes les cinq ou six heures le pansement qui protège son œil blessé. C'est généralement l'infirmière qui s'en occupe, ou bien, en son absence, le jeune Guinéen. Un jour que Raoult se morfond seul dans l'appartement, les gosses de l'école viennent lui rendre visite et demandent à voir la cicatrice. Il essaie de les en dissuader mais ils insistent. De guerre lasse, il finit par ôter lui-même la compresse chirurgicale qui protège sa cavité oculaire. Serrés les uns contre les autres, gorge nouée, les élèves de Corentin se retiennent de vomir. Félix fait le bravache mais doit filer aux toilettes lui aussi et, ne sachant comment se dépêtrer avec sa honte, attrape un bandeau neuf traînant sur la table, sort un feutre de sa poche et le signe comme il l'aurait fait d'une jambe plâtrée ou d'un vieux cahier de textes. Ses copains, navrés, l'imitent les uns après les autres. Sido Rousson, meilleure élève de la classe, dépose son paraphe en dernier puis se penche sur le lit et, courageusement, aide Raoult à installer la nouvelle compresse. Elle l'embrasse, caresse son œil valide du bout des doigts. Au bord des larmes, elle attrape le bandeau usagé et le balance dans la poubelle. Hugo, le fils du maçon, crache entre ses chaussures. Il récupère un nouveau cache-œil sur la table de chevet et crayonne dessus un tracteur rouge et gris. Oriane dessine une jonquille. Alérion, un panier de chanterelles à côté du Massey, son champignon préféré. Victor, une Winchester à pompe.

Liseron arrive sur ces entrefaites avec sa copine Anaïs. On ne les avait plus revues depuis une semaine. Liseron entre dans la chambre du borgne et le serre dans ses bras avec émotion. Elle est davantage perturbée qu'elle ne veut le paraître. Elle rajoute un étalon cabré sur le premier bandeau qui attend au pied du lit, un pont sur le deuxième. Raoult sourit et se lève pour suspendre les deux cache-œil au-dessus de sa lampe murale. D'une voix incertaine, comme s'il recommençait à muer, il marmonne qu'il va devoir être courageux et surtout patient. Le chirurgien a promis de lui implanter un œil en verre de la même couleur que celui d'origine, mais ce n'est pas pour tout de suite. Plus tard peut-être. Et il faudra apprendre à le bouger. Ce sera sa deuxième bataille. Sido recule dans l'ombre en s'essuyant les joues. Liseron s'appuie contre le placard. Elle n'a pas le choix. Il faut se moquer de tout. Elle récupère un bandeau, détend au maximum son élastique et, avec un claquement de langue, se le colle sur le buste façon soutif old-style. Vu la taille des œufs au plat qui lui tiennent lieu de poitrine, il recouvre correctement son sein gauche... Les garçons pouffent de rire. Liseron se tourne vers le lit, installe un deuxième bandeau à droite et propose de les enfiler tous les deux pour de vrai. Le jeune blessé bredouille quelques mots incompréhensibles. Liseron ordonne aux gamins de se retourner vers le mur, enlève son pull, met les bandeaux en place et fait face au fils Champier qui, aussitôt, pique un fard. Elle n'en a pas fini. Elle se penche au-dessus du borgne, fouille dans son tiroir, récupère les ciseaux de l'infirmière et, souriante, sans se préoccuper du jeune garçon qui se mord les lèvres, ôte le premier cache-œil - celui qui arbore le panier de chanterelles, la jonquille et la Winchester à pompe - et le transperce avec les ciseaux avant de le replacer sur son sein droit. Elle glisse son téton dans le trou qu'elle vient de forer au bout du canon de la Winchester et se redresse en bombant le torse. L'œuf au plat prend ses aises. Il leur fait des clins d'œil. Raoult Champier éclate de rire. C'est la première fois qu'on l'entend rire depuis l'accident. Puis, à la demande expresse d'Anaïs, Liseron se retourne pour que les autres puissent profiter du spectacle. Les gamins de Foncouverte, plutôt gênés, finissent par pouffer à leur tour. Rigolade générale. Raoult se tape les cuisses. Au bout d'un moment il se met à tousser et, de sa voix caverneuse, supplie qu'on arrête. Il va se pisser dessus. Anaïs conseille à Liseron de retendre les élastiques de ce soutif d'enfer et de prendre la pose avec Raoult. Elle les mitraille avec son portable. Le fou-rire ne cesse pas et le fils Champier, comme redouté, mouille son caleçon. Liseron doit ôter les bandeaux oculaires, se rhabiller en vitesse, filer chercher un jogging à l'école. L'histoire fait aussitôt le tour du village.

Les élèves de Corentin récupèrent une dizaine de bandeaux neufs et passent l'après-midi à les décorer.

La presse régionale n'en demandait pas tant. Une équipe de France Télévision enquêtant sur les conséquences de l'affrontement de Cluze s'empresse de tourner quelques plans inédits dans l'appartement occupé par les adolescents. Le documentaire, entièrement remonté, fait la part belle au bouclier humain qui protège Raoult et son copain. Les bandeaux oculaires sont affichés sur les murs de la chambre, une façon inédite de dénoncer la bavure policière, d'interpeller les autorités, d'afficher publiquement les conséquences du tir de flash-ball. Ce qui a commencé comme un jeu devient un combat. Peu à peu, d'autres élèves viennent signer les compresses. On illustre, on colorie, on juxtapose, on gribouille. L'appartement de la mairie ne désemplit pas.

Le reportage diffusé sur France Télévision jouit aussitôt d'un incroyable bouche-à-oreille. Il est visionné plus d'un million de fois sur YouTube. Les journalistes encore installés chez Jeannot Lascombe et Madeleine Francillon prétendent que c'est la presse et ses reportages qui, à présent, protègent le migrant. Nous les surveillons comme du lait sur le feu, de même que nos couples de gendarmes qui, quoi qu'on dise, ont joué un rôle discutable dans cette histoire, des faux-culs à vrai dire, des délateurs. Le jeune Champier, devant le nombre grandissant de visites, décide d'exposer ses bandeaux à l'extérieur, en vrac, sur des planches posées sur deux tréteaux. Les témoignages de solidarité et de compassion s'y multiplient, rigolards, larmoyants, souvent rageurs. Les mèches de cheveux suspendues aux grilles du centre de rétention administrative ne sont plus à la mode. Ces nouveaux marqueurs ont pris le relais, coloriés, paraphés à la va-vite, aussi redoutables que le

Zétor et le Massey Ferguson. Les médias s'en délectent d'autant plus que les enfants de la classe unique, solidaires des souffrances de Champier depuis le début, reviennent chaque matin, souvent accompagnés par les élèves d'autres écoles, d'autres villages, de Dibona, des bourgs avoisinants. Certains arrivent même le week-end avec leurs parents. Ils déposent un bouquet de fleurs, un cadeau, parfois une lettre de soutien. Raoult les remercie. Ils partent sans un mot.

Impossible d'ignorer ce rempart iconique. Impossible d'écarter le bouclier d'enfants pour faire appliquer la loi. Le préfet envoie un agent pour vérifier les normes des logements de la mairie, contrôler leur état sanitaire, mais sa venue provoque un tel tollé qu'il doit se rendre à l'évidence : la bataille est perdue. Toute nouvelle intervention est vouée à l'échec, toute tentative de rétablir la légalité n'aboutira qu'à aggraver la situation, exacerber les réactions des autochtones. Et, pour tout dire, vu l'instabilité politique qui règne dans le reste du pays, il a d'autres soucis en tête. L'impensable survient donc après une quinzaine de jours. Il baisse brusquement pavillon et signe un décret attribuant un permis de séjour temporaire à Émir Germain sous condition de justifier avant la fin du mois d'un logement à son nom et d'un emploi pérenne.

Les reportages télé ne cessent pas pour autant. L'État, dans la vallée de l'Ennuye, est en train de reculer. L'amour aussi, semble-t-il, comme si la sensualité, le désir ou la bienveillance devaient s'éclipser devant cette lutte collective, comme si le bouclier d'enfants nous protégeait d'une foule d'émotions trop puissantes. Liseron est rayonnante, impeccable, le visage lisse, le regard droit, l'humeur régulière. Elle dort deux ou trois nuits par semaine dans la cuisine de l'appartement prêté par la mairie, tout près des garçons que cela n'a pas l'air de perturber outre mesure. Sa mère Zuita ou même Myriam ne se préoccupent plus de cette cohabitation, passant le plus clair de leur temps en réunions politiques. Les Gilets jaunes sont réapparus sur les ronds-points, souvent accompagnés d'Anonymous affublés de masques-moustache ou de militants de La Force du refus, mais on ne s'en soucie pas non plus. L'hiver approche. Les jours raccourcissent. Les élus écologistes, pourtant arrivés en masse sur les bancs de l'Assemblée nationale, se montrent incapables d'être à l'initiative des projets de lois qu'attendent leur électorat et une partie grandissante de la population. Émir Germain travaille à temps partiel à l'Intermarché de Dibona et fait des extras le week-end dans le restaurant de Jeannot Lascombe.

19

La nature arrivera peut-être à mettre à genoux ceux qui prétendent la museler. Elle se vengera comme une reine, alternant tempêtes, canicules, inondations, sécheresses, avalanches, tsunamis, etc. Ici, elle rebat allègrement les cartes, manie le retour de bâton comme personne, nettoie ce qui encombre nos mémoires, puis brusquement, amnésie ou pas, c'est le coup de torchon, une lessive imparable. On oubliera probablement la vierge-des-ondes mais pas l'automne particulièrement chaud et pluvieux cette année. On oubliera les masques-moustache mais sûrement pas l'expulsion d'Émir Germain ou le cerisier de l'école recommençant à fleurir à la mi-octobre, ou le tir de flash-ball sur le pont de Cluze et le lamento des busards devant les falaises du Calvon. On se souviendra aussi des Big Red recouvrant le cercueil de Robert Savajol et bien sûr de ces deux grossesses annoncées en début de vacances de la Toussaint, pour le moins saugrenues, alors que le soleil continuait à darder insolemment sur la vallée de l'Ennuye. La population locale va donc s'agrandir de deux petites unités vagissantes, un événement parfaitement banal et insignifiant, sauf à considérer la plus âgée des gravides, Alice Truinas – quarante-trois ans, secrétaire de mairie, célibataire –, accusée par les mauvaises langues d'avoir fauté avec le père-curé déjà en ménage avec Geneviève Ambre. Geneviève a largement dépassé la soixantaine. Cette fidèle, qui accompagne Hugolin depuis plusieurs décennies, se terre à présent dans l'ancienne sacristie sans parler à quiconque. Sa rivale Alice Truinas attend tranquillement le début de son congé maternité dans le deux-pièces-cuisine qu'elle a loué près de la cathédrale de Dibona. Le père Hugolin n'a pas fini de nous surprendre. Il est libre d'user de son corps comme il l'entend, mais cette grossesse, qu'elle lui soit imputable ou non, fait jaser. Peu importe. Un vent de liberté souffle sur tout le pays. Émir Germain peut demeurer parmi nous à présent, aller et venir où bon lui semble. Raoult est retourné chez ses parents. Le trio Canine, Zuita et le commandant Thomas, qui préside à nos destinées dans la vallée de l'Ennuye, suscite l'enthousiasme de plus de 70 % de la population. Pourtant Myriam, accaparée par ses activités de députée, est de moins en moins abordable et le commandant, toujours aussi bougon, reste isolé dans son ermitage du Calvon. Quant à la jeune boiteuse – qui a fêté son anniversaire bien avant la Toussaint, seize années révolues –, elle vient de nous révéler une nouvelle stupéfiante que l'arithmétique atteste de façon indiscutable. Elle nous dit et redit ce chiffre les yeux brillants, comme si le répéter permettait, pour elle comme pour nous, de mieux imaginer ce qui s'annonce, l'assumer davantage, en saisir toutes les potentialités et toutes les conséquences. Seize ans en octobre, OK, c'est plié... N'en parlons plus. Maintenant c'est le chiffre neuf qui importe. Neuf mois pour boucler sa petite affaire, donc. Et ici, au commencement, neuf semaines d'aménorrhée. Des nausées le matin, plus du tout d'acné sur le visage et une sorte d'indolence qui l'étonne elle-même et l'inquiéterait franchement s'il n'y avait ces deux tests positifs à neuf jours d'intervalle. Et surtout la poitrine... Ses seins ont gonflé d'un coup, se sont tendus, leurs pointes ont bruni comme du pain grillé et, là, le doute n'est plus permis, elle est enceinte. En cloque, la fille au turban.

Son petit ventre ballonné fait parler dès le début, mais c'est son rire de boiteuse qui nous nargue, joyeux et insouciant. Elle est enceinte. Elle va garder l'enfant – pas question de se débarrasser de cet oisillon qu'elle sent palpiter dans ses entrailles. D'ailleurs Raoult Champier lui-même se réjouit. Il est fier de ce qui arrive. Liseron est grosse à cause de lui et cela suscite une belle polémique dans la moitié du canton. En réalité elle n'est pas grosse. Elle est aussi mince et vive que d'habitude et Raoult est fier de cela aussi, même s'il n'a aucune idée de ce qui l'attend à présent. Il n'y a pas de quoi pavaner. Son père l'a rossé en apprenant la nouvelle, mais c'est un paysan, un bougon qui ne ferait pas de mal à une mouche et il s'est repenti depuis, il regrette. On ne frappe pas un fils borgne, mauvais élève de surcroît et très en retard dans ses études. On n'incrimine rien ni personne, surtout pas le destin. On accepte les prescriptions de la nature qui, c'est vrai, a horreur d'être muselée. Bientôt le monde se réjouira, Liseron en est sûre et certaine. Elle n'est pas du tout amoureuse de Raoult, son œil mort la perturbe trop, sa gentillesse à toute épreuve l'effraie mais ils se sont soutenus mutuellement un soir ou deux et elle aime déjà son bébé, elle sait que c'est une fille, une petite pisseuse, une vraie fille de paysan. Comment dit-on bébé au féminin ? C'est quoi le masculin de pisseuse, au fait ?... Pas de réponse. Elle s'en fiche. Elle se balance du masculin et de tous ces hommes qui l'entourent et la jugent. Elle n'a que faire de leurs frustrations, leurs rancœurs de bouc. Circulez, il n'y a rien à voir... Le temps passe, l'éternité s'avance. Elle a étreint le gamin Champier qui pleurait tout seul sur le lit de camp de la cuisine, juste en face de la chambre d'Émir. Il sanglotait comme une fille justement, avec de petits gémissements aigus et une succession de grimaces ridicules, mais voilà, il pleurait pour de bon. Elle l'a aimé pour cela, parce qu'il avait une vraie raison de pleurer, peut-être la seule raison valable.

Elle se lève, fait signe à sa mère de quitter la pièce. Zuita s'en va en haussant les épaules. Liseron serre les poings, se tourne vers Corentin qui arrête immédiatement de faire les cent pas, s'assied, pose les coudes sur la table. Elle ne le regarde pas, explique juste qu'elle s'est glissée dans le lit du fils Champier parce qu'il vivait quelque chose de vraiment injuste. Son œil borgne pleurait. Des larmes coulaient sous le bandeau oculaire. Il n'y voyait rien mais son œil mort sanglotait quand même. Insupportable. Alors elle lui a essuyé les joues, a même embrassé le pansement tout imbibé de larmes, lui a pris la main comme deux semaines auparavant devant le platane de Madeleine Francillon et l'a posée doucement sur sa poitrine. Il a tressailli. Elle lui a demandé de ne pas tressaillir, juste d'arrêter de pleurer. Ils allaient découvrir la vie, caresser ce qu'il y avait à caresser et, du coup, oublier ce qui coulait de leurs yeux. Elle s'est glissée avec lui sous la couverture et leurs chairs se sont reconnues. Il est venu en elle mais elle n'a pas souffert. Leurs deux corps étaient déjà esquintés. C'est lui, surtout, qui a été obligé de batailler mais, ici, souffrance et plaisir allaient venir ensemble, très lentement, de très loin. Il le lui a dit avec ses mots de cultivateur. Il lui a murmuré à l'oreille qu'ils avançaient droit devant comme le Massey Ferguson, sans conducteur, et que cela emporterait tout sur son passage. Elle a hoché la tête. Pas vraiment de douleur. Pas de plaisir non plus, sinon celui de voir Raoult, ce soir-là, en finir avec la honte et les larmes. À la fin il a poussé un drôle de cri étonné, rien à voir avec l'appel puissant des busards, plutôt un gémissement étranglé, presque fautif. Une seconde, sentant ses mains lui agripper les hanches, elle a pensé à Émir Germain ceinturé par les gendarmes à la fin de la battue administrative. Puis, bizarrement, elle s'est sentie fière du chemin parcouru, elle a eu envie de regarder son amant. Elle a allumé la lumière, remis le bandeau en place, obturé son propre œil de la main, s'est approchée à quelques centimètres de son visage et a collé sa paupière droite contre celle de Raoult. Elle l'a remuée doucement comme quand ils étaient gosses. Il a répondu immédiatement au baiser de papillon. Ce fut un vrai moment de reconnaissance, l'unique baiser de leur première nuit d'amour. Ça les a fait rigoler. Ils ont ri, évoqué d'autres jeux puis, de leurs doigts redevenus espiègles, se sont chatouillés pour dissiper leur gêne.

Après quoi ils ont regardé leurs corps serrés l'un contre l'autre. Il lui a murmuré qu'il était né un an et demi après elle, à la maternité de Dibona, au début du mois d'avril. Elle ne se souvient de rien d'autre sinon des chatouillis, et plus tard des deux taches se mélangeant sur leurs cuisses, l'une de sang, l'autre de semence. L'inverse d'un souvenir en réalité, peut-être juste une image embarrassante, et une odeur. Une odeur de fruit, de pomme, de kaki... C'est idiot. Elle sait très bien que l'amour ne sent pas la pomme, plutôt la mer ou le varech, ou la sueur, ou la figue trop mûre, ou le marronnier en fleurs. Et pourtant c'est le parfum du kaki ou des pommes blettes qui lui revient.

Elle repousse ce souvenir, se frotte les joues et demande à Corentin de quitter la pièce à son tour. Il obéit en fronçant les sourcils. Elle se fiche de sa tristesse. Au terme de ces nuits passées avec l'enfant d'avril, elle a pensé à sa propre enfance, elle, l'enfant d'automne qui peine à retrouver le sommeil depuis que le migrant a recouvré sa liberté. Elle a repensé à cette période printanière si douce et lumineuse où la nature renaissait insolemment, où tout devenait pétales et fleurs en quelques jours. Maintenant c'est son ventre qui fleurit. Elle est heureuse. Elle aime ce bout de vie accroché sous son nombril. Elle a aimé perdre son hymen avec un garçon qui avait perdu son œil. Elle est comme ça. Elle aime tout insolemment.

Zuita, de plus en plus sollicitée par la mairie, les réunions à la communauté de communes, les audiences à la permanence de sa colistière députée, réagit de la pire façon. Elle ne veut pas entendre parler de cette grossesse. Sa fille est beaucoup trop jeune pour s'occuper d'un enfant, elle doit absolument avorter. Elle prend contact avec un gynécologue et la responsable du planning familial de Dibona, tout cela en vain, bien sûr, puisque sa fille veut garder le bébé et qu'elle l'écoute argumenter, sourire aux lèvres, comme si décidément sa mère ne comprenait rien à rien. Retrouvant son visage malicieux, sa frimousse de gamine, elle claironne qu'elle leur a fait une bonne blague et bien sûr, tout à la fois, un cadeau merveilleux. C'est le cadeau qui l'emporte, non ? On ne va pas commencer à chipoter maintenant. Inutile d'évoquer la famille Champier. Elle se fiche éperdument de Raoult, ne se préoccupe que du remue-ménage à l'intérieur d'elle, une explosion inattendue, chaude et tranquille. Elle n'a jamais ressenti pareil relâchement de tout le corps et, en même temps, pareille mobilisation. Cette fusion des contraires est sidérante. Elle se relâche, elle se concentre. Elle ne batifole plus. Elle laisse repousser ses cheveux, abandonne sa vie saccadée d'autrefois. Un être minuscule lui fait le crédit d'exister en elle. Il l'accapare. Il l'amplifie. Elle oublie tout le reste. Zuita n'en revient pas de cette soudaine maturité et, au bout du compte, comme espéré, finit par consentir. Il en est ainsi de la probité des mères. Personne d'autre qu'une mère ne peut comprendre pareille allégeance au corps. Zuita a connu dans sa propre chair cette loyauté qui resplendit déjà dans celle de sa fille. Le corps à raison. L'enfant naîtra et le père sera écarté dès que possible. Avec son regard de colombe et son petit ventre bombé, Liseron ne renonce à rien, sinon ici, provisoirement, à l'amour.

Un matin, après sa chevauchée quotidienne avec Spoutnik, elle aperçoit le Guinéen qui marche à grands pas sur la route menant au nid d'aigle du commandant Thomas. Il arrive près du hameau en ruines, s'apprête à le contourner. Liseron arrête l'étalon sous un bosquet de fayards, dénoue son chèche, siffle entre ses doigts et brandit le turban le plus haut possible au-dessus de sa tête. Émir le repère aussitôt. Il répond au sifflet, traverse le hameau et attend la cavalière sur la placette de l'église, devant l'ancien four à pain. Il n'est plus retourné à Pierrefeu depuis la mort de Robert Savajol. Liseron le rejoint trois minutes plus tard. Les sabots du cheval résonnent sur le vieux dallage séparant les maisons. Les façades délabrées renvoient bizarrement l'écho, un claquement qu'il faut ausculter à l'envi, un son disjoint, régulier et tranquille, un bruit d'un autre âge. Il écoute jusqu'au moment où la boiteuse arrive devant l'église. Il se lève, désigne le banc de pierre à côté du four, l'invite à s'asseoir mais elle refuse de descendre de monture. Dommage... Il fait encore si doux. Il regarde sa silhouette mince et altière, inchangée, ses joues un peu plus rondes, sa poitrine mieux visible sous le pull. Un instant, il se demande si elle est vraiment enceinte. Elle sait qu'il se pose la question et hoche la tête gravement. Est-elle aussi fière et heureuse qu'on le dit ? Elle hoche la tête. L'aime-t-elle encore ? Elle hoche gravement la tête de nouveau. Il est tellement étonné de ces réponses qu'il se détourne, jette un coup d'œil au porche de la chapelle et évoque les nombreuses fois où ils se sont croisés ces derniers temps, des anti-rencontres, en fait, puisqu'elle changeait de trottoir quelques mètres devant lui, s'éclipsait, rejoignait son amie Anaïs, filait au lavoir... Ils se croisaient chaque semaine et, immanquablement, elle prenait la tangente. Liseron hoche la tête une dernière fois.

« Tous les matins du monde sont sans retour. »

Émir fronce les sourcils. Liseron répète la phrase que Corentin lui glissait à l'oreille, ces quelques mots rituels par lesquels il finissait les histoires qu'il lui racontait petite. Parfois il concluait d'une tout autre phrase : *Deux petites mains en terre cuite* ou bien *Sage comme une image.* Parfois aussi *Belle comme le jour.* Liseron tire la bride de Spoutnik avec un geste de dépit. L'autre hausse les épaules sans comprendre. L'étalon pivote sur ses hanches en reniflant. Toi, Émir, tu ne m'as jamais dit que j'étais belle comme le jour. Tu ne m'as jamais parlé de toi, encore moins de nous deux.

Ta peau est sombre comme la nuit, tu grimpes aux poteaux téléphoniques et voilà, ça plaît aux gens mais moi, non, ça ne me suffit pas. Je ne sais rien de ta vie, de tes rêves, de ta famille, de tes nuits africaines. Je ne sais rien de toi. Et, par malheur, je crois que je n'ai pas encore fini de t'aimer.

Il a l'air paniqué. Il regarde autour de lui. La porte du four est à moitié dégondée, le bout de plastique pend toujours à son clou et ils n'ont plus grand-chose à se dire. Il lui chuchote qu'au moment de se séparer d'avec Robert Savajol ici même, dans le hameau en ruines, avant d'échanger leurs habits - la parka américaine et le chèche bleu -, Robert a baissé les yeux et, gêné, lui a demandé de l'embrasser, de le serrer dans ses bras. Il a accepté bien sûr, l'a serré contre lui mais ça ne suffisait pas. L'autre a tordu les mains sur son ventre puis s'est rapproché et a collé ses lèvres contre les siennes, un baiser maladroit, rapide, très liquide, avant de bredouiller qu'il ne fallait pas le faire, mais que c'était le commandant Thomas qui lui avait appris.

Liseron paraît prise de court quelques secondes puis, moqueuse, demande à Émir s'il est en train de rejoindre l'ermitage du commandant à présent, s'il veut poursuivre l'expérience, si c'est son tour d'aller vivre avec les garçons. Émir, peiné, caresse l'échine de Spoutnik, frôle la courroie de l'étrier, caresse la botte de la cavalière, retend la bride sans répondre. Liseron n'attend pas de réponse, seulement un geste. Il ne fait aucun geste, alors elle écarte l'étalon. Ils se séparent la mine chiffonnée, se faisant de petits signes du bout des doigts comme s'ils allaient bientôt affronter un obstacle commun et que l'un d'eux, inévitablement, trébucherait.

Voilà, c'est fait.

Après trois semaines passées à discuter dans le bouclier humain et quelques soirées à se regarder en chiens de faïence, les deux handicapés de Foncouverte ont rejoint leurs corps, uni leurs forces avec zèle et avidité, oublié leurs peines et fécondé leurs gamètes. Depuis, Liseron se méfie du zèle et de l'avidité. Elle ne convoite que cette vie minuscule qui grandit en elle et ne pèse presque rien. Elle ignore ce qui se joue en dehors de son corps alangui. Elle revendique un vrai détour par le ventre. Ses seins ont gonflé. Elle a seize ans. Elle continue à caracoler chaque matin sur l'étalon Spoutnik malgré les avertissements de Zuita. Elle a vraiment l'impression qu'une page est en train de se tourner.

20

Les hommes sont amers. Ils patientent sur le bord de la route en regrettant de ne plus être consultés sur grand-chose, de ne plus montrer la voie. Ici un ventre neuf échappe à leur contrôle, qui gonfle doucement et les oblige à se poser des questions sur leur enfance et leur propre passé. Les femmes sourient. Les mâles ruminent. Ils ont l'impression d'appartenir à des temps révolus. Émir Germain, lui, est de nouveau libre de ses mouvements. La jeune boiteuse au turban est enceinte d'un gamin borgne et, alentour, l'ancien monde tremble sur ses bases... L'indignation enfle, qu'il ne faut surtout pas chercher à endiguer, seulement accueillir et canaliser.

Zuita et Canine enchaînent réunion sur réunion pour continuer à promouvoir une réaction écologique à la hauteur de ces enjeux et seule capable, à les en croire, de se prémunir durablement contre l'aigreur. Les contradictions ne manquent pas ici non plus, dans la vallée de l'Ennuye. Nous comptabilisons nos dépenses-carbones sur des cartes à puce, rénovons nos passoires énergétiques, prenons les transports en commun le plus souvent possible, élevons des coccinelles, des lombrics ou des chauves-souris mais, c'est un fait, nous continuons à cuire le boudin de porc et à nous chamailler pour savoir à qui attribuer les cuissots des sangliers après chaque battue. Le commandant Thomas comptabilise tout cela en se léchant les babines. Il adore ces vocables passés de mode, *babines*, *badigoinces*, il nous les assène pour un oui pour un non en lissant son début de calvitie. Rouflaquettes, accroche-cœur, badigoinces et favoris, peu importe, au diable ces quelques mots fleurant bon la IIIe République. Avec ou sans le commandant Thomas, les choses avancent dare-dare dans la vallée. Les habitants de Foncouverte ne conduisent plus qu'une seule voiture, ne nourrissent qu'un chat à la maison, se déplacent à vélo, isolent leurs maisons, trient leurs déchets, laissent les vautours nicher librement dans les falaises qui surplombent le verrou de Cluze mais mangent allègrement de la viande en travaillant plus qu'ils ne devraient et en continuant à pêcher dans l'Ennuye. Pêcher dans l'Ennuye est une activité gratifiante. On se réjouit à l'idée d'arpenter les bords de la rivière, de capturer deux ou trois truites fario, parfois une tanche en été ou l'un de ces silures qui nous débectent avec leurs lippes suceuses et leurs longues moustaches. Cela fait du bien à l'âme, même si le grand regard des bêtes nous poursuit et que nous faisons mine de l'ignorer. Pour preuve, le père Champier, râleur entre les râleurs, continue de nous régaler avec ses agneaux montagnards qu'il tue le plus proprement possible, prétendant même qu'ils pleurent quand il les égorge. Il les égorge malgré tout et nous nous battons pour récupérer gigots et côtelettes. Le consensus politique est peut-être là, autour de ces poissons de rivière, de ces viandes d'exception qu'il faut célébrer et partager tout en militant pour en manger moins. Toujours moins. Bientôt presque plus.

Il se passe quelque chose d'anormal à la centrale nucléaire.

Émir Germain a reçu un message singulier de son ami pilote, le geek Sylvain Lhomme. Il le relit en fronçant les sourcils puis attrape son téléphone, appelle à droite et à gauche. La voiture de l'infirmière n'est plus sur le parking de la mairie. Il récupère son bonnet, enfile un K-way et se précipite sous la pluie fine et bienvenue qui commence juste à tomber. Il traverse le village au pas de course, file jusqu'au centre équestre, frappe à la porte du cabanon en planches où Zuita, comme toujours quand il pleut, s'occupe de comptabilité et de déclarations Urssaf. Il entre sans attendre de réponse, ne salue pas, ouvre son téléphone et désigne le message laconique arrivé il y a une demi-heure sur sa messagerie cryptée.

« Bouffe de l'iode, Émir. Il se passe un truc au réacteur numéro 2. »

Zuita pâlit. Elle saute sur ses pieds, ouvre son placard, cherche dans le tiroir de son bureau, ne trouve rien non plus dans la pharmacie, continue à fouiller partout en marmonnant qu'elle est certaine d'avoir stocké en quantité suffisante ces fichues pastilles d'iodure de potassium. C'est toujours ainsi quand on se pique de vouloir ranger. Elle tente d'appeler directement la centrale tout en furetant au hasard dans ses cartons. La ligne grésille quelques secondes puis sonne occupé. Elle recommence. Occupé de nouveau. Elle insiste. Après sept ou huit tentatives, elle se laisse tomber sur sa chaise en se prenant la tête dans les mains. C'est la faute du tremblement de terre, elle le sait depuis le début. Émir a beau lui rétorquer que le séisme a eu lieu il y a quelques mois déjà et qu'il était de faible intensité, elle n'en démord pas. Elle finit par attraper le téléphone fixe pour appeler la mairie. Au moment de composer le numéro de Canine, le portable d'Émir se remet à vibrer sur la tablette. Zuita se penche pour lire le message. Sylvain Lhomme, toujours aussi laconique, annonce que le plan d'intervention a été activé et conseille une nouvelle fois à Émir de récupérer de l'iode et d'en distribuer aux gosses autour de lui. Un demi-comprimé par enfant, un comprimé entier pour les adultes s'il en reste. Les vieux, on s'en fiche, ça n'a aucune importance.

Après quoi, silence radio.

La messagerie ne répond plus. Impossible d'en savoir davantage, mais la deuxième partie du texto est assez alarmante. Si l'on écarte les vieux, si l'on abandonne délibérément une tranche d'âge, c'est que quelque chose ne tourne pas rond. Accident, incident, simple accroc dans une procédure de chargement ou de déchargement de combustible, fuite d'éléments radioactifs, on n'en sait rien pour l'heure, mais l'unité numéro 2 de la centrale de La Baume est manifestement le théâtre d'événements inhabituels. Finalement Zuita parvient à joindre son amie infirmière qui lui donne aussitôt rendez-vous en mairie. Émir saute dans la voiture de la directrice du centre équestre. Ils s'arrêtent à l'école, informent en vitesse l'instituteur et repartent sous la pluie battante. Corentin essaie de se renseigner de son côté, mais Internet reste muet pour l'instant. Les radios d'information également, qui répètent en boucle leurs habituels bulletins calibrés. Personne ne mentionne l'incident. Par précaution, et bien qu'aucune alerte officielle n'ait été lancée, l'instituteur décide de ne pas libérer ses élèves à l'heure du déjeuner. Il les garde en classe, redistribue les téléphones déposés sous les portemanteaux et demande à chacun d'appeler sa famille. Ghislaine Duplan, la responsable de la cantine, accepte de préparer un plat de spaghettis pour ceux qui devaient rentrer chez eux. Avec une poignée de chips et des madeleines, et en rallongeant la salade de fruits, cela composera un repas acceptable. Les élèves sont ravis, excités par l'imprévu. La plupart ont du mal à joindre leurs parents. Il semble que les réseaux Bouygues, Free et SFR peinent à stabiliser leurs connexions. Les bandes passantes sont saturées, ce qui n'est pas vraiment nouveau à Foncouverte mais, aujourd'hui, trois fournisseurs sur quatre décrochent en même temps et, là, c'est la première fois. Corentin fait circuler son portable connecté à l'opérateur Orange.

À la fin du repas improvisé par Ghislaine Duplan, une voiture se gare devant le portail. Émir et Zuita en sortent au pas de course et se précipitent dans la cour. Ils traversent l'entrée, font un signe de la main à l'instituteur mais ne poussent pas la porte de la classe. Les élèves saluent bruyamment l'arrivée du migrant que l'on n'a plus revu à l'école depuis la dernière séance avec les antennes-Ricoré. Immédiatement après, sans un mot, Zuita se déshabille. Émir l'imite. Ils retirent non seulement leurs bottes et leur K-way, mais également leur pull, leur chemise, leurs chaussettes et apparaissent à demi nus devant la classe unique, la directrice en culotte et soutien-gorge, l'autre en slip. Un silence ébahi salue cet étrange strip-tease au-delà des vitres. Zuita a l'air de s'en ficher complètement. Elle pousse la porte de la cuisine, croise Ghislaine qui manque tourner de l'œil, revient dans l'entrée avec un sac-poubelle, bourre leurs vêtements à l'intérieur et balance le sac dehors, le plus loin possible, sous la pluie fine qui continue de tomber. Après quoi elle attrape le migrant par la main et monte quatre à quatre les volées de marches menant aux chambres de l'appartement de fonction. Les robinets de la salle de bains se mettent aussitôt à couler, le bruit de la douche se mêle au crépitement de la pluie sur le vélux qui éclaire la montée d'escalier. On entend des exclamations et des rires. Les élèves, bouche bée, scrutent la réaction du maître, car chacun sait qu'il n'y a qu'une seule salle de bains là-haut, un seul pommeau de douche alimentant une seule antique baignoire-sabot. À l'évidence deux personnes se lavent dans ladite baignoire, serrés sous un déluge d'eau qui dure plus longtemps que nécessaire... Au bout d'un moment, alors que l'eau glacée a sûrement remplacé le liquide tiédasse du vieux chauffe-eau et que, malgré les cris et les rires, Zuita et Émir persistent à rester sous le pommeau, Corentin comprend que la situation est grave. Il s'apprête à donner quelques explications à ses élèves, mais de nouveau un véhicule s'arrête devant la cour. Le commandant Thomas en sort, vêtu d'une combinaison ressemblant beaucoup à la parka de Robert Savajol. On ne le voit jamais au village. Il traverse le préau en courant lui aussi et fait exactement les mêmes gestes que ses prédécesseurs. Il s'arrête dans l'entrée, se déshabille à toute vitesse devant les vitres, replie sa tenue militaire, la balance au loin sous la pluie. Après quoi, il pousse la porte et demande à se laver les mains. Corentin l'emmène aux toilettes et en profite pour l'interroger.

C'est un soldat, un militaire de carrière qui a gardé de nombreux contacts dans l'armée et la gendarmerie. Il possède également deux armes de service qu'il planque dans son grenier et un téléphone cellulaire autonome lui permettant, au besoin, de se passer de la couverture réseau. Il ne tergiverse pas. Depuis son premier stage chez les parachutistes, il s'est entraîné à réagir aussi promptement qu'il réfléchit et là, en effet, il ignore les questions de Corentin, se nettoie en vitesse les doigts sous le robinet des W.-C. puis, balayant d'un geste les objections de l'instituteur, sort une enveloppe plastique de sa chemise. À l'intérieur, un sachet bourré de pilules sécables. Il pousse la porte de la salle de classe et organise aussitôt la distribution. Mieux vaut en faire trop que pas assez. Les élèves sont séparés en deux groupes, les petits d'un côté, les grands du cours moyen de l'autre, et chacun reçoit un demi-comprimé ou un cachet entier selon son âge, à avaler avec un verre d'eau. Alors que Zuita et Émir reviennent de la douche vêtus avec les habits de l'instituteur, il monte à son tour à l'étage. L'eau ruisselle de nouveau dans la baignoire-sabot, eau froide du Calvon cette fois, du début à la fin de la toilette, car le cumulus est vide depuis longtemps. Le commandant Thomas n'en a cure, c'est un soldat, un vieux briscard.

Un premier flash d'information annonce qu'un incident est en cours à la centrale nucléaire de La Baume. Le journaliste de France Info précise qu'il s'agit d'un événement sans gravité lié à un arrêt de l'unité de production numéro 2 pour rechargement de combustible. L'Autorité de sûreté nucléaire, avertie en milieu de matinée, a dépêché trois experts sur place et refuse pour l'instant de classifier l'incident. Néanmoins, par mesure de prudence, un périmètre de sécurité a été installé autour des bâtiments et les riverains sont invités à ne pas encombrer les voies d'accès menant à la centrale et à écouter la radio. Le ministère de l'Intérieur publiera dans les minutes qui viennent une dépêche faisant le point de la situation.

L'infirmière arrive tout juste à l'école. Sur indication du commandant Thomas, elle agit exactement de la même façon que Zuita, Émir et lui-même quelques minutes auparavant. Elle se déshabille derrière les vitres, dévoile sans manière sa peau blanche, ses rondeurs et ses bourrelets, jette ses vêtements dans la cour et monte en vitesse prendre une douche prolongée. Elle revient vêtue d'un vieil anorak de ski qui fait rire tout le monde. Elle ne rit pas. Elle emmène le militaire à l'écart et l'interroge sur ce qui vient de se dérouler dans l'école. L'autre, sans se départir de son calme, lui demande de se déchausser. Canine obtempère en maugréant. Le commandant récupère également les souliers de Zuita et d'Émir, ôte ses propres boots de l'armée et balance le tout à l'extérieur, sous l'averse en train de reprendre. Puis il retourne dans la grand-salle et déclare à la première magistrate de la ville qu'il a fait son devoir, que des comprimés d'iodure de potassium viennent d'être distribués à tous les enfants de la classe. Canine entre dans une colère noire. Cette décision a été prise en l'absence de consigne officielle. Elle brandit un message de la préfecture déclarant qu'EDF maîtrisait la situation, qu'après analyse de l'incident survenu en fin de nuit dans l'unité de production numéro 2, et application minutieuse de l'ensemble des procédures, les opérations de manutention ont repris normalement. Tout danger est désormais écarté. Le commandant lui rit au nez. Émir ricane à son tour. C'est nerveux et assez inhabituel chez lui. On ne l'a jamais vu rire de la sorte. Le Guinéen rallume son téléphone portable et fait défiler sur l'écran ses échanges avec Sylvain Lhomme, pilote du réacteur numéro 3 qui, dans son dernier message, répète que la situation est loin d'être maîtrisée et l'incite à nouveau à distribuer de l'iode autour de lui. Le commandant Thomas ajoute que les contacts qu'il garde dans l'armée et la gendarmerie confirment la gravité de la situation. Il s'agit d'un accident, non d'un incident. Le commandant Thomas est un soldat, un militaire prêt à servir son pays. Il garde avec lui un certain nombre d'objets qu'il a rapportés de sa longue période d'active, et en particulier, depuis longtemps, ces pastilles d'iode à distribuer en cas d'absolue nécessité. Il faut ingérer la pilule avant l'éventuelle diffusion des produits radioactifs dans l'atmosphère. C'est seulement ainsi que la glande thyroïde se sature en iode et ignore les isotopes radioactifs potentiellement présents dans l'atmosphère. On évite de la sorte plusieurs types de cancers. L'infirmière rétorque que, selon la préfecture, il n'y a pas eu de surchauffe, encore moins d'explosion et de nuage. En réalité, personne n'en sait rien. Le commandant ne fait qu'appliquer un principe prisé depuis longtemps par les militaires de tous les pays : le principe de précaution. Si l'iodure de potassium est ingéré trop tardivement, la glande thyroïde n'a pas le temps de se saturer et elle absorbe les particules d'iode 131 rejetées par le nuage. Les enfants, chez qui la glande est très active, sont particulièrement exposés. De plus, comme la pluie vient de s'arrêter, les particules radioactives vont rester en suspension dans l'air et on risque de les absorber en respirant. Le mieux, conclut-il, serait de se confiner.

L'infirmière semble perturbée, très inquiète. Elle fait deux ou trois allers-retours nerveux dans la pièce. Les élèves la regardent sans mot dire. Ils ont tout écouté, tout compris. Myriam remonte sur l'estrade en claquant les doigts. Elle hésite encore quelques secondes puis pousse un soupir, attrape le sac de comprimés, le divise en deux, en vide la moitié dans les poches de son anorak, laisse l'autre moitié sur le bureau, avale elle-même un cachet au passage, puis sort dans la cour toujours vêtue de sa tenue de ski. Elle récupère ses chaussures. Le commandant tente de l'empêcher de partir, mais elle le repousse d'un geste. Elle connaît son boulot. Elle saute au volant de sa voiture, recule dans l'impasse qui longe la salle de classe et fait demi-tour devant le préau. Émir Germain traverse la cour au moment où elle passe la grille. Il se précipite, saute sur le siège passager, enfile son éternel bonnet gris et nous gueule d'aller chercher Liseron. On ne l'a pas oubliée, bien sûr. Zuita vient de recevoir un message du proviseur du lycée de Dibona annonçant que la situation est effectivement sous contrôle à la centrale. Tout risque ayant été écarté, les élèves, confinés ce matin par précaution, peuvent quitter leur établissement comme d'habitude.

21

Il pleut de nouveau vers le milieu de l'après-midi et l'averse surprend la centaine d'élèves qui attendent leur car devant le lycée. Liseron, trempée, doit se changer en arrivant au centre équestre. Sa mère n'est pas là. Spoutnik n'est pas non plus dans son box. Elle retourne à pied au village pour chercher l'étalon et voir si le jeune Guinéen, toujours prompt à faire des conneries, a reçu le gros de l'averse comme on pourrait le craindre. La suite n'a pas d'importance. Oui, bien sûr, elle a été rincée elle-même en prenant le car, mais l'alerte était levée depuis quelques heures déjà. Lui a traversé la campagne au pire moment. Il est allé avertir Zuita, ils sont repartis ensemble, se sont arrêtés à l'école, ont pris une douche comme préconisé dans les manuels de survie, mais ça ne suffit pas : ils auraient dû rester enfermés, calfeutrer les ouvertures et surtout ne pas sortir, ne plus se balader sous l'orage. Bon, peut-être que ce n'est pas si grave finalement, que tout est pipeau dans cette histoire. Le proviseur a bien laissé partir ses élèves. Il ne l'aurait jamais fait si l'un des réacteurs de La Baume avait divergé anarchiquement. Il y aurait des flics partout, des messages à la radio, des embouteillages dans les rues et puis c'est bon, ça suffit la panique, *basta cosi*, la pluie s'arrête, le ciel se dégage. Tout sèche, tout redevient intense et tranchant, presque irréel. Le mistral se lève et balaie d'un coup l'humidité de la journée. Il n'y a pas de péril, rien de nocif, la nature resplendit, les collines se superposent à l'infini, les haies d'arbres sèchent au loin et luisent comme des guirlandes, les fermes nichées dans la montagne s'éclairent une à une à la tombée du jour, parfois entourées d'un filet de brume. Arrêtez de faire la tronche, vous pétez les plombs. La mort-qui-tue, c'est pas pour maintenant. Pas encore.

Il ne s'est rien passé mais Myriam et Émir ont continué à distribuer les comprimés d'iode en courant de maison en maison, un simple masque sur le nez, sans s'arrêter, insistant pour que les enfants avalent en vitesse leur cachet. Voilà, maintenant, ça y est, le sac est vide, ils rentrent ensemble chez la députée et se douchent de nouveau longuement, dans une vraie salle de bains cette fois-ci, tandis que le commandant Thomas fait de même de son côté. Chargé de tout le secteur nord - Pierrefeu, le verrou de Cluze, les Adrets, Citelle et les hameaux du Calvon –, il vient de finir sa tournée lui aussi. Le territoire de la commune a été ratissé méthodiquement. Il faut encore avertir trois ou quatre bastides isolées, redire aux habitants de rester confinés en attendant les instructions. L'infirmière, Émir et le commandant se retrouvent dans la salle des mariages et, puisque le téléphone a l'air de fonctionner de nouveau, se répartissent les derniers appels en souffrance. On est sans nouvelles de Sylvain Lhomme mais tout le monde, ici, a joué sa partition, accompli sa tâche. Myriam et le commandant sont morts de fatigue. Ils ont le sentiment du devoir accompli. Ils se tombent dans les bras puis chacun repart de son côté.

L'après-midi même, un permanent de la Criirad signale à la députée que, sous un prétexte fallacieux, une perquisition judiciaire est en cours dans les locaux de la Commission de recherche et d'information. Des scellées ont été posées et, donc, le véhicule chargé de transporter la balise de prélèvement mobile ne peut plus du tout prendre la route. Cette perquisition est alarmante. Il n'y a aucune balise fixe au levant de la centrale et les ingénieurs nucléaires de la Commission sont muselés, empêchés de faire leur travail. En attendant, et faute de mieux, le représentant de la Criirad propose d'analyser nos sacs d'habits. Le plateau de Foncouverte est situé à l'est de la centrale et nous étions sous le vent au plus fort de l'averse. Accord immédiat et unanime. Corentin se charge d'emmener à Valence les vêtements finissant de sécher devant le préau de l'école.

On aurait donc frisé la catastrophe. Comme souvent dans ces cas-là, une conjonction d'éléments sans rapport les uns avec les autres est à l'origine du dérapage. Il y a eu d'abord cet incident pendant le déchargement de combustible dans l'enceinte du réacteur numéro 2, un problème rarissime, inimaginable lors d'une opération de maintenance. Le réacteur était à l'arrêt, les assemblages s'apprêtaient à être remontés comme prévu selon le protocole. Mais, au moment d'ouvrir la cuve, une grappe de matière fissible est restée coincée sous le couvercle, accrochée semble-t-il aux pions de centrage, et s'est retrouvée suspendue au-dessus du cœur. Cette grappe est constituée d'une centaine de « crayons » maintenus par une structure métallique rigide, chaque crayon étant lui-même formé d'une gaine en zirconium dans lequel sont empilées les pastilles d'uranium. L'ensemble de ces assemblages, chargés côte à côte dans la cuve, forment le cœur du réacteur. Si l'une des grappes venait à retomber sur la centaine d'assemblages du même genre encore présents dans la cuve, il s'ensuivrait une rupture des tubes, l'écroulement d'une partie des pastilles au fond de la cuve, un défaut de circulation de l'eau de refroidissement et une montée soudaine de la température et de la pression conduisant à un relâchement de substances hautement radioactives dans l'eau du circuit primaire. On frôlerait alors l'accident majeur.

Il semble qu'un dysfonctionnement de ce type se soit produit à La Baume ce matin, et ce, pour la troisième fois en moins d'une décennie. C'est de nouveau l'unité de production numéro 2 qui est concernée et doit faire face à un problème rarement observé dans les autres centrales. Après enquête, la Commission indépendante a publié un premier rapport au vitriol sur les manquements répétés de l'exploitant qui, en dépit de ces difficultés exceptionnelles, continue d'utiliser un réacteur dont l'enceinte de confinement, vieille de plus de quarante ans, présente en outre un certain nombre de fissures permettant de douter de son étanchéité en cas d'accident grave. Ajouté à cela la pluie diluvienne tombée sans interruption en début d'automne et, à peu près au même moment, un mini-séisme capable d'ébranler la digue en dessous de laquelle est construite la centrale, le cocktail pourrait devenir véritablement explosif. Cette digue retient le canal qui alimente en eau le complexe nucléaire implanté en contrebas. On imagine la puissance de la vague qui déferlerait sur le site en cas de rupture. Ces révélations techniques suscitent émoi et consternation chez les riverains. Un ingénieur en physique nucléaire est venu nous expliquer qu'en cas de dislocation de la digue, la déferlante pourrait mettre hors d'usage les groupes électrogènes de la centrale comme cela s'est passé à Fukushima, provoquant la catastrophe que l'on sait.

Pourtant la population refuse de céder à la panique. Il semble que les barres combustibles continuent à pendouiller au-dessus du cœur et que nul ne sache comment les décrocher. Les élus, au premier rang desquels figurent Myriam et ses amis de la vallée de l'Ennuye, commencent à mettre en doute les paroles lénifiantes des autorités. Personne ne comprend ce qui se passe, on reste suspendu aux lèvres du directeur de la centrale comme la fameuse grappe au-dessus de la cuve du réacteur, et cette passivité est d'autant moins tolérable qu'un bruit court, impossible à vérifier, selon lequel une dizaine de crayons aurait bel et bien chuté dans le cœur, entraînant une brusque augmentation de la pression et de la température dans l'enceinte de confinement, et obligeant les autorités à ouvrir la soupape de cette gigantesque cocotte-minute, à dégazer en urgence. Les députés de la Drôme et de l'Ardèche – y compris ceux de la majorité – exigent des éclaircissements à ce propos mais les explications officielles arrivent au compte-gouttes, contradictoires et terriblement alambiquées.

L'hiver est là. Le doute s'installe en quelques jours.

Un nouveau robot serait en cours de fabrication à Chalon-sur-Saône dans le but d'intervenir directement sur la plateforme du réacteur et de décrocher l'assemblage en souffrance. On ignore les spécificités techniques de l'engin, de même que l'identité des spécialistes de Framatome chargés de le concevoir puis de le guider dans l'enceinte de confinement. Exploitant et ministre de tutelle se contredisent sur les procédures à suivre, s'accordant tout au plus à reconnaître qu'un certain risque demeure puisque les chaudières nucléaires à eau pressurisée ne sont jamais véritablement à l'arrêt, sinon pour démantèlement définitif. Elles sont maintenues en sommeil le temps du rechargement, placées en activité minimale à la façon d'un comateux à l'hôpital. Les riverains prennent conscience que ce type de malade peut se réveiller d'un coup sans crier gare. Ils ne cachent plus leur inquiétude. Ils exigent des informations fiables, une évaluation précise des dangers, un point quotidien sur la situation, sans détour ni faux-semblant.

Le ministre de tutelle ne propose rien de ce genre sinon, à l'occasion de rares conférences de presse, quelques mises au point autosatisfaites et imprécises, toujours les mêmes. Apparemment le problème des gaines de combustible bloquées au-dessus du réacteur n'est pas près d'être résolu.

La situation s'envenime également à Foncouverte. L'administration centrale a choisi de mobiliser ses « liquidateurs » comme les appelle Liseron avec son sens habituel de la mesure. À la suite de la distribution d'iode, Corentin a été informé de la visite d'un inspecteur académique amené à lui notifier un second blâme, peut-être même une mise à pied. L'infirmière Myriam, maire en exercice, est également harcelée par la préfecture.

Ça commence à sentir bizarre. Ça pue un peu, pour tout dire, d'autant que les sacs de vêtements analysés par la Criirad révèlent une contamination indiscutable à l'iode 131, ce qui indique qu'il y a bien eu augmentation soudaine de la pression dans l'enceinte de confinement puis dégazage pour éviter la surchauffe. Quant aux gaz rares de type xénon 133 ou krypton 85, que les filtres ne retiennent pas du tout, ils ont été disséminés dans l'atmosphère dans une proportion qu'on ignore.

Avec ça, les élections présidentielles approchent.

Les écologistes locaux, emmenés par leur trio à la réputation croissante, caracolent dans les sondages. Canine, Zuita et le commandant Thomas, accusés dans un premier temps d'avoir semé le trouble avec leur distribution de comprimés, sont plébiscités par les habitants de la région. Plus personne ne met en cause la validité de leur action préventive, d'autant qu'EDF se refuse à dévoiler ce qui s'est réellement passé dans l'unité de production et continue de nier avoir eu recours au dégazage. Cet entêtement dans le déni est ridicule – les prélèvements de la Criirad attestent que des éléments radioactifs se sont bel et bien échappés du réacteur et qu'il y a eu pollution de l'environnement. Les vents d'ouest soufflant ce matin-là expliquent que la vallée de l'Ennuye ait été touchée. On peut craindre que les pièges à particules de la centrale, conçus pour filtrer l'iode radioactif pendant le dégazage, se soient aussitôt saturés, ainsi que le redoutaient les experts. Pièges à iode ou pas, EDF communique de façon erratique et irresponsable. Les fameux filtres à sable sont d'une efficacité contestable et ne capturent pas les autres isotopes. L'exploitant a plusieurs fois été interpellé sur le sujet, mais EDF a coutume de ne répondre qu'à certaines questions qui lui sont posées par écrit et bénéficie d'un délai de plusieurs semaines pour s'expliquer. On ne peut pas publier ses réponses, ni même les mentionner, encore moins les commenter.

Comment légitimer de tels passe-droits ? Les patrons des grandes entreprises françaises ne rendent compte qu'à leur conseil d'administration et à leur ministre de tutelle. De quelle autre obligation l'électricien nucléaire s'est-il exonéré ? Pourquoi un tel mépris des citoyens ?... Le ministre, empêtré dans les innombrables problèmes de corrosion sous contrainte qui viennent s'ajouter à la gestion calamiteuse de l'incident, tarde à répondre. Il semble complètement dépassé par les événements. Il se borne à faire l'éloge de notre filière nucléaire qui n'a jamais connu de problème majeur jusqu'à ce jour. Son plaidoyer peine à convaincre. Les préfets des départements limitrophes de la centrale bottent en touche eux aussi et les élus, impuissants et désarmés, n'ont d'autre choix que de montrer l'exemple en restant sur place. De ce point de vue les autochtones se sont révélés étonnamment confiants et modérés. À l'exception de quelques départs intempestifs le premier jour, très peu d'habitants ont déserté la zone. Les riverains se contentent d'échanger leurs points de vue, de se retrouver sur les ronds-points, de se serrer les coudes. Même quand ils manifestent aux abords de la centrale, ils ne cèdent pas à la panique. Ce qui n'était au début qu'un incident technique est en train de se transformer en une crise industrielle majeure, sans conducteur véritable, dont personne ne semble voir la fin. Les enquêtes d'opinion confirment la défiance générale qui gagne la population depuis plusieurs semaines. La Force du refus fait de nouveau parler d'elle, agrégeant des râleurs de tous acabits, d'anciens Gilets jaunes, des militants de la France insoumise, des écologistes radicaux et même quelques adeptes des théories complotistes.

L'adhésion aux propositions réformistes des grands partis est de plus en plus controversée, le monde politique perd son crédit. Le peuple veut du concret et ne supporte plus les tergiversations du pouvoir en place. Les thèses de l'extrême droite gagnent en audience. Celles de l'extrême gauche aussi. Les survivalistes se frottent les mains. À l'évidence, le bateau tangue et l'idée d'un changement radical s'impose.

22

Les mesures effectuées par la Criirad à partir des balises fixes situées à l'ouest et au nord de la centrale n'indiquent pas d'augmentation significative de la radioactivité au cours des dernières heures, mais la balise mobile bloquée dans les locaux de la Commission indépendante fait cruellement défaut. Il faut donc se contenter de ces mesures négatives fragmentaires et admettre que nous nous sommes peut-être inquiétés pour rien. EDF prétend que l'incident, classifié au niveau 2, est clos, qu'il n'y a pas lieu de s'alarmer. Ses techniciens maîtrisent parfaitement la situation. Ces messages rassurants répétés en boucle ne parviennent pourtant pas à convaincre l'Agence de sûreté nucléaire qui, moins catégorique, a dépêché trois nouveaux enquêteurs sur place et se réserve la possibilité d'apprécier différemment la gravité de l'événement. En réalité nul ne sait exactement ce qui s'est passé. Sylvain Lhomme ne répond toujours pas aux messages cryptés que lui envoie Émir et ce silence paraît bizarre à tout le monde.

Les pompiers de la région restent en alerte, certains même consignés chez eux dans l'attente de directives complémentaires. Les pointages routiers sont de plus en plus fréquents dans la vallée du Rhône, les abords de la centrale sévèrement contrôlés, son accès totalement interdit à la presse.

En parallèle, la situation politique se tend d'heure en heure dans la vallée. La distribution des pastilles continue de provoquer des remous. Le préfet a dépêché son adjointe pour interroger notre députée-maire. Corentin est convoqué au rectorat pour insubordination et mise en danger de la santé d'autrui. Cette fois, il risque vraiment la mise à pied. La délivrance d'un comprimé d'iode à chaque habitant est abondamment commentée dans la presse, surtout après le récit ambigu de Jeannot Lascombe chez qui les gendarmes ont immédiatement commencé leurs investigations. Au début, notre restaurateur climatosceptique a refusé d'entrer dans la polémique et de décrire la façon dont s'était déroulé le partage des pilules tant il avait été ému de voir Myriam et Émir - ses opposants politiques - surgir chez lui avec leurs cachets et leur masque sur le nez. Mais il a fini par tout raconter, bientôt imité par Antoine Marleau et deux autres collègues d'opposition. En réalité cette partition litigieuse entre personnes âgées, adultes et jeunes enfants est préconisée dans les manuels. Toute la vallée était au courant et Jeannot a immédiatement regretté d'apporter de l'eau au moulin des enquêteurs qui accusent nos élus d'incompétence et de désinvolture. Il est venu s'excuser en mairie. Personne ne lui en tient rigueur. Il n'a fait que mentionner la visite du migrant et de la députée, et préciser les modalités de la distribution. La polémique va probablement retomber dans les jours qui viennent. Les médias n'ont pas grand-chose d'autre à se mettre sous la dent ces temps-ci et les sanctions administratives menaçant Myriam et l'instituteur sont de peu d'importance au regard des risques que nous aurions courus si l'accident s'était révélé aussi grave que redouté. Quant à la supposée mise en danger d'autrui liée à l'absorption d'iode, c'est une accusation dénuée de fondement. Les réactions allergiques à ce genre de produit sont rarissimes.

Jeannot Lascombe, coupable malgré tout, décide d'interroger quelques-uns de ses clients habituels travaillant à la centrale. Le premier, Pierre Leroux, lui raccroche au nez. Le deuxième le renvoie vers le service de communication d'EDF, le troisième prétend n'être au courant de rien et noie le poisson de façon si ostensible que le restaurateur commence lui aussi à avoir des doutes. À l'évidence l'électricien tente de dissimuler son incurie et ses hésitations en interdisant à ses collaborateurs de s'exprimer. EDF monte en épingle notre distribution d'iode mais ne répond pas aux interrogations légitimes des consommateurs. Au bout du compte, passé la controverse, les habitants de la commune sont plutôt satisfaits d'avoir absorbé leur comprimé, et une certaine anxiété gagne peu à peu les populations avoisinantes.

Il ne pleut plus. Le mistral va finir par se lever et on espère que, comme d'habitude, il balaiera tout sur son passage. Liseron oublie peu à peu Émir

Germain. Une boule de vie est confinée dans son ventre, que nul ne peut rabrouer ni contredire, qui s'ébroue paisiblement, à qui elle parle de plus en plus, expliquant que l'infirmière Myriam, accaparée par ses fonctions à la Chambre des députés, a dû abandonner son travail, qu'elle nous manque, qu'il va falloir lui chercher une remplaçante et qu'elle-même, Liseron, porteuse d'une petite destinée indocile, est en train de changer d'avis à propos des événements de la centrale. Elle est maintenant convaincue qu'on nous cache quelque chose. Elle passe le plus clair de son temps sur Internet en quête d'indices démontrant qu'un incident grave est toujours en cours dans l'unité de production numéro 2. Le doute s'est insinué dans son esprit comme dans celui de la plupart de ses concitoyens, semant le trouble jusque dans les rédactions des organes de presse régionaux. Les informations distillées par l'opérateur sont de plus en plus contradictoires et chacun y va de son commentaire. Hier matin, par exemple, après avoir publié un nouveau communiqué répétant que la situation était sous contrôle, l'exploitant a décidé d'élargir le périmètre de sécurité autour de ses trois réacteurs, un kilomètre supplémentaire sans la moindre explication.

France Inter et les radios locales qui, les premiers jours, se moquaient de nos inquiétudes, commencent elles aussi à mettre en doute la version officielle. Les pelotons de gendarmes affectés à la centrale refusent de s'exprimer. Les maires des communes limitrophes enchaînent réunion sur réunion. Les responsables de la communication d'Orano sont injoignables et, dans la vallée de l'Ennuye, la disparition insolite des vautours ajoute à l'anxiété générale. Émir, qui a été le premier à remarquer leur fuite, prétend que ces rapaces ne se trompent jamais. Ce sont des lanceurs d'alerte qui n'abandonnent leur lieu de nidation qu'en cas de danger immédiat et avéré, et encore, pour quelques heures seulement, au maximum un jour ou deux. Là, on ne les a plus revus de la semaine.

L'instituteur a reçu un pli recommandé le convoquant pour un entretien au Centre de gestion de la fonction publique de Valence. Les sanctions envisagées sont plus sévères qu'attendu, de deuxième ou troisième degré, avec risque de rétrogradation, d'exclusion temporaire ou même de mutation. Il n'a aucune envie de se rendre à cette convocation. Il se sait condamné par avance et ne voit pas comment sa hiérarchie pourrait changer d'avis, sauf à admettre que la centrale de La Baume a été le théâtre d'un accident majeur, qu'il y a eu effectivement émission de particules radioactives et qu'il fallait intervenir au plus vite dans sa classe en l'absence de consignes officielles. Zuita insiste pour qu'il aille tout de même à Valence afin de ne pas donner le sentiment de se dérober, de mépriser les procédures et les interrogations du conseil de discipline. Corentin accepte finalement de s'y rendre. Il relate les événements d'une voix calme, mentionne plusieurs fois les avertissements du pilote Sylvain Lhomme puis, sans se justifier davantage, demande un report de l'examen de son dossier en attendant la réaction de la préfecture concernant l'implication de notre députée dans la distribution illégale des pastilles. Les deux problèmes n'ont pas grand-chose à voir l'un avec l'autre mais, bizarrement, il obtient ce report.

Deux mois passent.

Liseron continue ses chevauchées solitaires sur l'étalon Spoutnik quand ses cours le lui permettent. On commence à deviner qu'elle est enceinte mais elle multiplie les stratagèmes pour le cacher, rester svelte et espiègle le plus longtemps possible. Elle ne change rien à sa vie, ignore les conseils de prudence qu'on lui prodigue de toutes parts. Les ingénieurs nucléaires prennent leur temps à la centrale, la grappe n'est toujours pas décrochée au-dessus du cœur numéro 2 et il faudrait se grouiller d'enfler comme une outre... L'outre aura bien l'occasion de se boursouffler en temps voulu. En attendant elle mange tant et plus et, plutôt que de nouer le chèche bleu d'Émir autour de son visage comme d'habitude, elle l'a installé sur son ventre. Le monde n'en finit pas de hoqueter alentour et ces sursauts conjoncturels lui paraissent si étranges, si imbriqués les uns les autres qu'elle ne pense même plus à les confronter. Il y a trop de peur partout, trop de fausses espérances, trop de fiction. La politique prend le dessus mais s'étiole la minute d'après. Le réel se débine. Il manque peut-être cet inventaire général, cet état des lieux, cette estimation du bien commun que les jeunes du pays réclament depuis longtemps et que les gouvernants sont bien incapables de leur fournir.

En réalité, Liseron se fiche de l'inventaire. Elle est occupée ailleurs. Elle pense que chacun devrait prendre le temps de se pencher sur le giron qui nous accueille - pas le sien, celui du monde - pour observer ce qui remue et y grandit malgré les circonstances. Elle apprend à accueillir et à éprouver. Elle se demande ce qui l'a pris d'aimer un borgne, elle, la boiteuse qui aimait juste un migrant de passage. Elle fait penser à Zuita à l'orée de sa vie commune avec Corentin, qui allait retrouver ses premiers amants pour éprouver la réalité des sentiments qu'elle commençait à ressentir envers l'instituteur. Elle partait visiter ses amoureux du début, pas même le père de Liseron, juste les amants du temps passé, des boudeurs comme elle. Elle en revenait mécontente, à demi rassurée, avec des yeux immenses et un appétit d'étreintes difficile à combler. Zuita obligeait tout le monde à se retourner en arrière.

N'éprouve rien, Liseron. Ne languis pas. Émir Germain n'ose pas t'aimer et ce gamin de Raoult Champier veut maintenant t'épouser. Souviens-toi de la maxime que Zuita te chuchotait à l'oreille à la moindre déconvenue : « Plus tu tombes de moins haut, moins tu te fais plus mal. » Émir tombe de haut effectivement. Pour la majorité des gens, il incarne le courage et la résilience mais en réalité, pour toi, son image évoque d'abord des fourmis dans un contacteur, un sac-poubelle noir, une discussion sur un ballot de paille, une histoire de balançoire aussi. Il a fini par t'en fabriquer une, de balançoire, l'a accrochée sous le tilleul de Canine et tu es montée dessus pour lui plaire. Tu n'avais pas encore quinze ans. Tu t'es élancée en remuant les jambes et il a fixé des yeux le triangle de tissu clair qui apparaissait au centre, impossible à cacher. Il l'a regardé en plissant le front. Tu t'es élancée plus haut pour que la tache reste à jamais gravée dans sa mémoire. Émir ne la quittait pas du regard et la peur a commencé à le tenailler, dont il ne savait que faire. À quoi relier cette peur maintenant ? à l'indifférence que vous ressentez l'un pour l'autre depuis votre baiser en haut du synclinal ? à l'accident de la centrale ? à la jalousie qui nous fait tous boiter les uns après les autres. Le temps presse. La nature n'attend pas et le printemps va de nouveau pointer le bout de son nez, toujours plus chaud et plus précoce. Il y aura des fleurs aux arbres. Les fruits vont réapparaître dans les vergers, minuscules et imprévisibles comme tes souvenirs, parfois lisses, parfois duveteux, toujours pressés de gonfler, de rosir, de s'emplir de sève. La future cueillette nous mobilisera, nous ramènera au monde précédent, nous fera penser aux rayonnages pleins de confitures de nos grands-mères, aux tartes, aux compotes. L'antenne-Ricoré fait déjà penser à la bataille des Anciens et des Modernes et le grand regard des bêtes à l'arrière-monde, aux premiers instants de la vie, comme si le sexe des mères était vraiment une porte ouverte sur le monde. Tu vas l'écarter toi-même bientôt, cette porte humaine, Liseron, en poussant des gémissements incrédules que lui, Émir, où qu'il soit, entendra.

23

L'hiver se termine. Le monde est comme décoloré ce matin. On ne sait pas ce qu'il advient du froid, on ne sait pas où sont passés les jours. La lumière arrive doucement de l'extérieur, perlée, blanche et chatoyante. Les murs sont blancs comme les rideaux aux fenêtres, comme les lampes du plafond et le visage de Liseron sur le lit. Ses yeux et ses lèvres pâles tranchent contre le blanc des draps. Son corps est si blafard que ventre, cuisses et seins se distinguent à peine. Elle respire fort. Ses narines palpitent. Une silhouette bienveillante s'agite au pied du lit. Une autre surveille l'écran du moniteur. Pas un bruit. Le temps est comme arrêté. Ce qui se joue en cet instant précis se passe complètement de sons et de couleurs... Les hanches de Liseron s'agitent sans bruit, en confiance, traversées de longs soubresauts. Son corps à demi nu semble abstrait dans le profond silence et le blanc pur.

Le visage de Zuita apparaît derrière le hublot de la porte d'entrée, coiffé d'un calot blanc. Elle scrute les deux silhouettes en blouse immaculée qui elles-mêmes scrutent le corps de sa fille. La sage-femme se redresse, délaisse un instant le ventre rond et nacré et s'approche de la porte en ôtant son masque.

« Ce n'est pas le moment, là. »

– Elle a besoin de moi.

– Elle n'a besoin de personne, madame. Nous allons l'anesthésier. »

La silhouette réinstalle son masque, traverse la pièce, ouvre une armoire, récupère un sachet transparent sur l'étagère du haut. Elle revient près du lit et, sur un signe du médecin - une femme également -, suspend la pochette à la potence et branche le goutte-à-goutte. Elle règle le débit d'une main experte. Le corps continue de bouger dans la lumière diaphane. Les hanches s'ouvrent et s'arc-boutent silencieusement. Soudain, l'absence de bruits devient palpable, presque oppressante, comme de la matière sonore en suspension. Liseron prend une grande respiration. Elle serre les poings et crispe les paupières. Ses hanches roulent deux fois de suite puis elle ferme doucement les yeux. Un quart d'heure après quelque chose apparaît sur son ventre, peut-être un crâne bleu, mouillé, étrangement coloré au milieu de toute cette blancheur. La gynécologue se penche et l'agrippe doucement. Elle est vêtue de blanc elle aussi, elle est propre et très pâle. Elle extirpe ce petit crâne silencieux du corps nacré qui s'est endormi soudain. Ce qui se passe dans cette pièce est absurde. Le silence aussi. Le blanc, surtout, est insupportable.

C'est une fille. La silhouette ôte ses gants, la serre une seconde contre sa poitrine puis la tend à l'assistante qui la berce à son tour en se balançant d'un pied sur l'autre. On emmène Liseron sur un brancard. Le silence retombe. En réalité il ne retombe pas, il est là depuis le début, il tranche et s'impose. Les yeux sont secs mais les joues tremblent en rangeant les ustensiles. Les fronts se rident. La sage-femme oscille d'un pied sur l'autre et continue à bercer la chair minuscule.

Fin du vertige ventral.

Plusieurs tonnes de combustible nucléaire en déshérence oscillent toujours au-dessus du réacteur de la centrale de La Baume. Le robot de Framatome vient juste d'arriver *in situ*, aussitôt transféré dans l'enceinte de confinement et mis en demeure de décrocher les pastilles d'uranium périmées. Myriam passe la moitié du temps à Paris, et là-bas les choses ne traînent pas non plus, les événements s'entrechoquent et se contredisent comme si quelqu'un s'amusait à arracher violemment les pages de notre histoire commune sans prendre le temps de les lire. C'est aussi imprévisible que déroutant. Pas question d'en découdre à nouveau, le destin montre ses crocs et nous réagissons comme des animaux, les yeux brillants, le poil hérissé. La fortune nous suggère qu'après avoir grandi dans le giron maternel, nous nous en détournions neuf mois plus tard pour respirer, pour voir le jour et vagir. Il est déjà temps de regarder la mort en face. Sauf qu'ici l'enfant n'a même pas vu le jour. L'infirmière Myriam est bouleversée et, comme toujours dans ces cas-là, elle se prend les pieds dans le tapis. Ses obligations professionnelles l'ont impitoyablement retenue dans la capitale. Elle n'a pas pu assister à l'enterrement. Le surlendemain, à peine de retour à Foncouverte, elle court chez le commandant Thomas, ne trouve personne dans le nid d'aigle, revient aussitôt à l'école du village en espérant discuter avec l'instituteur. Il lui faut parler à un humain fiable, un mâle ordinaire de préférence, mais Corentin n'est pas là non plus et, pour tout dire, il aurait modérément apprécié d'être taxé de « mâle ordinaire ». Elle file au centre équestre. Ce qu'elle vient d'apprendre en sortant de la Chambre des députés la perturbe davantage qu'elle ne le voudrait, bien que cela n'ait aucun rapport avec l'effervescence dans la capitale et l'élection présidentielle à venir. Avec le drame en cours à Foncouverte, oui, sûrement.

Le collègue neurologue de Myriam lui a expliqué au cours d'un déjeuner au *Café des Ministères*, derrière l'Assemblée nationale, que ce n'est pas notre cœur qui résiste au moment de quitter cette vie mais notre cerveau et ses milliards de neurones mécontents. Le cerveau, désorienté, tolère mal ce qui se profile. Il se cabre comme un jeune animal. Il mobilise toute l'énergie tapie dans les replis de son cortex. Ça ressemble à du déni, à une rebuffade incrédule. Myriam n'est pas certaine que le député ait utilisé le mot « rebuffade » mais, à l'évidence, il était assez fier de décrire cet ultime sursaut de l'animal en nous, et l'infirmière trop désemparée pour vraiment réagir. Elle vivait un curieux chassé-croisé d'émotions contraires. Le professeur la draguait sans rien savoir du drame qui venait de se dérouler dans la vallée de l'Ennuye. Elle était flattée, inquiète, désemparée, ne trouvait même pas le courage de couper court à la conversation.

Revenue le soir même à Foncouverte, elle a besoin de parler à quelqu'un. Elle a le cœur plombé par ce qu'elle vient d'apprendre. Le cerveau humain n'aime pas les épilogues et le manifeste en se révoltant de façon pour le moins déroutante. Finalement, faute de mâle ordinaire, Myriam jette son dévolu sur sa copine Zuita qui - ça tombe bien - est au centre équestre, en train de nourrir les chevaux. Elle ne devrait pas aborder un sujet pareil devant elle après ce que vient de subir sa fille... C'est choquant, mais Myriam a la tête ailleurs, elle est éreintée, elle arrive pour le week-end la tête farcie de problèmes à résoudre d'urgence et Liseron vogue à la limite de sa conscience, douloureusement, lointaine et inaccessible. Elle pousse la porte du paddock, appelle, contourne les ballots de fourrage empilés à l'entrée, traverse le hangar, entre à pas comptés dans le box de Spoutnik, s'approche doucement, pose doucement le front contre le flanc tiède du cheval. Aussitôt, Spoutnik se met à taper du pied. L'infirmière s'écarte, confuse, hésite un instant puis appuie à nouveau sa tête en murmurant que, voilà, elle vient lui parler d'animalité et il devrait tendre l'oreille.

Zuita arrive avec une brosse et un bouchon de paille. Myriam l'embrasse. Spoutnik bat des paupières. Les deux femmes - maigre et angoissée d'un bord, ronde et apparemment placide de l'autre - se délectent un instant du parfum familier de l'écurie. Elles ont toutes deux cet avantage de bien connaître l'odeur des bêtes. Les collègues de Canine à l'Assemblée devraient en prendre de la graine, mais ils s'en fichent, ils savent à peine ce qu'est une graine. Myriam décolle son front du flanc du cheval et explique à Zuita que notre part animale s'exprime aux moments les plus critiques, pendant l'étreinte amoureuse, bien sûr, mais aussi bien plus tard, à bas bruit, au terme de notre existence, juste avant de passer l'arme à gauche. Le cœur recule, la part animale se rebiffe. De nombreux enregistrements montrent que le cerveau résiste après que le cœur a cessé de battre. Les neurones pestent contre le manque d'oxygène, émettent des signaux antithétiques, se débattent, protestent fébrilement. Le cortex montre les crocs et refuse de tirer sa révérence. Il est mécontent. Il ne s'effondre pas, il proteste. Les conclusions du neurologue plongent Canine, la malnommée, dans un profond désarroi. Notre matière grise veut donc ignorer le défaut d'irrigation qui la tue. Elle réagit comme un gosse refusant sa punition, un chien privé de sa pâtée. Elle se mobilise pour contester l'incontestable alors que le véritable vis-à-vis avec la faucheuse a lieu par l'intercession du cœur, et du cœur seulement. Dieu devrait se manifester à cet instant précis, au nom de ce qu'on appelle « cœur » justement, mais il s'en garde bien et on doute de son pouvoir, de son existence même.

Canine demande à Zuita si elle est croyante puis se laisse tomber sur un tabouret en plastique et s'essuie le visage sans attendre de réponse. Elle est fatiguée. Elle se frotte les yeux. Ces jours-ci, les larmes affleurent pour un oui, pour un non. Elle n'en finit pas d'affronter de nouveaux problèmes, d'essayer de les résoudre, d'entretenir l'espoir, de faire de la politique et voilà, devant son amie, il faut qu'elle évoque ces derniers instants de rébellion sans échappatoire possible. Le cœur lâche, l'esprit résiste. Le cerveau tente désespérément de rejouer le match.

Zuita fronce les sourcils mais continue de bouchonner son cheval en silence. Au bout d'un moment elle se tourne vers Canine et lui demande pourquoi elle lui raconte cela maintenant, au pire moment, alors que Liseron vient de perdre son bébé... Il y a de quoi se fâcher, se brouiller définitivement. Myriam, accablée, reste muette. Plus un mot ne sort de sa bouche. La directrice du centre équestre appuie à son tour le front contre le flanc de Spoutnik. Elle ne comprend pas ce que son amie essaie de lui dire. À croire qu'elle se fiche des circonstances ou, pire, qu'elle a oublié que la petite Liseron venait de perdre son enfant après vingt-six semaines de grossesse, que c'était une petite fille, qu'il a fallu lui trouver une concession dans le cimetière. Elle a envie de la gifler mais aussi, peut-être, de la soutenir, de l'embrasser. Surtout de l'embrasser.

La députée continue de bafouiller des phrases sans queue ni tête. Maladroite, impardonnable, elle dit n'importe quoi et rougit comme une pivoine. Pour finir, elle passe le bras autour de l'épaule de son amie et lui chuchote que c'est peut-être mieux ainsi, au bout du compte, puisqu'elle-même ne voulait pas de cette grossesse... Sa fille en rêvait mais elle, sa mère, craignait pour la suite. Zuita se mord les lèvres, pâle et insultée. Myriam recule en s'excusant. Elle n'aurait jamais dû évoquer tout cela. Elle regarde Zuita les yeux dans les yeux, s'empourpre à nouveau et bafouille qu'il faut lui faire confiance malgré tout. Elle répète qu'elle ne sait plus où elle en est mais qu'il faut lui faire confiance. Zuita a un beau sourire, de la sincérité pure. Elle tend la main et lui caresse les cheveux.

Il a fallu l'enterrer et lui donner un nom. C'est la règle après six mois. Liseron l'a appelée Romaine en souvenir d'une vieille pièce de monnaie bosselée que lui avait donnée Corentin quand elle était petite. En hommage aussi à la louve de Rome si tranquille et si accueillante, qui ne comprenait pas ce qui lui arrivait. En hommage surtout à la petite vie repliée dans son ventre, ruinée avant même d'avoir vu le jour. Et également en souvenir de la salade. Elle adore la laitue romaine. Le cercueil était laqué de blanc, c'est la coutume aussi. Elle n'a pas choisi la couleur. Les Big Red commencent juste à apparaître dans les vergers, minuscules godets céladon encore bien loin d'être mûrs, alors Émir Germain a acheté des abricots secs à l'Intermarché, plusieurs sachets qu'il a vidés dans un pot de fleurs. Liseron nous en a offert un ou deux puis a dispersé le reste sur le petit cercueil abritant son cœur de salade. L'étalon Spoutnik, présent lui aussi, reniflait dans son dos. Profitant d'un moment d'inattention, il a même essayé de plonger le museau dans la fosse pour ne faire qu'une bouchée de toutes ces friandises. La boiteuse l'a stoppé d'un geste puis, haussant les épaules, lui a refilé une poignée de fruits secs. Il y avait trop de désespoir par ici, trop de larmes, trop d'humains consternés. Pas assez d'animaux. La cérémonie s'est arrêtée net. Tout le village était là, sauf quelques pensionnaires de la maison de retraite et, bizarrement, le père Savajol et son clan. Liseron a noté ce détail, a sauté en selle et nous a tous laissés en plan. On ne l'a plus revue de la journée. Elle est revenue le soir et a demandé à loger avec le migrant dans l'appartement de la mairie. Elle va abandonner le lycée pendant quelques jours mais ça va... Ça va, elle n'est plus malade. Elle a besoin de changer d'air. Elle veut se battre à côté d'Émir Germain qui, tout comme elle, ne se remet jamais de rien. Et puis Raoult, le jeune papa, pourrait revenir loger avec eux. Il a beaucoup pleuré tout à l'heure.

Troisième partie

LA TRIADE

24

Cela fait quelques jours déjà qu'ils habitent tous les trois. Deux semaines que Liseron a perdu sa petite Romaine, qu'elle retient ses larmes chaque soir et qu'ils partagent chaque matin leur petit déjeuner - Chocapic pour Émir, muesli aux fruits pour Liseron et tartines de beurre et de confiture pour Raoult qui n'aime pas trop les céréales et dévorerait tout aussi bien quelques tranchettes de gras-double comme son père au moment des labours. Cela fait un mois déjà que le jeune Guinéen a obtenu son statut de réfugié et presque autant que la triade de Canine règne sur les destinées de la vallée de l'Ennuye en focalisant l'attention des médias.

La confusion règne sur le reste du pays faute d'accord avec les écologistes et de majorité stable à l'assemblée. La nouvelle élection présidentielle approche. La promesse du candidat sortant de ne pas dissoudre la Chambre au cas où il serait reconduit dans ses fonctions brouille totalement les cartes et trouble une bonne partie des électeurs. Les extrêmes - droite et gauche confondues – en profitent au mieux, rivalisant d'insultes par médias interposés et multipliant les promesses fantaisistes. Le ressentiment de la population augmente, exacerbé par les théories complotistes qui continuent de fleurir ici et là. Au vu des difficultés actuelles du gouvernement et de la faiblesse de l'opposition incapable de s'unir et de concevoir un projet fédérateur, certaines voix commencent à se faire entendre dans la région suggérant que notre trio de choc – l'infirmière, le commandant à la retraite et la directrice de centre équestre – pourrait se présenter tel quel à l'élection présidentielle, ne serait-ce que pour prendre le monde politique de court, aérer le grand couloir vicié dans lequel se cooptent les différents candidats depuis tellement d'années. C'est juridiquement inconcevable mais ce serait une manière inédite de secouer le cocotier. Les Français réclament à cor et à cri un peu de nouveauté, un peu d'oxygène. Les habitants de la vallée aussi, surtout les jeunes esquintés de Foncouverte autoconfinés dans l'appartement de la mairie qui rêvent chacun de donner un coup de pied dans la fourmilière. Notre « triumvirat », occupé à gérer les affaires de la circonscription tout en essayant de convaincre la population d'adhérer à ses prises de position écologistes trouve l'idée saugrenue et pour le moins prématurée.

Une sorte de train-train désappointé s'installe dans le pays. Pas de fourmilière, pas de coup de pied. Du côté de la centrale de La Baume, il semble que l'on respire un peu mieux. Les assemblages combustibles du réacteur numéro 2 ont fini par être décrochés puis acheminés tant bien que mal jusqu'à la piscine d'eau borée mitoyenne. Plusieurs semaines se sont écoulées avant que l'opérateur ait osé tenter la manœuvre. Sylvain Lhomme vient de réapparaître à cette occasion et, toujours aussi économe de mots, nous a signalé qu'on a dû forcer la structure métallique qui maintient les crayons les uns contre les autres pour redescendre la grappe jusqu'au cœur du réacteur. C'était inédit et assez risqué. Il est tout à fait possible que dans quelque temps, une année ou deux au maximum, à l'occasion d'une visite décennale ou d'un nouveau déchargement de combustible, la nacelle éprouve des difficultés à remonter et que les problèmes de décrochage réapparaissent, peut-être plus gravement. Peu importe, la question est résolue momentanément, l'unité de production électrique a été relancée et la direction s'enorgueillit de ce dénouement heureux. Le président a même tenté de profiter de l'embellie pour tenir une conférence de presse au cours de laquelle il a publiquement regretté l'incident mais redit combien il était fier de notre entreprise nationale. EDF a longtemps été leader mondial en matière de sûreté et d'ingénierie nucléaire. Elle doit le redevenir avec les EPR de nouvelle génération et les petits réacteurs modulaires. Cet épilogue lénifiant à La Baume démontrerait que l'excellence à la française n'est pas un mythe et que certains responsables politiques, toujours prompts à dénigrer et à cracher dans la soupe, feraient mieux pour une fois de se réjouir.

Le président roucoule devant les caméras mais Émir, Liseron et Raoult ne regardent plus la télévision.

Ils se retrouvent le soir pour siroter une bière, jouer aux cartes et écouter de la musique en imaginant un futur libéré de ces chansonnettes de coq, un monde dépourvu de danses du ventre, d'événements promotionnels, une sorte d'entracte, une parenthèse plus ou moins enchantée où la vie s'écoulerait paisiblement, où l'amour jouerait à nouveau le premier rôle. Ils divaguent, évidemment. Les danses du ventre des politiques ne s'arrêtent jamais, pas plus que la sensualité mal répartie qui rôde à nouveau entre les murs de l'appartement de la mairie, un désir pernicieux et sans ferveur. Les trois amis se convoitent mais ne s'aiment pas, ou plus suffisamment. Faute d'amour, de guitare et de barbecue, quelques plats mijotés apparaissent sur la table de la cuisine depuis un jour ou deux. C'est la vraie nouveauté de cette période troublée où chacun, quoi qu'on en dise, guette le jugement de l'autre.

L'affichage des bandeaux oculaires s'est arrêté net après le décès de la petite Romaine. Raoult, malgré son incompétence en matière gastronomique, s'est alors mis à préparer de vrais repas. Il a cuit une botte d'asperges pour saluer le retour de Liseron au lycée de Dibona, mis au four un filet mignon avec des chanterelles ramassées près de la ferme Reverchon, déroulé un drap sur les planches leur servant de table et acheté un pack de bière ambrée, la préférée de Liseron. Émir et la boiteuse n'en reviennent pas. Ils se régalent dès le premier soir et Raoult Champier connaît un moment de joie pure, proche de l'allégresse, en les voyant saucer avec application chacun de ses plats. Il se remet en cuisine le lendemain matin, expérimente d'autres recettes. Il a beaucoup à apprendre. Il connaît les champignons, le cochon, les patates et les poulets mais ne sait rien du poisson, par exemple, ou de la cuisson des légumes. Il adore le petit salé, les chips et le picodon, mais pas vraiment les tétragones ou les carottes vichy. Il n'a jamais aimé l'école mais, voilà, il découvre à bientôt seize ans le plaisir d'expérimenter, de mettre les petits plats dans les grands, de guetter le retour des invités, monter des œufs en neige, préparer une vinaigrette, une sauce blanche, assaisonner un plat avec de la noix muscade ou de la coriandre. Il consulte sa mère chaque matin et apprend de nouvelles recettes, de nouvelles formules. Hacher menu par exemple. Cette expression tombe plutôt mal puisque sa vie a été hachée d'un coup par les gendarmes de Dibona mais il l'adore et la sert à toutes les sauces. Le hachoir ne quitte plus son plan de travail. Il hache à tout bout de champ, du chou, des échalotes, de la ciboulette, du persil, de l'estragon. Les jours passant, Raoult comprend qu'une salade verte ou des œufs mimosas peuvent vraiment procurer du bonheur. Ce sont de petites joies insignes, mais il les savoure au point, parfois, d'en oublier qu'il lui manque un œil. Le père Champier préférerait le voir conduire à nouveau le Massey mais il doit reconnaître que son fiston va mieux. La vie dans l'appartement de la mairie lui convient. Il file aux fourneaux dès le matin, lit des livres de cuisine, fait la vaisselle mais n'a plus du tout le front ridé et la bouche amère.

Avec ça, il pleut. Un ciel d'orage s'est installé au-dessus du Calvon et les averses reviennent comme en automne, l'une chassant l'autre sans discontinuer. Le pays se détrempe en prévision des sécheresses à venir. Le niveau du canal alimentant la centrale est en train de remonter. La vallée est gorgée d'eau, l'Ennuye est sortie de son lit comme les autres rivières. L'Autorité de sûreté nucléaire, qui avait déjà effectué deux sondages dans la dérivation du canal alimentant la centrale, est de nouveau sur le qui-vive. L'état de la digue inquiète. Des voix s'élèvent ici et là pour prétendre que, contrairement aux allégations officielles, le mini-séisme de cet été en aurait affecté la structure. Des infiltrations ont été repérées, et la météo pourrie de ces derniers jours n'arrange rien. Après une semaine de tergiversation, EDF décide de dévier l'excédent d'eau dans le chenal de délestage prévu à cet effet. Les terres de voisinage sont inondées au levant et, en parallèle, une demi-douzaine de pelleteuses arrive sur zone pour consolider la retenue. Le périmètre est de nouveau bouclé, les pelleteuses protégées par des cordons de police. Ces initiatives ravivent les doutes et les inquiétudes de la population, mais le renoncement guette ici comme en politique. On s'alarme pour des riens. Les choses vont peu à peu rentrer dans l'ordre.

Désamour, cuisine et fatalisme.

On pourrait en rester là, mais un nouvel événement vient perturber cette tendance au consentement et à la résignation. Le pilote Sylvain Lhomme vient d'être licencié par la direction de la centrale de La Baume. Pour le coup, vraiment, c'est une douche froide. Personne ne s'y attendait. Il semble que le pilote n'ait pas respecté certaines clauses de confidentialité qui le liaient à son employeur. Il paie les informations distillées çà et là, essentiellement ses mises en garde destinées au migrant de Foncouverte et aux habitants de la vallée. La direction d'EDF l'avait à l'œil depuis un certain temps déjà. Le devoir de discrétion est particulièrement contraignant dans l'industrie nucléaire et, à l'évidence, il a trahi les règles de l'entreprise. Sylvain en est conscient. Il n'essaie même pas de se justifier. D'ailleurs les syndicats ne le soutiennent que du bout des lèvres, pour la forme, comptant tirer au clair cette histoire de manquements à l'éthique entrepreneuriale avant de prendre réellement sa défense. Il a fait des erreurs, c'est indiscutable, et il quitte sans remords ce fleuron de l'industrie dans laquelle il officie depuis des années, regrettant simplement de n'avoir pas su coder correctement les messages envoyés à ses amis proches. Même cryptées, les courriers électroniques ne sont jamais tout à fait étanches. Pour preuve, il est maintenant au chômage. Il en profite pour reprendre contact avec Émir Germain, sans se cacher cette fois, et ils décident tous deux d'un rendez-vous.

C'est la première fois que les trois éclopés de Foncouverte rencontrent physiquement le geek qui, dans l'ombre, a influencé leur destin. Sylvain Lhomme, particulièrement remonté contre son employeur, leur fait part des doutes qui le taraudent depuis que Liseron a perdu son bébé. La jeune femme était enceinte le matin de l'accident et elle a reçu l'averse en attendant son car à la sortie du lycée de Dibona. Il n'est pas impossible qu'elle ait été irradiée par de l'iode 131 ou par l'un ou l'autre des éléments radioactifs dispersés dans l'atmosphère à la suite du dégazage. Même si ces isotopes n'étaient présents qu'en faible quantité, le fœtus pourrait en avoir souffert. Il ne faut pas ignorer cette hypothèse si l'on veut comprendre les raisons de son accouchement prématuré. Liseron tombe des nues. Elle avait complètement oublié cette histoire d'averse. Elle écoute Sylvain évoquer ses doutes et ses inquiétudes en tapotant le dossier de sa chaise. Le pilote ne ressemble pas à l'idée qu'elle se faisait d'un ingénieur nucléaire, joues burinées, chaînette en or autour du cou, Ray-Ban fichées au sommet du crâne, boots de l'armée, une chemise de bûcheron déboutonnée laissant entrevoir un torse étonnamment poilu pour quelqu'un dont le visage est aussi glabre. Elle songe un instant qu'il ne devrait pas être désagréable de poser la joue sur un tel coussin de poils... Elle a un geste agacé et chasse cette idée saugrenue. Le type est grand, voûté, sportif, probablement montagnard. On peut lui faire confiance. Elle arrête de tapoter la chaise, pose la main sur son nombril où tout son désespoir s'est replié en boule depuis deux semaines, tiède, intact et vénéneux. Si EDF est responsable de la mort de sa petite Romaine, il va falloir se battre. Elle se tourne vers ses colocataires en répétant qu'il va falloir lutter. Elle les interroge du regard. Ils approuvent d'un mouvement de tête. Ils ne demandent que ça, en réalité, surtout Raoult avec son bandeau sur l'œil qui s'entête à vouloir leur concocter des petits gueuletons mais rêve de choses plus charnelles et plus violentes.

Liseron part préparer le café. Il la rejoint dans la cuisine, lui passe le bras sur l'épaule. Elle sursaute, allume le gaz, lève doucement la main et lui caresse la joue. Elle n'est pas la fille de ses rêves. Elle ne le sera jamais mais les choses vont s'arranger pour lui, elle en est persuadée. Il va se dégoter une jolie cuisinière amoureuse qui, c'est sûr, lui fera oublier leur pauvre aventure sans lendemain.

Elle jette un coup d'œil par la fenêtre, pousse un soupir dépité en constatant qu'il pleut encore. Émir Germain les rejoint et, sans un mot, sort un mouchoir de sa poche et se met à éponger la vitre. Des gouttes d'eau grisâtre s'accumulent en bas des croisillons. Émir déteste cette buée, ces gouttelettes qui s'embrassent mollement, se poursuivent d'un carreau à l'autre puis dégoulinent n'importe où et n'importe comment. Il nettoie les deux vitres, jette le mouchoir en papier dans la poubelle puis souffle à Liseron qu'il compte bien en découdre lui aussi. Son boulot de magasinier commence à lui peser. Il a fini d'inventorier les stocks de l'Intermarché et, maintenant, il étiquette, remplit les rayons et, bien sûr, se fait engueuler par la clientèle. Liseron approuve. Sylvain Lhomme, resté seul dans la salle à manger, finit par les rejoindre aussi et se sert une tasse de café qu'il sirote en silence devant la fenêtre. On connaît ces moments d'irrésolution où chacun se jauge en regardant ses pieds plutôt que de foncer dans le tas tête la première. Ces hésitations de dernière minute se révèlent souvent fatales mais là, concernant Sylvain et le trio de jeunes esquintés, elles sont touchantes. On dirait une poignée de gamins pris au piège.

Il faut commencer par avertir Zuita.

Liseron s'en charge l'après-midi même. Elle laisse un message téléphonique à sa mère qui est retournée au palais Bourbon seconder Myriam. Elle appelle la Criirad dans la foulée, décrit brièvement les doutes du pilote de la centrale et, à sa grande surprise, obtient aussitôt un rendez-vous. Elle sèche les cours du lendemain pour qu'ils puissent s'y rendre ensemble. Le président en personne vient leur ouvrir la porte du laboratoire. Il reconnaît le trio, salue chaleureusement Sylvain Lhomme qu'il a croisé plusieurs fois dans des congrès et dont il a appris les récents déboires. Étant lui-même ingénieur nucléaire à la retraite, rien de ce qui se déroule dans les centrales de la région ne lui échappe. Il installe ses visiteurs dans son bureau et écoute Liseron exposer les raisons de leur visite. Il soupire, se lève, fait les cent pas dans la pièce, finit par s'approcher de la jeune fille et pose paternellement la main sur son bras. Liseron bondit en arrière. Tout le monde pose la main sur son corps ces temps-ci, c'est agaçant. Il hausse les épaules puis, d'une voix très douce, décrit les obstacles qui vont se dresser sur son chemin. Rien ne prouve que la mort du bébé soit liée au dégazage. Il faut commencer par porter plainte. Si la plainte est jugée recevable, un procureur sera désigné, puis probablement un juge d'instruction.

Selon les résultats de leurs enquêtes respectives, le juge pourra *in fine* réclamer l'exhumation du corps et demander une autopsie. Tout cela risque d'être long, fastidieux et très douloureux. La Criirad se propose de l'aider pour le dépôt de la plainte mais n'est pas habilitée à prélever les organes de sa petite fille ni à les faire analyser. Il faudra consulter un médecin légiste, interroger des scientifiques, demander une contre-expertise, convaincre, affronter le lobby nucléaire. Un vrai parcours du combattant. Liseron répond que ça lui est égal. Elle se fiche de souffrir encore. Elle veut juste connaître la vérité.

25

Au fait, l'instituteur Corentin ne perd plus ses cheveux... Plus trace du vitiligo. Son crâne se remplume lentement alors que la météo s'est remise au beau dans la vallée de l'Ennuye. Le vent s'est levé, les terres blanchissent, les nuages s'effilochent vers le sud, les tracteurs arpentent de nouveau la campagne et, le week-end, la députée Canine de retour au pays n'évoque plus les neurones indociles de ses concitoyens en fin de vie, cette part animale prétendument rebelle qui, à l'en croire, est seule à se rebiffer contre la mort, à lutter vraiment jusqu'au bout. Elle abandonne. Elle a accompagné de nombreux moribonds au long de sa carrière, connu des patients qui abdiquaient, justement, d'autres qui bataillaient mais, voilà, elle n'est plus infirmière, elle est députée de la République et devrait oublier les théories fumeuses de son collègue neurologue. Ces élucubrations, par parenthèse, font doucement rigoler le fils Champier qui, depuis l'enfance, assiste son père pour les tueries à la ferme. Raoult sait occire proprement n'importe quel animal, il a appris à saigner les bêtes sans état d'âme et sait bien qu'il n'y a pas de révolte animale face à la mort. Ce serait plutôt l'inverse, une sorte de consentement mêlé de chagrin, une tristesse très proche de celle qui l'a étreint en apprenant la mort de son enfant, la petite Romaine. Les animaux domestiques se débattent quand on les capture mais, une fois saisis, ils ne luttent plus, ils consentent. C'est pareil avec les hommes. Raoult n'a pas lutté une seconde quand on lui a bloqué le visage pour lui implanter son œil en cristal. La prothèse s'est logée à la perfection dans son orbite, le contenu s'est adapté au contenant en scellant pour toujours la fin de sa vie de voyant ordinaire. Il a connu une manière de jubilation étrange. Il a consenti.

Pendant ce temps Liseron a grossi de deux kilos en quinze jours. Émir Germain aussi. Tous deux supplient Raoult d'espacer leurs bombances. Il faut arrêter de festoyer et de se bourrer la gueule chaque soir. Champier défend un temps sa position de marmiton campagnard mais, peine perdue, il réagit comme les animaux, il courbe l'échine et consent. Il s'en retourne aux spaghettis, à la salade verte et aux omelettes. Il apprend à se rédimer côté cuisine, lui qui doit déjà supporter sa prothèse, ne pas la gratter, contrôler ses larmes et explorer vaille que vaille les profondeurs du champ de vision restreint que lui offre désormais son unique œil. Sauf que la bille en verre reste figée dans son alvéole. La prothèse est bien tolérée mais elle pivote mal, ne bouge pas trop, pas plus que ne bougeaient les animaux qu'il avait coutume de saigner avec son père. C'est un échec. Les chirurgiens, dépités, décident de lui implanter un nouvel œil, une bille en résine cette fois, ce qui va l'obliger à reprendre le rodage en même temps qu'il prépare ses repas allégés. Là aussi, il se résigne. Il en tire profit comme un paysan, pas à pas, jour après jour. À tout considérer, il semble que Raoult Champier soit le seul à connaître une manière de paix ces temps-ci. S'occuper de la vie est gratifiant. Il l'a compris avant les autres. Il prépare à manger, tente de s'habituer à sa prothèse et n'attend rien en retour - ce qui épate ses amis et agace son père.

Liseron, c'est tout le contraire. Elle aurait pourtant de quoi être satisfaite. La plainte déposée contre EDF et la centrale de La Baume a été jugée recevable. Les délits d'homicide involontaire et de mise en danger de la santé d'autrui ont été retenus par le procureur chargé de l'affaire, mais l'instruction traîne en longueur comme prévisible et la jeune mère ronge son frein. Le monde est mal fichu, il n'est qu'à regarder le destin d'Émir ou sa propre vie. Elle voudrait paraître aussi joyeuse et impertinente que d'habitude mais, au fond, elle est cadenassée par la douleur. Elle lutte pied à pied, ne supporte plus le moindre contact physique, refuse tout geste de réconfort. Elle ne consent à rien.

L'instituteur la croise le matin dans les rues du village mais ils ne se parlent plus depuis quelque temps. Un après-midi, Corentin décide d'aller la chercher au lycée après les cours et, plutôt que de revenir directement à Foncouverte, lui propose une balade sur les berges de l'Ennuye. Zuita est à Paris pour la semaine et ils ont du temps devant eux. Ils prennent le raccourci qui se faufile derrière la pile du pont et descend en zigzags jusqu'à la rivière. C'est un sentier escarpé, que les pluies récentes ont rendu boueux. Liseron glisse dans les lacets. Sa jambe trop courte est un handicap dans ce genre de situation. L'instituteur la voit déraper à chaque pas. Il finit par remonter et propose de lui tenir la main. Liseron grimace mais attrape ses doigts et ils continuent ainsi, accrochés l'un à l'autre. Parvenus au bord de la rivière, elle garde la main dans la sienne. Corentin en éprouve une bouffée de joie dont l'intensité le surprend lui-même. Ils suivent les berges de l'Ennuye jusqu'à l'endroit où les gendarmes ont retrouvé Robert Savajol il y a environ une année. Elle lâche ses doigts, s'assied sur une dalle surplombant la rivière et, sans un mot, se met à jeter des graviers dans le goulet où l'Ennuye s'engouffre en gargouillant. Corentin enlève ses chaussures, glisse les pieds dans l'eau. La boiteuse hésite à l'imiter. Au bout d'un moment elle se déchausse à son tour, pose ses souliers sur la bande de sable qui entoure la dalle et plonge ses orteils. C'est froid. Elle étrangle un cri de surprise puis, sans transition, se tourne vers Corentin et lui annonce que son bébé est mort à cause de l'accident de la centrale. L'instituteur sursaute. Impossible... L'enceinte de confinement a tenu, les filtres à iode ont fonctionné normalement pendant le dégazage. Les ingénieurs sont unanimes pour affirmer que la diffusion dans l'atmosphère de quelques rares particules radioactives non piégées a été négligeable.

« Pas pour Romaine. »

Liseron explique qu'elle a reçu l'averse au pire moment, en attendant le car à Dibona. Elle soupire, balance sa poignée de gravillons, retire ses pieds de l'eau, raconte les doutes et interrogations de Sylvain Lhomme, leur visite à la Criirad, le dépôt de plainte, l'ouverture de l'enquête et, récemment, la désignation d'un juge.

« Maman est au courant. Je ne pouvais rien faire sans son accord mais on a préféré n'en parler à personne, sauf à Raoult et Émir bien sûr. Il fallait attendre la réaction de la justice. Maintenant, avec la nomination du juge, les choses changent. On va pouvoir déballer cette histoire au grand jour, dénoncer l'état lamentable de la centrale de La Baume, les incidents à répétition, convoquer la presse, etc. »

Elle tend la main, uniformise la bande de sable puis, de l'index, y dessine un petit visage rondelet avec de grands yeux écarquillés. Elle soupire, dépose sa chaussure orthopédique juste à côté. Corentin, très ému, ne quitte pas le dessin des yeux. Il se mord les lèvres. Il aimerait prendre Liseron dans ses bras mais se contente de rester debout sur la dalle et de la regarder intensément. Au bout d'un temps il se baisse, attrape une pierre plate et la lance nerveusement vers la rivière. Le galet fait quatre ou cinq ricochets avant de percuter l'autre rive. Liseron siffle d'admiration. Un héron cendré s'envole lourdement en face d'eux et survole la charmille en battant des ailes. La boiteuse le regarde traverser le ciel puis jette un coup d'œil à la montre minuscule qui pend autour de son cou.

Elle revient à son dessin dans le sable. Elle fronce les sourcils.

« J'ai plein de devoirs en retard. C'est l'heure. »

Elle se lève et piétine le dessin.

C'est l'heure. Le monde entier piétine. L'enquête piétine aussi, bien sûr, de même que la campagne électorale et Émir Germain qui, de son côté, doit se battre à nouveau contre l'administration. Il voulait renouer avec son ancien métier de technicien en télécommunication mais s'est vu refuser une formation professionnelle chez Orange à cause de son statut de réfugié. Il a dû se tourner vers les autres opérateurs qui, peu ou prou, lui ont tous envoyé la même réponse ennuyée. Il est donc condamné à remplir les rayons de l'Intermarché en prenant son mal en patience. L'instituteur est dans l'expectative également. Il a reçu une note de l'administration l'avertissant que les services académiques étudiaient la possibilité de modifier la carte scolaire dans la vallée de l'Ennuye, de redistribuer les élèves de façon plus cohérente, de les répartir niveau par niveau entre les différentes écoles du voisinage. Le recteur veut en finir avec le système de la classe unique qu'il juge désuet et discriminant. Corentin n'est pas d'accord, mais ses récents déboires l'obligent à faire profil bas. Il avale la pilule sans piper mot, rêvant que ce nouveau projet tombe aux oubliettes comme souvent à l'Éducation nationale, ou que son application traîne en longueur. Il hésite à informer les parents d'élèves. Il ne le fait pas.

On l'aura compris, chacun compose, se résigne et ânonne dans son coin, y compris les ingénieurs nucléaires de La Baume qui acceptent de nouveau les interviews et répètent à l'envi que tout se passe au mieux sur le site. Les trois unités de production de la centrale, bien que largement atteintes par la limite d'âge, sont aussi sûres et fonctionnelles qu'au début. On peut dormir sur nos deux oreilles.

Raoult Champier semble échapper à cette atonie singulière qui annonce peut-être son exact opposé, un revirement soudain, une mutation explosive. Il parvient tant bien que mal à exercer sa paupière, s'habitue à la nouvelle prothèse, échappe au giron familial et s'est résolu à ne plus aimer Liseron. Il vit au jour le jour en se fichant du passé comme du futur. Du coup, lui, le jeune viandard, fils et petit-fils d'éleveurs, s'est mis à lire certains livres de cuisine alternative et - chose incroyable - prépare maintenant des plats végétariens, des recettes à base de céréales, de légumes et de fruits frais. C'est un pied de nez à la mauvaise fortune. Il a perdu la plupart de ses repères depuis l'accident mais a choisi de s'ouvrir à la nouveauté, de se montrer disponible, poreux. Il se reconstruit en absorbant les événements sans les trier, comme un buvard, en épluchant des fruits, en cuisinant des légumes verts et en essayant de mobiliser son œil artificiel devant le miroir de la salle de bains. Là, c'est un travail de chaque seconde, terriblement ingrat. Parfois, découragé, il tire sa paupière droite avec l'index, recouvre le globe de résine et attend que ce volet de peau bien vivant, bien cilié, se relève de lui-même puis se rabatte et se relève à nouveau. Ce mouvement régulier, autonome, ce banal battement épidermique lui fait penser au seul baiser qu'il ait jamais échangé avec la boiteuse, un baiser de papillon paupière contre paupière. C'était un petit exploit extraordinaire dont il conserve précieusement le souvenir. À cette évocation, son cœur et ses poings se serrent. Une ou deux larmes perlent au bord de la cavité inerte. Il ne les essuie pas. Il retourne en cuisine.

Autre bizarrerie : une cinquantaine d'élus locaux – députés, sénateurs, conseillers régionaux – vient de relancer l'idée que les trois dirigeants de l'Ennuye devraient à nouveau se serrer les coudes et se présenter tels quels à l'élection présidentielle. Le terme de triumvirat est inapproprié, tout le monde le sait. Le commandant Thomas ne cesse de répéter que ce mot sert à désigner trois hommes et non deux femmes divorcées et un pauvre militaire à la retraite... Peu importe, il résonne dans les oreilles de la majorité des Français. En parallèle, les candidats du système faisant la course en tête ne séduisent plus personne. La représentante du Parti national, avec ses accents de rombière outragée, tente bien de faire monter la pression mais, cette fois, la mayonnaise peine à prendre. Ses envolées ne mobilisent que ses partisans, toujours aussi nombreux au demeurant. L'autre candidat agace avec sa calvitie récente, ses convictions libérales et ses sourires enjôleurs. Tous deux rivalisent de promesses intenables mais les électeurs, las de ces calculs, n'acceptent plus vraiment d'être ainsi caressés dans le sens du poil. Ils espèrent autre chose. Pourtant Myriam et ses colistiers n'envisagent nullement de se présenter. Ce projet de triade ressemble à un mauvais canular. Il n'a aucune faisabilité. Ce serait comme un pavé jeté dans notre marigot politicien national, une blague incandescente. Pourtant les signatures d'élus nécessaires à un dépôt de candidature de dernière minute sont en passe d'être rassemblées. Myriam, prosaïque et lucide comme d'habitude, refuse d'écouter le chant des sirènes.

26

Le rendez-vous a lieu dans la salle des fêtes, sans ordre du jour ni intervenants extérieurs. Un avis à la population a été placardé en mairie ainsi que sur les panneaux d'affichage qu'on voit resurgir ici et là à l'occasion de la campagne électorale. Un communiqué de presse a été envoyé aux différents quotidiens régionaux. Liseron, la fille de la directrice du centre équestre, participera en personne à la réunion, de même que le migrant guinéen et leur ami Raoult Champier, le collégien borgne. Canine et Zuita, conscientes des doutes et des angoisses qui taraudent les jeunes compagnons de Foncouverte, ont décidé de quitter Paris pour l'occasion et d'assister à la rencontre en tant que simples spectatrices. Pas question d'intervenir pour autant. Les adolescents de la vallée sont à l'origine de la rencontre et ce sont eux qui mèneront les débats. On sait de quoi ils veulent parler, on sait aussi de quoi ils sont capables. Des rumeurs circulent déjà sur les réseaux sociaux à propos de l'accident de Raoult et de l'accouchement prématuré de la boiteuse. L'annonce du licenciement de Sylvain Lhomme a fuité également et les journalistes s'interrogent de nouveau sur l'attitude d'EDF pendant les jours qui ont suivi l'accident. On reparle des mises en garde du pilote de la centrale, de ses avertissements à la population, de la distribution d'iode qui a fait débat sur l'ensemble du territoire et surtout, maintenant, des conditions de son brusque licenciement. *Le Dauphiné libéré* et *La Provence* ont choisi d'évoquer cette mise à pied à la une de leur édition du jour. Sylvain Lhomme est probablement le premier lanceur d'alerte d'envergure que le pays ait connu dans le domaine du nucléaire civil.

Côté autorités, l'hésitation est palpable. Le préfet a missionné un observateur plutôt consensuel chargé de recueillir sur place les doléances de la jeunesse. Mais, dans le même temps, à la suite d'une inspection des services de sécurité, la mairie de Dibona a été avertie que la salle des fêtes était inutilisable. La barre de commande de l'une des issues de secours a tendance à se gripper en cas de sollicitation intempestive. Ce mécanisme doit être changé au plus vite. Le public ne peut en aucun cas investir les lieux. Canine comprend qu'on ne lui fait guère confiance en haut lieu et qu'on se méfie de la population indisciplinée de sa circonscription, surtout des lycéens et des collégiens. Cette histoire d'issue de secours est cousue de fil blanc. Par chance, l'artisan qui a installé les huisseries est également conseiller municipal. Il se déplace en urgence chez son fournisseur lyonnais, revient avec un équipement flambant neuf, le remonte le matin même de la réunion. Tout est de nouveau en place quelques heures avant l'ouverture. La rencontre peut se dérouler normalement mais Myriam, craignant que l'interdiction administrative soit prorogée faute de contrôle, s'abstient d'avertir la préfecture.

La salle des fêtes est pleine à craquer. Corentin a dû faire appel aux services techniques pour rajouter une trentaine de sièges et améliorer la sonorisation qui se révèle nettement insuffisante quand la jauge déborde ainsi. Liseron, Émir et Raoult sont assis face à leur public, sur une petite estrade, devant une table en bois où sont exposés quelques bandeaux oculaires ainsi qu'une photo du cercueil de Romaine à demi recouvert d'abricots, avec l'étalon Spoutnik en arrière-plan. C'est une mise en scène un peu sordide, mais ils l'assument. Ils discutent tous trois en attendant la venue de l'infirmière et de la directrice du centre équestre. Sylvain Lhomme est en retard lui aussi. Il arrive au moment où Liseron s'apprête à prendre la parole et il provoque un certain brouhaha en traversant la salle des fêtes. Il dépose un dossier sur la petite table. La fille de Zuita le feuillette en fronçant les sourcils, le referme, attrape le micro, toussote, salue sa mère qui vient de se présenter à l'entrée puis bredouille quelques phrases de bienvenue. Le silence se fait peu à peu. Sa voix résonne d'un mur à l'autre, amplifiée par les haut-parleurs, une voix de garçon commençant sa mue. Liseron se racle la gorge, essaie de parler plus distinctement mais, non, les mots s'étranglent dans sa gorge. Ce qu'elle doit révéler aux habitants de la vallée est vraiment douloureux mais elle n'a plus le choix, elle doit faire face. Elle se redresse avec un geste agacé, attrape un bandeau oculaire, le désigne à l'assistance puis se tourne vers Raoult et, souriante, déclare qu'il n'a plus vraiment besoin de ces trucs de pirate mais qu'il en garde quelques-uns pour le plaisir. Elle s'esclaffe dans le micro. Son rire sonne bizarrement. Il ne détend pas du tout l'atmosphère. Elle soupire. Son soupir résonne bizarrement lui aussi. Elle repose le bandeau oculaire, récupère la photo du cimetière, la brandit au-dessus de sa tête, tousse, se racle la gorge. C'est l'émotion... Elle relève la tête en marmonnant qu'elle en a marre, des émotions. C'est fichu, trop tard pour elle. Elle répète que les émotions lui sont définitivement interdites, elle fixe l'assistance et, en quelques mots, d'un trait, annonce que sa petite fille est morte des suites d'un dégazage effectué dans l'unité de production numéro 2 de la centrale nucléaire de La Baume, une opération censée éviter l'emballement du réacteur après la chute des crayons litigieux au fond de la cuve. Un murmure incrédule traverse l'assemblée. Liseron précise qu'EDF refuse d'évoquer cet accident. La direction de la centrale nie même l'existence du dégazage, dément tout en bloc. Selon elle, aucune particule radioactive n'a jamais été dispersée dans l'atmosphère. La Criirad ne serait pas du tout objective. Les écologistes radicaux qui la composent instruiraient systématiquement à charge. Leurs analyses seraient biaisées. Liseron soupire en désignant la photo du petit cercueil blanc qui attend sur des tréteaux à l'entrée du cimetière de Foncouverte. Sa voix se casse de nouveau. La mort de son enfant est indiscutable. Aucun biais ici, seulement des coupables qui ne reconnaîtront jamais leurs torts. Il existe néanmoins des preuves que les habitants de la vallée sont en droit de découvrir, le dossier déposé par Sylvain Lhomme l'atteste. Liseron hoche la tête, pose la main dessus, ajoute qu'il est temps de réagir, de mettre l'opérateur devant ses responsabilités.

Les réacteurs de La Baume sont dans un état lamentable. Ils ont largement dépassé les quarante ans d'existence au terme desquels on avait prévu de les démanteler. Certains approchent des cinquante ans et doivent impérativement être mis à l'arrêt, surtout l'unité numéro 2 qui connaît de sérieux problèmes de rechargement de combustible. L'électricien doit rendre des comptes à la population et nous tous, en parallèle, devons surveiller notre santé. Nous avons absorbé un certain nombre de particules radioactives et cette dose prétendument insignifiante a probablement tué le bébé qu'elle portait. Sa voix tremble à nouveau en prononçant le mot « bébé ». Elle agrippe le rebord de la table et bafouille qu'elle était si heureuse d'attendre sa petite fille, son enfant du hasard et de la souffrance partagée. Romaine bougeait tout le temps, donnait tout le temps des coups de pied dans son ventre. Elle adorait qu'elle descende les escaliers, qu'elle rigole, qu'elle se mette à chanter, qu'elle se plonge dans l'eau du bain. Le bébé grossissait sans problème et la faisait grandir elle-même. Elles se protégeaient toutes deux comme des chatons.

Le silence retombe. Sylvain Lhomme se lève, rejoint le trio et, en quelques phrases succinctes, explique que deux enquêtes contradictoires ont été diligentées. Un juge d'instruction a été désigné, et tout nouveau témoignage concernant la contamination sera étudié avec le plus grand soin. Le père Champier l'interrompt pour demander ce qui s'est passé exactement à la centrale. Sylvain hausse les épaules. C'est la question que chacun se pose. Il confirme l'existence du dégazage mais ne peut en dire plus. Il est tenu par son devoir de réserve. Il a déjà pris beaucoup de risques en mettant en garde la population de Foncouverte qu'il tient d'ailleurs à remercier car, sans son soutien, il serait dans une situation plus difficile encore. Il redit que deux enquêtes distinctes sont en cours, dont une sous la direction d'un collègue travaillant pour l'Autorité de sûreté nucléaire. Il s'excuse de ne pouvoir en dire davantage puis tend le micro à Émir. Le migrant hésite à se lever et, avec son accent roulé d'Afrique de l'Ouest, commence lui aussi à remercier la population de Foncouverte. Il est très ému. On pensait voir pleurer la boiteuse mais c'est le migrant qui bafouille et perd pied peu à peu. Bizarrement, alors que la voix de Liseron déraillait comme celle d'un garçon, la sienne monte dans les aigus. Il termine en avouant qu'il ne s'attendait pas à affronter tous ces problèmes en arrivant chez Zuita. Maintenant il est fatigué, il n'a plus trop envie de se battre. Il s'essuie le visage avec la manche et passe le micro à Raoult qui se gratte l'oreille sur sa chaise. Le silence retombe de nouveau, tendu. On peut s'attendre à tout avec le fils

Champier... De fait, Raoult remonte machinalement sa braguette d'une main et, de l'autre, fait de grands moulinets dans l'air en marmonnant qu'il en a marre de ces pleurnicheries. On cherche la mort, par ici. Il tapote le micro, se lève, explique que s'il se met à chougner lui aussi, ce sera vraiment pitoyable... Sa nouvelle prothèse a tendance à glisser de l'orbite à la première larme, alors pas question de gémir avec les autres sinon il faudra l'enlever publiquement, son foutu œil en résine, et le nettoyer devant tout le monde. Liseron grimace derrière sa manche. Raoult se penche et lui murmure à l'oreille qu'il n'a pas du tout prévu d'enlever la bille.

Il sourit, la regarde en clignant doucement les paupières.

Liseron écarquille les yeux. Raoult approche son visage à quelques centimètres et recommence à cligner. Ses deux paupières se rabattent avec un ensemble parfait. Alors la boiteuse siffle d'admiration. Elle se dresse sur la pointe des pieds puis l'embrasse à pleine bouche. On entend des ricanements au premier rang mais la plupart des témoins se taisent, devinant que quelque chose d'important se déroule devant eux. Ces deux gamins ne s'aiment plus guère depuis le drame. Ils sont trop jeunes, trop perturbés mais, là, on voudrait comprendre pourquoi ils recommencent. Liseron recommence. Elle embrasse de nouveau Raoult Champier qui cligne doucement les yeux. Ils s'embrassent mais ne s'aiment pas. Liseron est la seule à savoir que Raoult est en train de prendre sa revanche sur le destin en baissant ainsi les paupières. Le garçon répond à son baiser, rougit jusqu'aux oreilles, finit par s'écarter en évitant le regard de son père et se tourne vers Émir. Le Guinéen hausse les épaules. Quelques applaudissements fusent au fond de la salle. Finalement, les deux garçons se donnent l'accolade, puis restent debout sur l'estrade, côte à côte, au garde-à-vous, empruntés et penauds.

Liseron dénoue le chèche bleu qui protège ses hanches depuis la mort de Romaine, le glisse sur ses épaules, tend l'extrémité libre au migrant qui, avec un sourire, l'enroule autour de son cou puis le fait passer à Raoult qui le noue à son tour derrière sa nuque. Les amochés de l'Ennuye font face de la sorte à leur public, sans un mot, reliés par le tissu africain d'un bleu intense. Les lycéens de Dibona se lèvent pour applaudir. Un râleur intervient du côté de la buvette, probablement le père Lascombe, proclamant d'une voix forte que tout cela est bel et bon mais qu'on aimerait savoir ce qu'en pensent l'envoyé du préfet et surtout la députée Canine ici présente.

Les applaudissements s'arrêtent. L'infirmière traverse la salle, récupère le micro et confirme le dégazage. Ce drame montre qu'il est urgent de changer de modèle politique. La démocratie est muselée dans ce pays. La morgue des opérateurs industriels paraît de plus en plus scandaleuse. S'il est confirmé qu'il y a bien eu diffusion de particules radioactives dans l'atmosphère, EDF devra rendre des comptes. D'ores et déjà, en tant que députée de la Drôme, elle va réclamer la création d'une enquête parlementaire et s'engage à porter l'affaire devant les tribunaux.

La perte d'un enfant dans de telles conditions est inadmissible, le préjudice subi inestimable. On ne met pas impunément en péril la vie des gens. Le restaurateur Lascombe siffle entre ses doigts et se lève, suivi par une dizaine de voisins. C'est bon, tout le monde en a sa claque. Les Français en ont marre des vœux pieux et des bonnes paroles. On a besoin d'union sacrée, de pouvoir fort. Ses voisins enfilent leur manteau en approuvant comme un seul homme. Jeannot attrape le micro et demande à Canine si elle envisage de se présenter à l'élection présidentielle comme le suggèrent un certain nombre d'élus locaux. Cela ferait bouger les lignes. L'infirmière répond qu'elle ne s'est jamais présentée seule au moindre mandat électif. Elle aime le travail d'équipe, elle a toujours privilégié la gestion collective, mettant en place une direction tournante dans le village de Foncouverte. De même avec la communauté de communes et, dans une moindre mesure, avec la circonscription de la Drôme dont elle est la représentante officielle. Cette mutualisation des tâches et des représentations, aussi ostensible qu'illégale, est tolérée du bout des lèvres par l'administration centrale mais serait inimaginable pour une élection présidentielle. Lascombe s'éloigne en suggérant au trio de faire enfin un peu de politique, c'est-à-dire de donner le change, tromper son monde. Elle pourrait se présenter seule et emmener discrètement dans sa besace Zuita et le commandant à la retraite...

Myriam grimpe sur l'estrade en faisant la moue. Elle s'approche des trois amochés et désigne le chèche de la main. Liseron hoche la tête puis, sans un mot, lui tend l'extrémité du tissu indigo. L'infirmière écarte les bras et se le passe autour du cou comme les autres. Un drôle de silence tombe sur l'assemblée. Pas d'applaudissements, pas de ricanements non plus. Les journalistes du *Dauphiné* et de *La Provence* s'approchent. Ils ont tout juste le temps de prendre quelques photos des trois victimes reliées à leur députée par un simple chèche de migrant. Canine leur fait signe de reculer. Elle embrasse ses amis puis quitte la tribune sans se retourner.

27

Trio, triade, triumvirat, peu importe... Quinze jours passent. Les élections approchent. Les Français s'interrogent sur les enjeux du scrutin à venir. Le futur ne leur a jamais semblé aussi incertain. Les conflits se multiplient aux frontières de l'Europe, les nationalismes vengeurs gagnent partout du terrain et, ici, il fait un temps anormalement chaud pour un début de printemps. Le mistral souffle dans la vallée du Rhône, n'épargnant même pas la région de Foncouverte. Le ciel est d'un bleu intense. Les agriculteurs ont commencé à arroser leurs fourrages et leurs champs de céréales. Les nappes phréatiques peinent à se renouveler, le niveau des rivières est anormalement bas, celui des calculs politiques toujours aussi médiocre mais, pour l'heure, nul ne s'en alarme véritablement.

Le premier incendie se déclare de nuit, sous la falaise du Calvon, à un kilomètre du relais des Estimeurs. On ne sait pas s'il est accidentel ou volontaire – on ne le saura jamais –, mais trois départs de feu simultanés depuis trois endroits différents désigneraient plutôt l'action d'un pyromane. Les rafales de vent, particulièrement violentes à ce moment de la nuit, suffisent à enflammer en quelques secondes les buis alentour, les cades et les résineux, les douglas, les pins maritimes. D'ordinaire les chênes verts résistent davantage mais il n'a pas plu depuis plusieurs semaines, les sous-bois sont secs et, en moins d'une heure, l'adret tout entier s'embrase comme une torche. Les flammes dévalent la montagne, sautant les obstacles avec une rapidité et une facilité déconcertantes. La maison du notaire de Dibona brûle juste avant l'arrivée des secours. La ligne électrique qui traverse le plateau fond en quelques minutes, une dizaine de poteaux se couchent dans la garrigue, l'alimentation du secteur nord de la commune est brutalement interrompue et le relais de l'opérateur Orange brûle immédiatement après. Un immense panache de fumée grise s'élève au-dessus du synclinal, aussitôt dispersé par le vent du nord. Les habitants de Foncouverte se réveillent en fronçant les narines et en toussant. Deux canadairs arrivent sur site aux premières lueurs du jour et les largages commencent. Les pompiers du département, soutenus par un hélicoptère de la sécurité civile, réussissent à contourner la zone en empruntant les chemins pare-feu que la municipalité a ouverts l'année précédente. Ils se déploient au-dessus du hameau de Pierrefeu et tentent de circonscrire l'incendie qui balaie la région et ne sera fixé que deux jours plus tard, après avoir parcouru une dizaine de kilomètres et détruit plus de huit cents hectares de garrigue et de forêt. Par chance, aucune victime n'est à déplorer.

Cet incendie précoce, rarissime au printemps, inquiète la députée-maire qui demande, et obtient aussitôt, une surveillance accrue de la zone du Calvon. Peine perdue... À peine maîtrisé ce brasier du Calvon survient un nouvel incident que personne, de nouveau, ne voit venir. C'est le coup d'après.

Le tout premier indice - un sac en plastique bourré d'écrous envoyé au domicile privé du sous-préfet Reynaud - paraît insolite sur le moment. On n'y prête guère attention. Un deuxième colis de boulons et d'écrous autobloquants arrive fin avril dans la boîte à lettres de la maison de vacances du sénateur de la Drôme, suivi d'un troisième à la centrale nucléaire de La Baume, accompagné cette fois de la photo d'une clef dynamométrique de grande taille, télescopique, manifestement conçue pour dévisser les écrous en question, et rigoureusement introuvable dans le commerce. Le sous-préfet Reynaud, blasé et peu consciencieux, attend le quatrième colis, adressé cette fois à France Bleu Drôme-Ardèche, pour interpeller ses services. Une rapide enquête permet de démontrer qu'il s'agit d'écrous sécurisés maintenant les jambages d'un type de pylônes électriques à haute tension assez communs dans la région, les pylônes-chat Mae-West. Des plaques de renfort latérales rivent les pieds des colonnes métalliques aux blocs de fondation. Cet assemblage est essentiel à l'équilibre du pylône lui-même. Le déboulonner mettrait en péril la stabilité de l'ensemble.

L'envoi des écrous est donc un coup de semonce, une sorte de menace. Bizarrement, cet avertissement n'est pas pris au sérieux dans un premier temps.

Il l'est dès la semaine suivante, après une alerte émise par Météo France imposant une vigilance orange à cinq départements du sud du pays pour canicule, bourrasques et vents violents. De fait, le mistral forcit brutalement dès le lendemain soir, certaines rafales dépassant les cent vingt kilomètres heures dans la moyenne vallée du Rhône. À l'occasion de l'un de ces coups de vent, le pylône 47 de la ligne enjambant la montagne d'Autuche, à l'est de Montélimar, se décroche de son embase à hauteur du lieu-dit Les Tonils. Le fût 47 pivote sur ses pieds mais ne bascule pas complètement. Il est retenu *in extremis* par sa propre câblerie. La tension est telle sur les conducteurs que l'ensemble de la ligne réagit en amont. Une vingtaine de disjoncteurs déclenchent en cascade et provoquent une première panne électrique d'envergure. Par chance, le câble de garde et son âme en fibre optique ne sont pas affectés par l'incident. Les gestionnaires du réseau récoltent donc immédiatement les informations nécessaires à la géolocalisation du problème et, malgré les difficultés d'accès, arrivent sur place en moins d'une heure. Ils constatent que les plaques de fixation de deux jambages sont complètement dévissées, les boulons dispersés au sol. Le fût est incliné vers le sud et tient debout comme par miracle. L'hypothèse de l'attentat ne fait plus aucun doute.

Deux jours plus tard, un événement du même genre se reproduit de l'autre côté de la vallée du Rhône, sur le plateau ardéchois, présentant d'étranges similitudes dans le mode opératoire. Les lieux sont déserts, impossibles à surveiller, la méthode redoutablement discrète et efficace. Ce deuxième pylône Mae West reste à peu près droit sur ses jambes jusqu'à l'arrivée des équipes de secours, mais le vent continue à forcir et le fût, partiellement privé d'appuis, oscille et finit par basculer en cours d'intervention, manquant écraser un pompier et un technicien d'Enedis. Le secteur est immédiatement sécurisé, les journalistes interdits d'accès. L'hélicoptère de TF1 doit rebrousser chemin. Le préfet de l'Ardèche fait une brève allocution sur zone en précisant qu'il s'agit à l'évidence d'un acte criminel. La justice est saisie. La ligne électrique concernée, réservée au transport régional du sud de l'Ardèche, alimente la ville d'Aubenas et ses parages immédiats. Environ vingt-deux mille foyers sont plongés dans le noir.

Nous voilà loin de l'incendie volontaire dans la vallée de l'Ennuye, loin des problèmes de la centrale de La Baume et du drame de la boiteuse. Les revendications les plus fantaisistes arrivent bientôt dans les rédactions, largement relayées par les chaînes d'information en continu. Le directeur de cabinet du ministre de l'Intérieur tente d'empêcher que trop de place soit accordée à ces allégations ambiguës qui pourraient favoriser des passages à l'acte et encourager les tendances complotistes d'une partie de la population. Les principaux organes de presse, conscients du risque de contagion, jouent le jeu et limitent leurs reportages. Malgré tout, les jours suivants, les attentats continuent. Un nouveau sabotage a lieu dans le Morvan contre une ligne desservant les villes de Fours et de Luzy, puis un autre dans l'est de la France. Enfin une dernière attaque se déroule plus au sud, dans le secteur du mont Ventoux, affectant cette fois la ligne à très haute tension qui alimente Marseille et le secteur stratégique de l'étang de Berre. Cet attentat, revendiqué par La Force du refus, a lieu en pleine nuit et s'avère particulièrement dommageable pour RTE, le responsable du réseau public de distribution. Il est imparable techniquement. Une lancette en carbure de tungstène est retrouvée au pied de la ligne, accrochée à un fil nylon de plusieurs dizaines de mètres, relié à un câble métallique à moitié déchiqueté par le court-circuit. C'est ce filin, tracté par la cordelette isolante, qui a permis de raccorder les deux conducteurs et provoqué l'arc électrique qui a fait disjoncter l'ensemble du réseau. On suppose que la flèche a été propulsée par un lanceur de type arbalète suffisamment puissant et sophistiqué pour pouvoir tirer ensuite, à l'aide d'un enrouleur manuel, le cordon métallique devant mettre en contact les câbles à haute tension. Cent mille foyers ont été privés d'électricité après ce gigantesque court-circuit. On n'a retrouvé ni l'arbalète ni l'enrouleur.

La police scientifique boucle la zone de maquis où s'est déroulé l'attentat. Les ministres de la Défense et de l'Intérieur décident de mutualiser leurs efforts pour faire face à ce qui, pour eux, s'apparente à une entreprise de déstabilisation politique. Une partie des drones de l'armée de terre est mobilisée pour surveiller certaines lignes traversant le territoire. Une centaine d'intervenants est affectée à cette opération de veille. Des rampes de lancement sont installées à proximité des sites sensibles. Les techniciens du gestionnaire de réseau sont mobilisés eux aussi, ainsi que les gendarmes des zones concernées, mais on sait qu'il faudrait au moins cinq ou six fois plus de drones et d'opérateurs pour protéger l'ensemble du maillage. Le directeur de cabinet du Premier ministre coordonne en personne les opérations.

Après une accalmie, quelques sabotages de moindre importance ont lieu dans la zone industrielle de Brandon et à Lapalud-Sainte-Anne. Puis plus rien... Ou plus grand-chose. Le système de surveillance mis en place par les autorités semble efficace, dissuasif en tout cas, et les attaques contre les lignes à haute tension s'arrêtent comme par enchantement, aussi soudainement qu'elles ont commencé. Le gouvernement respire. Quelques actions sporadiques prennent le relais des attentats, sans lien les unes avec les autres, visant cette fois des cibles plus modestes, des radars de surveillance automobile, un abattoir industriel, des relais de téléphonie mobile. Ici la technique est connue, familière, de simples incendies allumés de nuit sous les capteurs, antennes ou répartiteurs téléphoniques, qui provoquent quelques dégâts limités comme au plus fort des revendications des Gilets jaunes. Plutôt que d'incriminer cette frange de la population qu'on avait coutume de retrouver sur les ronds-points, le gouvernement préfère accuser pêle-mêle et sans la moindre preuve les corpuscules anarchistes, certains mouvements identitaires d'extrême-droite, les militants d'Extinction Rébellion, les anciens zadistes de Notre-Dame-des-Landes, Attac, Greenpeace, les Anonymous, les Lycanthropes... Quelques militants du Diois, de la biovallée et de la région de l'Ennuye sont mis en cause également, ainsi que, discrètement, par sous-entendus fielleux, la députée Canine et ses deux colistiers.

Ces allusions aux méthodes de gestion de la communauté de communes et aux réformes en cours provoquent l'indignation et la colère des habitants de la vallée. Myriam, Zuita et le commandant Thomas publient aussitôt un communiqué dénonçant les attentats contre les lignes à haute tension et condamnant sans ambages leurs auteurs. Mais l'opposition s'engouffre dans la brèche. Un ancien candidat à la députation diffuse des extraits d'un débat datant de la campagne des législatives au cours duquel le commandant s'interrogeait sur l'inflation de nos besoins en communication, cette sorte de fuite en avant dématérialisée, cette volonté éperdue d'échanger toujours plus vite et plus violemment en évitant de se rencontrer, en oubliant la lenteur, le toucher, l'hésitation, peut-être même le rire ou la joie. Il est vrai que la lenteur, le toucher et la joie s'accommodent assez mal du virtuel... Le commandant pense que la mise en place accélérée de la 5G sur le territoire est un bon indicateur de la quête de vitesse qui nous éreinte, nous empêche de reprendre souffle, de regarder simplement autour de nous. À l'entendre, cette technologie particulièrement nocive pour l'environnement devrait être réservée à l'aérospatiale, aux transports publics, à la santé et à la défense nationale. Le commandant pointe également les risques de dérives sécuritaires liées au réseau 5G et suggère à mi-voix de remettre en cause son implantation généralisée, de résister au tout-technologique. Ce point de vue est choquant dans le contexte actuel. Le militaire est accusé d'encourager en sous-main les dégradations d'antennes-relais qui, malgré la radicalité des premiers sabotages, semblent emporter l'adhésion d'une partie de la population.

Un reportage télé est diffusé sur France 3 dénonçant les prescriptions écologiques mises en place d'un bout à l'autre de la vallée de l'Ennuye. Le documentaire omet de préciser que ces contraintes ont toutes été préalablement soumises au vote des habitants. Deux jours plus tard, Myriam est invitée au journal de 20 heures de TF1. La députée de la Drôme y réitère publiquement sa dénonciation des attentats mais, en parallèle, attaque frontalement la politique du gouvernement en matière d'écologie et de sûreté des personnes et des biens. L'alimentation électrique des Français a été perturbée par une poignée de comploteurs mystérieusement évanouis dans la nature. Quelques mois plus tôt, elle a bien failli être mise à mal par un accident nucléaire autrement grave. Les autorités font la chasse à quelques terroristes déclenchant des courts-circuits avec des arbalètes mais ignorent les apprentis sorciers qui opèrent dans le nucléaire civil. L'atome est indispensable dans ce pays, on ne peut s'en passer pour l'instant, mais ce n'est pas une raison pour baisser la garde et prendre des risques inconsidérés. Les réacteurs vieillissent, les corrosions sous contrainte se multiplient, des fissures apparaissent dans les cuves, les vannes se grippent, les groupes électrogènes se délitent. Sans parler des assemblages de produits fissiles restés en suspension au-dessus du réacteur numéro 2 de la centrale de La Baume. Le gouvernement devrait arrêter de se voiler la face et réagir, prendre enfin le taureau par les cornes.

Quant aux délinquants qui ont succédé aux saboteurs des lignes à haute tension, ils n'ont rien à voir avec le terrorisme. Ce sont des râleurs ordinaires, des anonymes, des petites mains dépitées par le monde qu'on leur propose. Myriam suggère la création d'un groupe de citoyens tirés au sort chargé de réfléchir à la notion de progrès, d'utopie et de bien-être au cours de cette période immatérielle que nous traversons. Les préconisations de la commission pourraient devenir contraignantes pour le futur gouvernement. Le présentateur de TF1, sarcastique, se fait un plaisir de rappeler que les acteurs de la société civile n'ont jamais imposé quoi que ce soit à l'exécutif. Utopie et politique ne font pas bon ménage. La députée se passe la main dans les cheveux, se mord les lèvres un instant puis répond qu'on a les rêves qu'on mérite... L'autre hausse les épaules avec un petit sourire méprisant. Canine ajoute que les citoyens ordinaires, tirés au sort ou pas, ne méritent aucunement sa condescendance. Bien entendu, pendant ce temps, la campagne pour l'élection présidentielle bat de l'aile. Les candidats continuent de s'étriller comme d'habitude et les électeurs, futurs abstentionnistes, comptent les points en préparant leurs vacances. Quant aux centaines d'algorithmes qui régissent notre quotidien, leurs concepteurs voudraient nous convaincre qu'ils maîtrisent encore l'ensemble du dispositif mais nous ne sommes pas dupes, ce sont les machines qui mènent la danse, chacun l'aura compris, déjà épaulées par l'intelligence artificielle. Le journaliste lui jette un regard ennuyé et, mielleux, prenant les téléspectateurs à témoin, lui demande si elle compte renoncer définitivement au progrès... Le visage de l'infirmière s'empourpre. L'autre sourit benoîtement. Canine pointe le doigt dans sa direction et, d'une voix très douce, lui conseille d'ouvrir un peu les yeux plutôt que de mépriser son public en les levant au ciel pour un oui pour un non.

La permanence de la députée du sud de la Drôme est située en centre-ville, sur les quais de l'Ennuye, tout près de l'ancienne perception. Dibona s'enorgueillit d'avoir obtenu la construction d'un centre des impôts flambant neuf en périphérie de l'agglomération mais le vieux bâtiment est toujours là, en pierres grises, de style dix-neuvième siècle, robuste et pompeux, mal chauffé, mal isolé, qui sert d'annexe à certains services de la voirie municipale. Les fenêtres du premier et du deuxième étage ont été doublées juste avant le déménagement du percepteur, et ce survitrage de fortune, mal fixé et peu efficace, ne résiste que quelques secondes au souffle de l'explosion. Les carreaux dégringolent tous ensemble à cinq heures du matin, peu après l'écroulement de la vitrine de la permanence de la députée et celle de la pizzeria attenante. Timothée Chemla, qui chaque matin part en promenade avec son labrador, surgit à vélo au pire moment. L'explosion le déséquilibre, il se met à zigzaguer d'un trottoir à l'autre. Une plaque en tôle lacère son pneu arrière, un éclat de verre se fiche dans son cuir chevelu, le chien Bristol se met à hurler, le vélo dérape parmi les bouts de vitres qui pleuvent autour d'eux et Timothée finit sa course contre un pilier de l'abribus. Les pompiers arrivent dix minutes plus tard et l'emmènent à l'hôpital. Le labrador reste étendu, évanoui au milieu de la chaussée.

28

C'est une technique artisanale des plus éculées qui n'est efficace qu'une fois sur deux mais reste très prisée chez les black blocs et les artificiers amateurs, parfois aussi chez d'anciens autonomistes corses. Toute la difficulté, en l'occurrence, consiste à empêcher que le tuyau alimentant le brûleur de la cuisinière ne fonde ou ne s'enflamme avant que la bouteille de gaz ait elle-même explosé. On éclaire le réchaud, on pose la bouteille dessus comme une vulgaire casserole et on fiche le camp. Si le tuyau d'alimentation est correctement ignifugé et suffisamment éloigné de la source de chaleur, la bouteille surchauffée par les flammes sur lesquelles elle repose finit par exploser. Sinon, un simple incendie se déclare. Voilà, ce n'est pas plus compliqué que cela. Par malchance, la députée Canine a coutume de faire sa tambouille dans la cuisine de l'ancien garage qu'elle a loué pour la campagne des législatives. Les terroristes le savent. Sa vieille gazinière accueille donc sans problème la bouteille de propane qu'ils ont apportée. La bombonne cuit un moment sur le feu principal puis, environ une demi-heure après qu'ils ont quitté les lieux, la permanence vole en éclats. L'ordinateur de Zuita est catapulté en haut d'un placard, la porte du four à micro-ondes se retrouve sur la photocopieuse, des éclats de verre jonchent le sol, les étagères sont calcinées, les plaques du faux plafond pendent lamentablement au-dessus du bureau et le détendeur de la bouteille est enfoncé jusqu'à la garde dans le chambranle de la porte d'entrée. Le reste, mobilier compris, est recouvert d'une poudre noirâtre et grasse, très prégnante, qui colle aux doigts. L'odeur de plastique fondu, particulièrement irritante, pénètre les vêtements. Il n'y a pas d'autre victime que Timothée Chemla et, pour l'heure, on ne signale aucune revendication.

L'infirmière et Zuita reviennent dare-dare de Paris et filent au chevet du blessé qui vient juste d'être interrogé par le procureur de Dibona. Il s'agit d'un agent de la police municipale de trente-trois ans, père de deux enfants, originaire du village voisin de Réauville. Il a perdu connaissance en percutant l'abribus et souffre d'amnésie partielle. Le souffle de l'explosion a projeté son vélo à l'opposé du quai. Il ne se souvient de rien, sinon que son chien a refusé de traverser la route avec lui et s'est simplement couché sur la chaussée en attendant que ça passe.

On frappe à la porte. La députée de la circonscription apparaît dans l'encadrement avec Zuita à sa suite. Timothée se dresse sur sa couche et, chamboulé, bafouille quelques mots d'excuses au sujet de sa tenue, une simple chemise d'hôpital. Il est très honoré de cette visite, mais il ne comprend pas vraiment ce qui lui arrive. Il se mord les lèvres un instant puis déclare que son chien Bristol ne s'est même pas réveillé pendant son transfert chez le vétérinaire de Dibona. Il est mort sur la table d'opération. Myriam ne lui pose pas de question. Elle lui prend la main et, d'une voix tendue, déclare que cette disparition ne restera pas impunie. Elle le lui répète doucement en lui tendant son mouchoir. Timothée s'essuie les yeux. Des bruits de pas se font entendre dans le couloir. Un jeune homme à Ray-Ban et sweat-cagoule entre sans frapper, traverse la pièce d'un bond, sort son téléphone et, en une seconde, photographie plusieurs fois la scène. Zuita se précipite pour confisquer le portable, mais le type la repousse violemment, tourne les talons et s'enfuit en courant. Myriam retient son amie d'un geste. Inutile d'essayer d'affronter ces pseudo-journalistes. Ce sont des charognards. Rien ne les arrête.

Une minute plus tard, une infirmière arrive pour prendre la tension du malade et raconte qu'elle vient de croiser le paparazzi devant les ascenseurs. Il attendait tout sourire et l'a questionnée le plus naturellement du monde, voulant savoir si l'on avait prévu d'opérer le policier municipal le lendemain. Elle n'a pas réagi, n'a pas eu la présence d'esprit de lui demander ce qu'il fichait là alors que les visites sont interdites le matin... Myriam la rassure, elle n'est responsable de rien. Il est impossible de contrôler les allées et venues des visiteurs dans un service comme celui-ci. Elle la prend par le bras, lui rappelle qu'elle est infirmière elle aussi et propose son aide pour les soins du jeune policier. La fille, surprise, lui sourit et fait signe à Zuita de quitter la pièce.

Ce qui ne cesse d'étonner, c'est que Timothée ne souffre pas. Il est couturé de partout, sa joue gauche est lacérée par les éclats de verre, il a un œil au beurre noir et, maintenant qu'il a vidé son sac au sujet du chien, il sourit gentiment aux deux femmes qui le soignent. Ce qui surprend aussi, c'est qu'avant d'être employé municipal, il travaillait comme intérimaire pour une société de sous-traitance intervenant à la centrale de La Baume. La coïncidence n'est pas si étonnante. EDF délègue depuis des années la maintenance de ses centrales à différentes compagnies privées. La concurrence joue à plein dans le secteur et les emplois précaires sont légion. Myriam reste une heure en compagnie du policier municipal et en apprend de belles sur les pratiques en vigueur dans la centrale voisine. Le lendemain matin, Timothée Chemla trône à la une du quotidien régional avec son beau sourire, son crâne ras et son visage couturé. L'infirmière Canine, penchée à son chevet, la main droite posée sur son épaule, semble évaluer la gravité de ses blessures. Elle fronce les sourcils comme si, décidée à renouer avec son ancienne profession, elle allait devoir s'occuper de ce patient-là en priorité. L'image fait le tour des réseaux sociaux. Le trio de Foncouverte revient subitement sur le devant de la scène.

Le lendemain, Timothée Chemla va mieux. Ses plaies se révèlent plutôt bénignes et il ne devrait pas tarder à sortir de l'hôpital. On parle beaucoup de lui. Son courage semble avoir ému la population autant que l'attentat lui-même. De plus, avec une sincérité désarmante, il a avoué aux journalistes qu'il n'avait pas vraiment eu peur le matin de l'explosion, sauf pour son chien Bristol, infiniment moins en tout cas que lors de certaines interventions de maintenance sur les réacteurs du parc nucléaire français. EDF ignore ces dernières précisions avec suffisance. Le représentant du ministère de l'Intérieur également, tout en promettant de retrouver les terroristes au plus vite. Le gouvernement essaie d'exploiter l'émoi suscité par l'attentat et, en parallèle, les chefs de file de l'opposition se précipitent sur les plateaux de télévision pour se congratuler, se scandaliser et, fielleux comme à l'accoutumée, dénoncer en creux les manigances de ce triumvirat qui - ils l'ont dit trop souvent - cristallise le mécontentement et l'incompréhension des Français à force d'initiatives écologistes contestables.

L'enquête est menée tambour battant, les spécificités de l'attentat sont dévoilées au grand jour, la technique décrite dans ses moindres détails mais les criminels restent introuvables. Le gouvernement finit par incriminer au pied levé quelques coupables de circonstance, à commencer par les militants de La Force du refus, ce mouvement dont on ne sait pas grand-chose sinon qu'il préconise la désobéissance civile mais n'a jamais appelé à la violence. Les Lycanthropes, un corpuscule dénonçant l'enfer technologique et ce qu'ils nomment l'hydre du techno-monde sont dissous le jour d'après. Les Français, intrigués, redécouvrent l'existence de cette créature mythologique mi-bête mi-homme – le loup-garou – dont la morsure condamne certains promeneurs imprudents à errer sans fin les nuits de pleine lune. La semaine suivante, une demi-douzaine de pylônes de téléphonie mobile sont sectionnés en divers endroits du pays, dans les Cévennes, la région Auvergne-Rhône-Alpes, sur les hauteurs de Magnolia et même le long de la Côte d'Opale. Ils sont aussitôt réparés, resurgissant dans la campagne française comme le loup-garou en question. Après quelques jours de flottement, c'est au tour des mini-antennes de téléphonie mobile 5G, très facilement repérables et dont le déploiement sur le territoire commence juste, de devenir les cibles des contestataires. La situation est pour le moins paradoxale. La permanence d'une députée écologique est dévastée par un attentat. Un agent municipal est blessé. Le ministre de l'Intérieur, faute de trouver les coupables, incrimine au doigt mouillé quelques corpuscules plus ou moins exaltés et, en retour, c'est le nouveau réseau téléphonique qui trinque.

Ces dégradations n'affectent pas réellement la mise en place du réseau 5G et des antennes-relais miniatures. Malgré tout, l'Agence nationale des fréquences décide de bloquer l'accès à son système de cartographie. Piqués au vif, les internautes choisissent alors de révéler région par région la localisation des différents pylônes, puis de dévoiler sur les réseaux sociaux, photos à l'appui, les catégories de mini-antennes déjà en activité. L'effet est immédiat. Les sabotages se multiplient dans le pays. Au bout du compte, l'explosion de la permanence électorale de Dibona passe au second plan. Myriam et son équipe ont beau rappeler qu'ils ont été les premières victimes des attentats, certains commentateurs les accusent d'encourager en sous-main les destructions. La mauvaise foi de ces opposants est telle que l'infirmière décide de ne plus du tout s'exprimer à ce sujet, se bornant à constater qu'une partie des Français soutient le mouvement de protestation, comme s'il fallait profiter du climat délétère pour donner le fameux coup de pied dans la fourmilière dont on parle depuis tant d'années.

Timothée, avec son esprit citoyen et sa gentillesse, dénonce ces agissements dès sa sortie de l'hôpital. Rien n'y fait. En quelques jours, les enseignes publicitaires abritant les antennes 5G deviennent des objectifs très prisés, ainsi que les abribus, les panneaux d'affichage et les lampadaires d'éclairage public où sont accrochées les fameuses *small cells*. Un lance-pierre suffit à les mettre hors d'état de nuire, surtout si l'on utilise des projectiles en verre ou en acier. Tout cela est regardé avec indulgence par les habitants concernés qui, vu l'extrême dispersion des antennes, en souffrent relativement peu et ont tendance à s'en amuser. On s'attaque aux maillons faibles du système. Le flux Internet ultrarapide, notre nourriture quotidienne, notre pitance inaliénable, devient l'objet d'attaques subtilement indolores. Le visage dissimulé sous leur capuche, les jeunes des banlieues ne brûlent plus de voitures, ils émigrent par petits groupes vers les centres-villes, dégomment les boîtiers-relais, parfois quelques caméras de surveillance dans la foulée, avant de s'en retourner sagement dans leurs cités.

Fin avril, à huit semaines des élections, on ne parle plus du tout des écrous autobloquants et des lignes à haute tension qui traversent la campagne française, encore moins de l'incendie du Calvon qui a détruit le premier relais Orange et a été considéré par certains comme le point de départ de tout le mouvement. Le jeu s'est entièrement déplacé vers les agglomérations. Les dirigeants de la majorité tentent de s'unir avec l'opposition pour dénoncer cette dérive, mais les exactions continuent comme si de rien n'était. Une partie des électeurs fronce les sourcils, l'autre rigole. Les cyberdélinquants ont trouvé un terrain idéal pour faire parler d'eux. Ces petits émetteurs disséminés aux quatre coins du pays nous seront indispensables un jour mais, pour le moment, les dégâts sont plutôt indolores. Par ailleurs, et c'est un vrai sujet d'inquiétude, cette technologie semble aussi vorace en énergie que prometteuse dans le domaine de la communication. Les experts polémiquent à ce propos. Ils ne s'accordent sur rien, sinon pour reconnaître que la surconsommation électrique liée à l'utilisation à grande échelle de la 5G sera proprement colossale.

Les dégradations qui se multiplient sur le territoire n'impressionnent pas Canine et ses deux colistiers, pas davantage en fait que la destruction de leur permanence électorale. Le trio de Foncouverte continue d'avancer. Il refait parler de lui en réclamant de nouveau l'arrêt du réacteur numéro 2 de la centrale voisine dans l'attente des résultats de l'enquête parlementaire que Myriam a diligentée. Le préfet de la Drôme accepte du bout des lèvres de la recevoir mais lui signifie que ce type d'exigence est mal venu dans le contexte actuel. L'élection présidentielle approche et les responsables politiques de ce pays ont d'autres soucis en tête. Canine demande alors audience au directeur de cabinet du ministre de l'Écologie, puis à celui de l'industrie. Nouvelles fins de non-recevoir. Les décideurs s'abritent derrière l'Agence de sûreté nucléaire qui a emboîté le pas à l'exploitant et prétend qu'il ne s'est rien passé de notable au sein de l'unité de production, un simple incident de parcours lors du remplacement des pastilles d'uranium. Les choses sont rentrées dans l'ordre et, vu la situation internationale, il serait irresponsable d'effrayer davantage la population. Pourtant, en interne et sous couvert d'anonymat, des voix s'élèvent pour confirmer les dires de l'ancien pilote.

Les premières chaleurs arrivent, violentes, inhabituelles, annonçant probablement un premier épisode caniculaire pour le début de l'été. Le niveau des rivières est anormalement bas. Les élections arrivent également et les agressions contre l'arborescence 5G, qui commence pourtant à ralentir, continuent à interroger la société. Sylvain Lhomme, qui n'a pas sa langue dans sa poche et sait parfaitement utiliser les réseaux sociaux, s'affiche régulièrement avec Timothée Chemla. Son blog d'ancien pilote est suivi par plus de cent mille abonnés. Il ne cesse d'y mentionner les déboires des habitants de la vallée de l'Ennuye mais a pris ses distances avec le commandant Thomas à propos de la couverture 5G. Comparer les bénéfices et les inconvénients de cette technologie avant de l'étendre à l'ensemble du territoire aurait probablement été justifié au départ de l'implantation, mais le pays est déjà entièrement quadrillé, analysé par des traceurs, surveillé par des caméras de surveillance et des mouchards en tous genres. Nous avons l'habitude de correspondre pour le plaisir, indéfiniment, sans jamais nous arrêter, oubliant que les algorithmes captent et analysent chacun de nos échanges mais peu importe, la communication est là, biaisée mais gratifiante, rudimentaire, naïve et souvent drôle. Ce qui intrigue Sylvain, ce sont les propos de la petite boiteuse et ses copains lycéens qui utilisent allègrement la 5G mais claironnent que pour en finir avec ce culte de l'immédiateté, pour prendre le temps de réfléchir et faire un peu la nique à la 6G qui se profile déjà, il suffit de revenir au temps du lance-pierre.

Un projectile par-ci par-là n'a jamais fait de mal à personne. Les billes en acier percutent, libèrent et interrogent. Il ne s'agit pas vraiment de sabotage, encore moins de trouble à l'ordre public. On est loin de l'entreprise de déstabilisation dénoncée par l'extrême droite et évoquée en écho, *mezzo vocce*, par certains responsables de l'exécutif. C'est juste un test, une petite humiliation orchestrée par des mains inactives : des jeunes, des chômeurs, des banlieusards, des lycéens du genre de ceux qui sont intervenus à l'aéroport de Marignane, des retraités que la société laisse au bord du chemin, des Français qui ne se sentent nulle part chez eux. Puisque le gouvernement a toujours les cartes en main, il pourrait rehausser l'image du processus démocratique dont il est l'émanation en écoutant ces protestataires, en limitant dans un premier temps le service de la 5G aux seules administrations - universités, écoles, transports, hôpitaux, police, aéronautique, défense nationale, etc. - et en proposant aux Français un moratoire sur ce projet le temps d'être informés plus complètement et, pourquoi pas, consultés par voie référendaire. Mais c'est trop tard. Le rouleau compresseur est en route et personne ne l'arrêtera. Les lance-pierres aident au moins à réfléchir.

29

Peut-être n'y a-t-il pas d'autres solutions que la dictature... Sylvain pose la question à la cantonade juste avant de conduire ses amis à la gare de Dibona. Personne ne réagit. Liseron finit de nettoyer son piercing, Raoult exerce sa paupière droite sous le miroir de l'entrée et Émir cherche son bonnet en marmonnant que cela fait des années que les dirigeants du continent africain sont engagés dans la voie autocratique sans convaincre qui que ce soit ni parvenir à résoudre le moindre problème. Il récupère le bonnet, le rabat sur ses yeux. Un pouvoir fort n'est jamais une solution, seulement une impasse. Les dictatures se suivent et se dupliquent sans la moindre arrière-pensée: un tyran local récupère le pouvoir à l'occasion d'un coup d'État ou d'une élection truquée, il le garde le plus longtemps possible – une décennie, parfois deux –, se remplit les poches puis disparaît discrètement en se fichant pas mal de la suite. La démocratie n'est ni un but ni un progrès pour les despotes. Sylvain se demande si elle l'est encore pour nous. À quelles valeurs sommes-nous attachés ? À l'esprit des Lumières, à l'idée de lenteur, de bienveillance, à la pensée égalitaire ?... L'ancien pilote claque des doigts. Tout cela est ringard et totalement dépassé. Il faut en finir avec ces vieux concepts.

Émir se retourne, s'appuie contre la cloison en bougonnant. Il ouvre machinalement la porte du placard, contemple les antennes-Ricoré qui attendent sur l'étagère du haut, en récupère une, vérifie que la tresse métallique est bien soudée à la paroi en fer-blanc, l'âme correctement connectée à l'intérieur puis il branche le boîtier à son téléphone portable et l'oriente vers la façade de la mairie. La réception s'améliore aussitôt. Grand sourire. L'antenne n'a rien perdu de son efficience. On n'est pas près de recevoir la 5G dans la vallée de l'Ennuye, mais ce tube bricolé par les élèves de la classe de Corentin est bel et bien l'ancêtre de ces mini-antennes-relais que la jeunesse du pays continue à détériorer sur une partie du territoire.

La vierge-des-ondes retrouve sa place au fond du placard. Sylvain plisse les yeux. Il suffirait peut-être de mettre momentanément la démocratie de côté, d'élire un militaire sans scrupule qui oserait prendre les décisions écologiques dont tout le monde parle depuis des années mais que personne n'a le courage de mettre en œuvre, un pouvoir fort capable d'anticiper les bouleversements à venir, de trancher dans le vif, de lancer les réformes vraiment urgentes, d'organiser leur financement et leur application, tout cela mené tambour battant pendant une période limitée dans le temps et selon un calendrier très précis. Quelques mois plus tard, deux ou trois ans au maximum, l'autorité reviendrait au peuple par le biais d'une nouvelle consultation, avec engagement solennel de revenir sur les réformes en question si elles ont été désavouées par les urnes. La vie démocratique devrait pouvoir rester en sommeil si l'on garantit formellement son retour. Mais il faut agir vite, frapper fort, tourner la page, oublier les vœux pieux et les promesses dont on s'est trop longtemps gargarisé. Les cortèges et les défilés ne servent plus à grand-chose. Ils font du bien à l'âme, rien de plus...

Fin des pétitions, des grèves, des mouvements sociaux, de la désobéissance civile, d'Extinction Rébellion, fin de l'Affaire du Siècle, des marches contre le réchauffement, des opérations coup de poing, des COP 24, 25, 28, etc., etc. Fin des bandeaux oculaires crayonnés par les gamins des écoles, des abricots Big Red recouvrant les cercueils. Fin des petites tombes, des bébés sacrifiés. On ne lutte plus pour défendre la nature, on devient la nature qui se défend elle-même. Tout doit jaillir imprudemment et impunément comme les billes sur les boîtiers des antennes-relais, ou comme Canine présentement, notre imprévisible infirmière qui s'est résolue d'un coup à sortir de sa boîte. Oui, Myriam, avec ses grands yeux beiges et son corps rondelet, a brusquement décidé de franchir le Rubicon.

Elle fonce dans l'arène. C'est l'info du jour, la nouvelle de la semaine, peut-être de l'année à venir. Cette décision, prise après mûre réflexion, nous laisse pantois dans un premier temps. La députée de la Drôme mène la danse à sa manière. Elle s'est d'abord employée à convaincre sa garde rapprochée, à rallier les sceptiques de son entourage immédiat, puis elle a interrogé quelques opposants et, au bout du compte, dans le plus grand secret, sans même consulter le trio des jeunes de Foncouverte, alors que la mobilisation menaçait de s'essouffler, elle a sauté le pas. C'est donc officiel, l'infirmière Myriam, secondée par la directrice du centre équestre et par le commandant Thomas, a décidé de se lancer dans la course à la présidentielle. Elle se présente seule devant les électeurs, mais chacun sait qu'elle travaille main dans la main avec ses deux acolytes. Elle ne s'en cache pas. Elle ne se fait pas d'illusion non plus sur la suite de l'aventure. Le triumvirat n'a aucune chance de l'emporter. L'image positive dont il bénéficie dans la population ne suffira jamais à inverser la tendance. Tout juste peut-il bousculer la routine de ce scrutin au résultat prévisible. Le centre et l'extrême droite s'affronteront au second tour de l'élection comme à l'accoutumée et, au bout du compte, le centre-droit gagnera, mais mollement, sans convaincre grand monde.

Émir referme la porte du placard en jetant un coup d'œil ému aux vierges-des-ondes. Le trio est parti un peu trop tard, semble-t-il. Sylvain Lhomme, agacé, approuve d'un mouvement de tête. Maintenant que les attentats ont cessé, que des dizaines de mini-antennes ont été détruites et que ce jeu-là commence également à lasser, il semble que ses propres *followers* attendent une prise de position plus tranchée de sa part. Mais il se trouve à la croisée des chemins lui aussi, au chômage comme tant d'autres, et ne sait que répondre. Il hésite à promouvoir publiquement la radicalité écologiste qu'il vient d'évoquer devant ses amis de Foncouverte. Qui se laisserait séduire par l'idée d'une dictature, même limitée dans le temps et légitimée par les urnes ?...

En attendant, Myriam fait le buzz. Elle est infirmière, elle n'est affiliée à aucun parti, elle ne vient pas du sérail, sa permanence a volé en éclats sans qu'on retrouve les coupables et elle offre un grand bol d'air aux Français qui, on le sait, ne se montrent pas toujours cohérents dans leurs choix. Ils se chamaillent tous les cinq ans pour élire leur souverain mais, sitôt ce roi désigné, deviennent farouchement régicides. Myriam, la soignante bûcheuse, a décidé d'ouvrir grand les fenêtres. En face, ses principaux adversaires tirent la gueule, évoquant avec un sourire crispé les quelques initiatives du même genre qui, dans le passé, ont échoué lamentablement. En réalité ils rient jaune. L'infirmière les met mal à l'aise. Elle est sortie du chapeau comme un diablotin, une démone de dernière minute, un parfait second couteau qui progresse de façon insolente dans les sondages. Les électeurs adorent ce genre de petites héroïnes du quotidien, des batailleuses marquant des points sans jamais casser de sucre sur le dos des concurrents. Myriam veut tirer son pays dans le même genre de tourbillon expérimental qui a emporté l'adhésion des habitants de l'Ennuye et qui, maintenant encore, donne le vertige. On ne sait rien de son programme sinon qu'elle compte diriger la nation avec un militaire à la retraite et la jeune femme qui l'accompagne dans son travail de députée. C'est un peu court, mais ça ne manque pas de panache.

Le trio parisien, accaparé par la campagne électorale, n'a plus trop de contacts avec la boiteuse, le migrant Émir Germain et leur jeune ami borgne qui commencent tous trois à s'ennuyer ferme. Ils ont pris de court les Français avec leur bouclier humain et leurs bandeaux oculaires mais rêvent d'ajouter une nouvelle pierre à l'édifice, de secouer à nouveau le cocotier au moment où les profanations des micros-relais 5G semblent vraiment ralentir. Sylvain les dépose à la gare de Dibona. Ils discutent pendant le voyage et décident de rebondir sur les propositions de l'ancien pilote si l'occasion s'en présente pendant l'interview au journal télévisé. Les trois esquintés de l'Ennuye débarquent dans le studio d'enregistrement de France 3 Auvergne-Rhône-Alpes et ne passent pas inaperçus. Trois éclopés avec plaies et bosses traînant dans leur besace le beau pays de l'Ennuye qui, en dépit des expériences menées depuis près d'une décennie, sera bientôt privé d'avenir à cause de notre aveuglement collectif à propos du climat. Trois victimes, donc : le migrant Émir Germain avec son bonnet en laine, privé de statut pérenne en France ; la jeune lycéenne Liseron avec son chèche autour du ventre, privée de bébé ; le collégien Raoult Champier privé de son œil droit, avec un bandeau sur le front. Et, en toile de fond, le réchauffement climatique, le péril généralisé, une terre au bord de l'asphyxie, le temps qui passe et qui presse. À l'évidence, le journaliste s'en fiche. Il les regarde l'un après l'autre en souriant, puis rappelle les nombreux progrès réalisés ces derniers temps en matière d'écologie.

Liseron bondit de son siège. Y en a marre de cette arrogance, de ces proclamations ridicules et de ces sourires condescendants. Les dirigeants de ce pays, comme la plupart des commentateurs qui les interrogent, se fichent des bouleversements climatiques. Ils ne pensent qu'à leur avenir, ils sacrifient tout à leur carrière, y compris la vie de leurs propres enfants. Ils sillonnent la planète en avion, changent de voiture tous les deux ans, bricolent des centrales à bout de souffle, enfouissent n'importe où les déchets nucléaires, répandent partout leurs engrais chimiques et spéculent à la bourse. Cela fait des années que tout ce beau monde pollue la planète, que les big datas et l'intelligence artificielle alimentent l'aigreur des populations, que les algorithmes créent des bulles autosatisfaites dans lesquelles chacun s'enferme pour consommer toujours davantage, que les publicitaires jouissent de cet entre-soi et qu'on regarde nos amis se faire matraquer sans se rendre compte qu'on est matraqué soi-même.

Elle se rassied. Raoult Champier se lève à son tour. Ils habitent une vallée où les oiseaux chantent, où les ruisseaux dévalent mais le monde autour d'eux est en train de devenir un gourbi miné par les regrets et la peur de l'autre. Les réseaux sociaux entretiennent l'aigreur générale et puent la mort. Gare au retour de bâton. Émir se lève à sa suite, pose une main sur son épaule et, sous l'œil intrigué du journaliste, le contredit gentiment. On pourrait tout de même avoir un peu confiance en la science. L'intelligence artificielle, par exemple, sera peut-être capable de sauver *in extremis* ce qui reste de la planète. Il faudra juste la dévoyer un peu, faire en sorte qu'elle s'entrave elle-même, qu'elle s'auto-empêche de nuire. Il faudra contraindre ses algorithmes à faire un pas de côté, à regarder ailleurs. Lentement, prudemment, adroitement, peut-être même aimablement, on pourrait désactiver quelques-unes de ses mains immatérielles... C'est possible. On a bien réussi à stopper la sous-préfète sur le pont de l'Ennuye.

Le journaliste, gêné, leur demande ce qu'ils pensent de la candidature de Myriam et de ses colistiers. D'une seule voix, les esquintés de l'Ennuye reprochent à Canine de connaître la solution mais de ne même pas avoir le courage de l'évoquer. La députée sait pertinemment qu'une dictature écologique transitoire réglerait une bonne partie des problèmes. Qui aura le cran de le reconnaître?... Qui aura les couilles de le proclamer? Le terme « couilles » n'est pas pertinent en l'occurrence, et le journaliste se fait un plaisir de le souligner avant d'ajouter, condescendant, que ce genre de problème ne peut se résoudre qu'à l'échelle mondiale. Liseron a un geste agacé puis pointe le doigt sur le ventre du type et lui demande s'il rêve à l'échelle mondiale, s'il chie à l'échelle mondiale, s'il baise à l'échelle mondiale. Son corps rondouillard qui se trémousse devant les projecteurs de France 3 Région n'existe pas à l'échelle mondiale. Au mieux, par ondes interposées, à l'échelle rhônalpine, mais cela n'intéresse personne. Pour illustrer son propos, elle tend la main au-dessus de la table du studio d'enregistrement et, sans crier gare, lui pince le gras de la joue. L'animateur pousse un cri de surprise qui fait sourire la boiteuse. Elle susurre qu'il a un problème avec sa joue, semble-t-il, comme la nature avec le réchauffement climatique. Mais lui, au moins, peut crier sa douleur dans un micro. On vient de l'entendre. Côté nature, c'est râpé… Alors que faire ? Bramer tous ensemble le plus fort possible afin, peut-être, de se pincer la joue à l'échelle mondiale ? Raoult et Émir pouffent de rire puis, sur un signe de Liseron, sur un simple haussement de sourcils, se mettent à bêler tous trois comme des agneaux qu'on mène à l'abattoir. Le type, désemparé, les laisse faire un moment puis tente de ramener le calme sur le plateau. Les trois esquintés n'arrêtent pas de bêler. C'est ridicule, assourdissant et redoutablement efficace. Finalement le journaliste est contraint d'interrompre l'émission. Il rend l'antenne avec un commentaire désabusé sur les deux triades en concurrence dans la vallée de Dibona, la mature et l'infantile. L'une a décidé de faire campagne en redonnant espoir à la population, l'autre s'égosille à qui mieux mieux quand on lui donne la parole mais, vu ce qu'elle a subi dans le passé, on devrait pouvoir lui pardonner.

30

Le jeune trio occupe les médias une semaine avec leur interview rageuse. Ce cri d'alarme résonne bien au-delà des limites de la région et les autorités commencent à s'en émouvoir. La police locale, toujours à la recherche des auteurs de l'attentat contre la permanence de la députée, vient d'effectuer sans succès une dizaine de perquisitions à Dibona et dans les alentours. L'enquête n'avance pas. Les élections approchent. Myriam et Zuita peaufinent le programme qu'elles vont bientôt présenter au pays et le commandant Thomas, de son côté, refuse toujours de sortir de son nid d'aigle. L'étalon Spoutnik, lui, en a franchement sa claque de ces retraites silencieuses. Il reste confiné dans son box, ne se dégourdit plus vraiment les pattes sinon dans le paddock, à la longe, ou bien à l'occasion de flâneries ridicules autour du village, des circuits de papy avec l'instituteur Corentin ou parfois même Alice Truinas, la secrétaire de mairie. C'est humiliant. La directrice du centre équestre est à Paris. Une salve de sondages vertigineux montre que, de semaine en semaine, sa copine infirmière grignote du terrain sur ses concurrents exactement comme lui, Spoutnik, grignotait aux temps bénis les quartiers de pomme dépassant de la veste en jean. Il le faisait en douce et à temps perdu. Le trio, lui, grignote au vu et au su de tout le monde, sans s'arrêter. Et Liseron continue de secouer le cocotier.

C'est bluffant. Bluffant et vertigineux, comme l'entêtement de la nature à étinceler malgré ce que nous lui faisons subir, comme le bourdonnement des insectes à l'orée du jour, le chant de l'alouette, le vol silencieux des vautours remontant la falaise ou le gargouillis des eaux vives qui continuent à caracoler dans le verrou de Cluze. Bluffant comme la valse des pollens au moindre coup de vent, le clapotis des grenouilles ou la fébrilité des fourmis qui s'éveillent ensemble ces derniers jours. Il recommence à faire vraiment chaud. Les abeilles butinent et pollinisent à tout-va, les chrysalides rivalisent de mutations plus ou moins rebutantes, les guêpes s'agacent sous les toitures, les limaces et les pucerons s'en donnent à cœur joie dans les vergers et, en attendant le retour annoncé des moustiques, les humains se demandent comment réagir face à toute cette agitation. Anaïs, la copine de Liseron, ne déteste rien tant que de voir les cohortes de fourmis monter en file indienne jusqu'à l'étage du cabanon où, peu ou prou, elle s'envoie en l'air chaque mercredi après-midi après le lycée. À moins de protéger l'embase des murs avec de la colle de peau, de la glu ou de la cendre de bois, il faudra se rabattre sur les appâts chimiques réservés aux agriculteurs et aux employés de l'Équipement. Son amie boiteuse devrait pouvoir accéder à ces produits par le biais du centre équestre, mais Liseron n'aime pas solliciter sa mère, ni vraiment rendre ce genre de service. Sauf qu'en l'occurrence, s'agissant des parties de jambes en l'air de sa meilleure amie, elle n'a pas trop le choix.

Elle emprunte le scooter d'Émir et file à la coopérative agricole. Des pipettes de fourmicides trônent sur le présentoir à droite de l'entrée. Elle oublie d'éteindre sa cigarette, récupère deux ou trois tubes, file au comptoir, pose son mégot sur la banque et écoute sans broncher le fils Savajol lui réclamer un montant astronomique pour ces quelques millilitres de poison. Elle fouille dans le minuscule sac à main rouge fluo qui pend sur sa poitrine et, d'une voix lasse et ennuyée, déclare que les babioles sont vraiment hors de prix chez Savajol. Il lui manque trois euros cinquante... Y a pas de petit profit, pas vrai ? On boursicote, on spécule, on marge, on se la pète un peu quoi... Le vendeur, fasciné par la voix sombre et les seins de la boiteuse, bredouille que son fourmicide est très attractif, qu'il vaut amplement son prix et qu'elle peut toujours revenir payer un peu plus tard. Liseron fait la moue. Le mégot de cigarette est en train de se consumer sur le bord de la banque, ce que ni l'un ni l'autre ne remarque. Quelques traces noirâtres dépareillent déjà ce plateau en niangon que le père Savajol a acheté il y a environ un mois. Son fils aîné finit par froncer les narines. Il aperçoit le mégot, grimace, étrangle un cri, donne un grand coup de poing sur la desserte. La clope bascule vers le sol. Un tiroir s'ouvre le long de sa cuisse. Il le repousse sèchement, mais l'objet rangé à l'intérieur - un bout de tube semi-rigide - prend le même chemin que la cigarette. Liseron se baisse pour ramasser sa clope, aspire une bouffée au passage, récupère le tuyau et le ramène sur la banque. Le fils Savajol claque le couvercle de son ordinateur et range l'objet dans le tiroir en fusillant sa cliente des yeux. Il ne le sait pas encore mais, là, présentement, il est foutu... Ce regard le condamne. Il attrape le billet de banque que lui tend Liseron et, hors de lui, lève la main en pointant la sortie du doigt. Ça suffit comme ça, c'est bon, elle ne lui doit plus rien. Qu'elle fiche le camp avec son fourmicide et ne remette jamais les pieds à la coopérative. Elle peut bien fricoter tant qu'elle veut avec ses potes blacks ou rebeus : on ne fume pas dans les magasins Savajol et, surtout, on ne discute pas les prix.

Liseron ramène le scooter à Émir. Refermant la porte de l'appartement de la mairie, ses yeux s'arrêtent sur la couverture d'un journal qui traîne sur le guéridon de l'entrée et qu'elle connaît déjà. L'attentat de la permanence de Canine y est décrit dans ses moindres détails. Elle dépose la clef du scooter et feuillette machinalement le quotidien. Un article attire son attention en pages intérieures, qu'elle n'avait pas remarqué les fois précédentes, illustré d'une photo assez difficile à interpréter, un gros plan sur un tuyau métallique noir de suie, annelé, fendu en deux, qui pendouille au bord de la gazinière à l'origine de l'explosion. La structure ignifugée de ce tuyau d'alimentation, comme l'indique le journaliste, ne s'est pas altérée pendant que la bonbonne chauffait, ce qui a permis, pour ainsi dire, de cuire la bouteille jusqu'au bout et, *in fine*, de provoquer la déflagration. Liseron relit entièrement l'article. Elle attrape son portable et appelle la gendarmerie.

Une perquisition a lieu le lendemain à la coopérative agricole. Les enquêteurs ne retrouvent pas le tuyau litigieux ; en revanche, ils découvrent une véritable panoplie d'apprentis terroristes dissimulée derrière les palettes d'engrais : une cordelette en nylon d'une centaine de mètres, un harpon, deux arbalètes, une poignée de mousquetons à vis, un enrouleur avec batterie de rechange et deux rouleaux de câbles métalliques flambant neufs. Les enfants Savajol sont immédiatement conduits au commissariat de Dibona. Après quatre heures de garde à vue, ils reconnaissent leur participation aux sabotages des lignes à haute tension des Tonils dans le sud de la Drôme et de Lavilledieu en Ardèche. Le soir même, ils admettent avoir organisé l'attentat contre la permanence de la députée Canine. Ils sont aussitôt mis en examen. Le reste du réseau est démantelé les jours suivants.

Myriam retire sa plainte, mais l'État et RTE se portent partie civile.

Dès lors tout s'accélère. Les accointances de la famille Savajol avec l'extrême droite et les mouvances conspirationnistes sont étalées au grand jour, provoquant une vague d'indignation sans précédent dans la vallée de l'Ennuye. Une réunion publique est organisée à Foncouverte, drainant une foule si considérable que la députée-maire est obligée de déplacer la rencontre en plein air, sur le parvis de la salle des fêtes. Elle prend la parole pour redire qu'elle n'a pas l'intention d'attaquer en justice les enfants Savajol. Ce sont des entrepreneurs courageux, très éprouvés par la mort de leur jeune frère Robert, avec qui il faut d'abord essayer de parler. Elle n'a jamais toléré la violence, ne partage pas du tout leur positionnement politique mais peut comprendre leur colère. Quoi qu'il en soit, sa permanence électorale est en cours de réaménagement, Timothée Chemla va bien, ses blessures sont superficielles et il préfère lui aussi ne pas porter plainte. Le devenir du pays importe davantage que ces petites péripéties. Liseron et ses amis lycéens se récrient. L'attentat contre le local de Dibona n'a rien de banal. Le jeune Raoult Champier, qui a renfilé son bandeau pour l'occasion, monte sur une caisse et interpelle l'auditoire de sa voix haut perchée. Il serait donc victime d'une petite péripétie... Liseron également avec son bébé mort, sans parler d'Émir ou de Robert Savajol. Sans parler des autres rescapés de l'accident nucléaire... Les élus de ce pays de merde doivent regarder la vérité en face. Combien de nouvelles catastrophes avant qu'ils réagissent ? On a cru un temps que le triumvirat plongerait les mains dans le cambouis, mais Canine est trop timorée, trop gentille, trop honnête, trop civilisée. Et là, en pleine diatribe, au moment où l'on s'y attend le moins, Raoult enlève son bandeau, montre à tous son œil en verre, se prend le visage entre les mains et marmonne qu'il en a sa claque de ces hésitations. Il ne supporte plus les froussards et les lâches. La vie est mal fichue. Il répète deux fois que la vie est mal fichue, en trébuchant sur le dernier mot. On dirait vraiment qu'il va se mettre à chougner. Émir tend la main et le fait redescendre de sa caisse. Liseron s'approche aussi, hésite à le prendre dans ses bras. Finalement elle renonce. Elle attrape le bandeau oculaire et le glisse dans sa poche.

C'est donc ainsi, sur un cri de colère et un sanglot mal contenu, que se profile le tournant de la dictature. Zuita se range aussitôt du côté des esquintés. La foule également. Une clameur mécontente traverse le parvis de la salle des fêtes. Jeannot Lascombe se tourne vers le public et demande à Sylvain Lhomme d'évoquer ce projet un peu absurde dont on entend parler de droite à gauche. L'influenceur attend que le calme soit revenu. Il se lève et prend la parole.

Du strict point de vue légal, une dictature écologique pourrait voir le jour en invoquant l'article 16 de notre Constitution. On l'ignore généralement, mais la loi française stipule que le président peut revendiquer les pleins pouvoirs en activant cet article 16 à deux conditions : il faut d'abord qu'une menace grave et immédiate pèse sur les institutions de la République, l'indépendance de la Nation, l'intégrité du territoire ou l'exécution des engagements internationaux de la France. C'est sur ce dernier point que pourrait s'appuyer la demande de mise en œuvre de l'article 16.

Il est indéniable que notre pays n'honore plus ses engagements internationaux en matière d'écologie. Les promesses de la COP 21, puis des Conférences des parties suivantes, 22, 23, 24, etc., jusqu'à la COP 27 ont toutes été mises sous le boisseau. La guerre en Ukraine et les problèmes d'approvisionnement en gaz et produits pétroliers qui en ont découlé ont servi de prétexte pour ne plus exécuter les engagements de la France. Un murmure de réprobation traverse l'assemblée. Liseron pose une main sur l'épaule de l'orateur et, souriante, précise que les engagements en question étaient déjà à la trappe bien avant la guerre. Quelques lycéens applaudissent bruyamment sur le devant, suivis par une partie du public. Sylvain hoche la tête puis sort un document de sa poche et lit intégralement l'article 16 de la Constitution. Le silence revient peu à peu. Il termine en mentionnant l'arrêt du fonctionnement régulier des pouvoirs publics constitutionnels, seconde condition sans laquelle une dictature ne peut être instaurée dans ce pays, mais il se fait un plaisir de rappeler que le Général de Gaulle a revendiqué - et obtenu - les pleins pouvoirs le 22 avril 1961 en l'absence d'un tel constat. Ce qui était toléré pour le Général au moment du putsch algérien devrait l'être pour toute autre personne accédant à la fonction suprême. Après quoi, d'une voix grave, encouragé de la tête par le commandant Thomas qui vient de le rejoindre, il développe son projet.

Contre toute attente, après une heure de discussion, ce programme antidémocratique séduit une bonne partie de l'assistance. Myriam se tait. Elle écoute et prend des notes. Les Français ne mordront jamais à ce type d'hameçon, mais le propos est clair, tranchant. Sylvain pose les bonnes questions et propose une solution totalement inédite à laquelle adhèrent déjà les lycéens et les étudiants. L'infirmière soupire et pose la main sur son ventre. Liseron, un mètre plus loin, fait de même après avoir renoué le chèche bleu. Elle regarde dans le vide. Agaçant, d'être comme toujours instruite par le dedans... Myriam l'observe du coin de l'œil. Elle oublie une seconde la démonstration de l'influenceur et songe que Liseron pourrait bientôt tomber enceinte à nouveau. Elle se met à rougir, remue machinalement les doigts. Elle n'a pas eu d'enfant elle-même. Elle y pense et ça l'énerve. D'un geste agacé, elle ôte la main de son ventre. Les nausées, les seins qui gonflent, le fœtus suçant son pouce à l'échographie, les coups de pied minuscules, les varices à soigner, la rééducation périnéale, tout cela lui a été refusé faute de géniteur, de père à la hauteur de l'enjeu. Ou faute de courage. Elle soupire. Il va en falloir, du courage, présentement... Elle se gratte le front, tâche d'ignorer cette sorte de dépit latent qui surgit chaque fois qu'un événement d'importance se profile dans sa vie. Elle passe la main sur sa joue, la trouve trop chaude, continue de divaguer quelques minutes autour de la boiteuse et du personnage d'Émir Germain qu'elle aurait pu aimer aussi, et qui écoute à quelques mètres, la mine soucieuse et concentrée. Elle revient à son sujet. Il est peu probable que la population adhère au projet de Sylvain mais peu importe, son corps l'avertit qu'il se passe quelque chose de nouveau et d'important ici même. Elle hausse les épaules. C'est comme un signal, une crispation, un tiraillement, un chatouillis, un fourmillement indolore dont on peut réduire l'intensité d'un simple geste et qui l'incite à ouvrir les yeux. Elle les ouvre. La pente dans laquelle elle s'apprête à s'engager est vertigineuse.

Allez, d'accord, on essaie, on tente le coup...

Elle se lève, récupère le micro, coupe la parole à l'ancien pilote de la centrale. Inutile de se perdre en conjectures. Si c'est comme ça, on plonge dans l'inconnu. Un programme précis doit être élaboré, discuté en interne, les différentes réformes décrites dans le moindre détail ainsi que la façon dont elles seront appliquées. Sans compter les garde-fous qu'il faudra mettre en place pour garantir le retour à la démocratie après la période d'essai. Ensuite, et ensuite seulement, on pourra s'adresser aux Français. Elle sourit. Tout cela est assez extravagant mais on n'a rien à perdre à poser les bonnes questions. Les trois cabossés discutent avec animation à côté d'elle. On sent qu'ils dévalent déjà la pente, qu'ils avancent sans filtre, qu'ils jubilent. Elle se tourne vers eux. Elle claque la langue... Ils en ont vraiment sous le capot.

On va donc étudier la proposition de l'influenceur.

Cette nouvelle piste est immédiatement validée et applaudie par la population. Les grandes lignes du projet fuitent dans la presse dès le lendemain mais – surprise – ne provoquent pas la levée de boucliers qu'on pouvait craindre. Les journalistes se contentent d'évoquer du bout des lèvres l'idée de dictature et d'autocratie, mentionnant un projet peu crédible, irréalisable, utopique et assez fumeux. Quoi qu'il en soit, cela nécessiterait une période de pleins pouvoirs durant de longs mois, ce qui semble résolument anticonstitutionnel.

31

Nous sommes des besogneux ordinaires, nous n'habitons pas les grandes villes, c'est un défaut mais peut-être aussi une chance ou un atout. Nous méconnaissons la nervosité qui vous gagne en allant au boulot, en dévalant les escaliers de vos immeubles, l'exaspération dans les métros bondés ou les embouteillages. Nous n'arpentons pas les trottoirs avec un téléphone dans une main et un kébab dans l'autre. Nous ne mordons pas dans des sandwichs, nous vous laissons les jambon-beurre, les sushis ou les soupes ramen. Nous affrontons d'autres formes de violence que vous méconnaissez : les déplacements en voiture incessants, les journées interminables, l'absence de médecins, d'hôpitaux de proximité, de propositions culturelles, le vis-à-vis avec la terre, la matière, avec vos regards condescendants aussi qui ne cessent jamais, sauf en période électorale et parfois sur les ronds-points. Le dérèglement climatique nous touche davantage car nous travaillons souvent dehors, sans clim, sans aide, sans ombrage...

Malgré tout, nous chassons les sangliers et accueillons quelques migrants. Nous ignorons les trente-cinq heures, travaillons une journée de plus que vous chaque semaine mais, tant pis tant mieux, la nature n'attend pas. Elle a ses rythmes et ses droits. Vouloir la conquérir revient à la ravager. Il va falloir imaginer autre chose, une cohabitation plus sereine, un futur où la vie continuerait différemment. Ne regardez pas ailleurs. Rien n'est fait. Nous sommes en retard côté informatique, nous nous lavons seulement un jour sur deux ou sur trois, ne parlons pas l'anglais et bataillons avec ce monde dématérialisé que la société nous impose. Le combat de la matière est loin d'être tranché mais, OK, nous allons vous rejoindre. Ce n'est pas une fable, ce n'est pas un jeu, ce n'est pas non plus une utopie, juste un pari, un coup de dés lancé sur la table commune. Certains prennent le métro en dévorant des cheeseburgers, d'autres cultivent la terre ou saignent des poulets, mais nous sommes tous les mêmes électeurs que les écrans abrutissent. Les réseaux sociaux, Internet, la télévision, la bagnole et la cuisine nous réunissent, qu'il faudra peut-être partiellement laisser sur la touche, de même que l'idée d'être toujours plus heureux en s'enrichissant, et toujours plus amers en lorgnant nos voisins. Mais ça va, ça va... Pour le moment il suffit d'aller voter.

Le commandant Thomas apparaît pour la première fois à la télévision avec son long visage crayeux, ses godillots lacés et son béret rouge de parachutiste. Il a refusé, ainsi que l'infirmière et Zuita, de participer aux débats télévisés précédant le premier tour de l'élection. Il n'aime pas ces jeux de quilles. Pour lui, il n'y a rien à démolir. La comédie médiatique a assez duré. La direction de la deuxième chaîne, faute de mieux, a donc choisi de placer trois représentants de la société civile face au vieux militaire taiseux, en espérant que la caissière de supermarché, l'ouvrier diéséliste et la jeune chargée de communication qui les accompagne sauront lui porter la contradiction. Le commandant se fiche d'être contredit. Peu importe qu'on l'épaule ou qu'on l'étrille : rien ne le fera dévier du chemin qu'il s'est tracé. C'est à lui que revient la tâche d'expliquer aux Français qu'il va vraiment falloir changer de braquet. Il est là, have et concentré, expliquant à la journaliste de France 2 qu'il est vain et contreproductif de répondre aux critiques ou aux insultes de ses adversaires. Ces injures claquent dans le vide sans répondre à l'urgence. Il les balaie d'un revers de manche.

Côté climat, les choses sont parfaitement claires, on n'a pas le choix. La planète n'a plus de réserves. L'urgence est avérée. Aucune temporisation n'est possible. Il faut intervenir rapidement, montrer la voie en quelque sorte. Si une dictature transitoire permet d'adopter sans tarder un certain nombre de réformes essentielles et si les électeurs ont la possibilité de revenir sur ces transformations après trois ans d'essai, un grand pas aura été franchi pour la sauvegarde du bien commun. La démocratie reprendra ses droits et d'autres nations suivront. Le triumvirat souhaite que les Français vivent pleinement cette période autoritaire durant laquelle un certain nombre de transformations cruciales seront décidées et mises en œuvre. Myriam se chargera de les présenter tout à l'heure aux téléspectateurs, mais c'est à lui, Thomas, qu'on appelle le commandant mais qui, en réalité, est un ancien général des parachutistes de la 11e BP, à lui que reviendra la charge d'assurer la sécurité pendant cette période capitale et de veiller, avec l'aide des forces armées, à la bonne application des réformes. Certains changements seront douloureux et provoqueront des mouvements de contestation au sein même du corps social. Ces remous sont inévitables, peut-être même compréhensibles, et il est de son devoir de détailler les méthodes répressives qu'il compte utiliser pour y faire face et honorer ses engagements devant le peuple.

Le militaire énonce différentes formes de répressions auxquelles il aura recours d'une voix si tranquille et si déterminée que la journaliste n'ose pas l'interrompre. Après dix minutes d'explications glaçantes où il précise comment il pourrait mobiliser l'armée pour dégager les réseaux autoroutiers investis par des camionneurs en colère, prévenir les manifestations, bloquer l'accès aux réseaux sociaux, pister les déplacements des responsables de l'opposition, imposer un couvre-feu, limiter les regroupements comme pendant la pandémie, démanteler les piquets de grève pour permettre aux ouvriers ou aux étudiants non grévistes d'aller au travail, etc., Myriam débarque sur le plateau, prend la parole et calme le jeu. Le gouvernement n'arrivera pas à de telles extrémités puisque les électeurs auront tranché et que, d'ordinaire, dans ce pays, on ne remet jamais en cause le verdict des urnes. L'infirmière s'assied devant la caméra, rappelle que l'article 16 de la Constitution sera mis en œuvre légalement et ouvre ses dossiers. Les réformes à venir concernent trois grands types de questions.

Elle commence par décrire les innombrables passoires énergétiques qui déshonorent depuis trop longtemps le parc immobilier français. Prenant à témoin les représentants de la société civile présents sur le plateau, elle déclare que ces passoires seront identifiées en tout premier lieu et rénovées dans l'urgence. L'État financera entièrement les travaux d'isolation concernant les maisons occupées par des ménages à revenus modestes. Les autres, locataires ou propriétaires, bénéficieront de crédit d'impôts ou d'aides ponctuelles. Par contre, les entreprises privées ou publiques devront s'acquitter elles-mêmes des frais occasionnés par les mises aux normes de leurs établissements.

La question des réacteurs nucléaires qui ont largement dépassé l'âge limite de quarante ou cinquante années au-delà duquel, selon leurs propres concepteurs, ils ne peuvent rester en activité, est prioritaire. Ces casseroles énergétiques seront mises à l'arrêt l'une après l'autre au cours des trois ans qui viennent. Le personnel des centrales concernées qui, de fait, se retrouvera au chômage, sera intégralement réemployé aux démantèlements. On sait que ces opérations durent au moins deux décennies. Parallèlement, les dérogations accordées à certaines centrales dont les rejets augmentent excessivement la température des fleuves qu'elles bordent seront supprimées.

Un effort considérable sera fait en direction des énergies alternatives avec le développement massif de l'éolien, de la géothermie et du photovoltaïque. Le laps de temps réservé aux enquêtes publiques et aux études d'impact sera nettement diminué. L'État prendra à sa charge trente pour cent du coût des recherches concernant les nouveaux procédés de réserves énergétiques, en particulier les batteries de dernière génération et le stockage de l'électricité au moyen de l'électrolyse de l'eau. La filière de l'hydrogène, spécialement encourageante elle aussi, sera massivement subventionnée, ainsi que la capture du CO_2 et son éventuel stockage dans les aquifères salins. L'utilisation des ciments bas carbone sera généralisée dans les entreprises du bâtiment. Les simulateurs et ordinateurs quantiques permettront d'explorer certaines pistes prometteuses mais partiellement laissées de côté à ce jour, comme celle de l'hydrogène natif, de l'énergie osmotique ou de la capture des radicaux hydroxyles.

La question des transports et de la pollution automobile est également privilégiée avec le retour d'une vignette automobile indexée sur la puissance et le poids des véhicules, l'arrêt immédiat des subventions aux constructeurs de voitures thermiques, une aide significative pour tout achat de véhicule électrique et, surtout, la mise en place d'un ferroutage obligatoire pour les poids lourds amenés à traverser la France. Découle de cette dernière prescription la nécessité de réhabiliter les anciennes voies de chemin de fer du pays et les gares attenantes, ainsi que d'offrir une formation professionnelle complète aux chauffeurs routiers contraints de se recycler rapidement, de se diriger vers le fret ferroviaire.

Un certain nombre de problèmes concernant l'agriculture, l'élevage intensif, l'économie de l'eau et l'utilisation incontrôlée des produits phytosanitaires seront tranchés eux aussi dès les premiers mois : aides aux petites exploitations agricoles ; subventions pour les cultures et élevages biologiques ; interdiction des pesticides de type Roundup et de l'ensemble des insecticides systémiques ; interdiction de mégabassines siphonnant sans complexe les nappes phréatiques ; subventions aux retenues collinaires ; levée du monopole des semenciers ; soutien aux circuits courts et aux achats de proximité.

La question de la parité homme-femme est également primordiale dans le projet présenté par l'infirmière. Les femmes, davantage sensibilisées aux questions environnementales que leurs collègues hommes, continuent d'être victimes de discriminations salariales et d'un sexisme larvé et terriblement efficace. Un lissage rapide des écarts de rémunération entre hommes et femmes à compétences égales sera imposé dans les entreprises. La parité dans les organismes décisionnels sera instaurée et l'obtention des différents aménagements fiscaux conditionnée à l'accès des femmes aux postes stratégiques.

Enfin, le principe d'une empreinte carbone individuelle qui a déjà été expérimentée avec succès dans la région de Dibona sera étendu à l'ensemble du territoire. Des bonus et crédits d'impôts seront accordés aux utilisateurs qui adoptent un comportement citoyen face aux différentes menaces écologistes. Des malus seront imposés aux contrevenants, sans véritable pénalité pendant une période transitoire de six mois. En parallèle, une Agence nationale des énergies décarbonées sera créée qui, en cas de différend, aura la primauté sur tous les autres ministères, en particulier ceux des Finances et de l'Industrie. Pour finir, l'ancienne taxe carbone sera réactivée, les portiques sur les routes et autoroutes reprendront du service en tenant compte cette fois des spécificités géographiques et de l'éloignement de certains territoires.

Notre dépendance aux énergies fossiles devra donc être radicalement réduite et réévaluée mois après mois. La nation ne peut plus prêter le flanc au dictat des différents fournisseurs de gaz et de pétrole. L'indépendance énergétique qui devrait se profiler à la suite de ces réformes et de ces efforts, même limitée, même relative, est la seule manière de faire face au chantage des pays producteurs qui rêvent d'asseoir leur puissance en mettant peu à peu l'Occident à genoux.

Quelques problèmes annexes seront abordés dans un second temps, comme celui de l'eau fossile, de l'implantation anarchique des grandes surfaces, de la production d'acier et d'aluminium sur le territoire national, la fabrication des médicaments génériques, la suppression de certains aéroports régionaux, la primauté de l'intérêt collectif sur les contestations locales en ce qui concerne les éoliennes et les fermes photovoltaïques, la limitation à un voyage annuel en avion pour les particuliers et le doublement des taxes pour la classe affaires, le problème des croisiéristes de luxe, l'interdiction des cheminées ou autres foyers ouverts, etc.

Myriam expose tout cela d'une traite. La jeune caissière lève alors la main et, d'une petite voix, d'une toute petite voix, en s'excusant presque de prendre la parole, murmure qu'il faudrait aussi développer les différentes pratiques du soin, les métiers de l'attention et de l'accueil. Canine approuve. Le diéséliste et la chargée de communication hochent la tête gravement, sans poser davantage de questions. La journaliste, sourcils froncés, trouve qu'ils font vraiment triste mine. Elle ne s'attendait pas à cette absence de réaction, cet air soumis et préoccupé.

Canine revient quelques instants à son programme pour préciser que le financement des réformes dont elle parle n'est pas encore finalisé, mais le trio envisage d'ores et déjà trois ou quatre pistes distinctes : la vente d'une partie substantielle des réserves en or de la Banque de France, le retour de l'ISF, un emprunt de 300 milliards d'euros à la Banque centrale européenne et, dans un second temps, un grand emprunt auprès des particuliers.

Le président en exercice a promis de ne pas dissoudre la Chambre s'il était réélu. Myriam fera de même. La représentation nationale restera donc en place pendant trois ans mais n'aura qu'un rôle consultatif. Le triumvirat prendra toutes ses décisions en vertu des pleins pouvoirs que lui aura octroyés l'article 16. L'exercice parlementaire actuel se termine précisément au terme de cette période de trois ans au cours de laquelle les réformes qu'elle vient de décrire seront menées tambour battant. Après quoi, comme promis, il y aura de nouvelles élections législatives et le processus démocratique sera rétabli.

En une semaine, les opinons favorables au triumvirat grimpent en flèche. Myriam, conformément à ses engagements, continue de refuser les face-à-face avec les autres candidats. Ce sont de grands-messes stériles où chacun étale son habileté et sa rouerie. Elle préfère multiplier les meetings. Il faut ratisser large, discrètement, et elle se félicite d'être entourée par des gens aussi différents que Sylvain Lhomme ou le commandant Thomas. Le positionnement du pilote, fervent adepte des nouvelles technologies, tranche avec celui du commandant qui s'en défie comme de la peste et qui, de son côté, séduit les retraités et les tenants de l'ordre républicain. Sans en être vraiment conscients, ces deux-là ratissent large eux aussi, l'un avec la jeunesse, l'autre avec les retraités, les anxieux. Liseron et ses potes, de leur côté, essaient de convaincre de nouveaux électeurs d'aller dans l'isoloir. Et Myriam, qui prétend que le bonheur peut croître quand le reste décroît, rameute les Français plus modestes, ceux pour qui l'évolution millimétrée du pouvoir d'achat de ces derniers mois n'a rien changé. Une vie nouvelle est envisageable pour eux aussi, qui ont occupé les ronds-points, une vie plus juste, moins énergivore, plus respectueuse de la nature dont ils font partie au premier chef, une existence peut-être même enviable si, passé trois ans, le retour à la vie démocratique n'est pas une utopie et si, pour cela, un certain nombre de garde-fous efficaces sont érigés.

32

Passe ton chemin, homme morose. Cesse de chercher des coupables autour de toi. L'aigreur a fait son temps. La complainte des frustrations n'est plus de mise et chacun constate à présent que la campagne électorale est en train de prendre un tour nouveau. La curiosité est là. L'ambiance change soudainement. La confiance revient. Les écologistes de la Drôme ont clairement le vent en poupe. L'infirmière, de retour de la capitale, a le sentiment de marquer des points jour après jour mais, en parallèle, de ne jamais avancer assez vite. Sylvain Lhomme a peut-être raison en ce qui concerne les médias. La simple exposition du programme, bien qu'indispensable, est au bout du compte assez frustrante. Il faudrait concevoir une forme de débat public répondant aux critiques des candidats qui accusent Myriam et ses colistiers de refuser tout dialogue, de mépriser l'électorat. Les cabossés de Foncouverte, en l'occurrence, ont plutôt tendance à leur donner raison. Il faut convaincre les jeunes et les abstentionnistes de s'intéresser à la politique, imaginer une façon originale de communiquer, peut-être un *live* sur Internet, un *stream* sans aucun filet, capable de susciter la curiosité des internautes et de couper l'herbe sous les pieds des autres débatteurs professionnels.

Le triumvirat réunit ses militants dans la vallée de l'Ennuye et se laisse peu à peu gagner par cette idée. De nouveaux électeurs se sont inscrits sur les listes électorales - essentiellement des jeunes ou des Français d'origine maghrébine -, et ils pourraient bien faire la différence cette fois-ci. L'infirmière charge donc Liseron et Sylvain Lhomme de réfléchir à la meilleure manière d'innover en matière de communication sur les réseaux sociaux.

Ce n'est qu'une réunion de travail mais une bonne partie des habitants se retrouve sous le grand tilleul, à boire des bières ou des kirs à la châtaigne en écoutant Liseron privilégier la plateforme Twitch et, une minute après, l'ancien pilote de la centrale lui porter la contradiction en préférant YouTube, Facebook, TikTok ou Instagram... Tous deux s'accordent sur le fait que les habitudes doivent évoluer sur le Net, que les followers devraient pouvoir interagir librement dans le *live* des réseaux sociaux et non plus seulement par l'intermédiaire de quelques tweets sélectionnés par leurs animateurs. Il faut concevoir un tchat sans tri préalable ou même, pourquoi pas, des interventions visuelles aléatoires déterminées après attribution d'un numéro à quelques participants sélectionnés au hasard avec un boulier de type *Française des jeux*. Il s'agit d'innover ici aussi, en finir avec les manies des influenceurs qui, sous couvert de liberté participative, choisissent tranquillement leurs interlocuteurs.

Sauf que la controverse en direct et dépourvue de filtre expose à un certain nombre de dérapages. Les interventions pourraient dégénérer, le *live* se retourner sur lui-même comme un vieux parapluie. Liseron sourit à l'autre bout de la table. Les jeunes n'aiment pas les parapluies, ils préfèrent les capuches… Elle se tourne vers Raoult Champier qui regarde dans le vide non loin d'elle, attablé sous le grand tilleul, une capuche bleu sombre rabattue sur le front.

« Pas vrai, Raoult ? »

Il n'entend pas, tapote les tréteaux d'une main, se triture le visage de l'autre, bouge la tête imperceptiblement. Il est très pâle. Liseron, troublée, s'approche, pose la main sur son bras. Les autres continuent à parler du *stream* auquel voudrait s'exposer la députée, mais la boiteuse comprend que lui ne pense qu'à Romaine, qu'il n'en finit pas de penser à leur petite fille. Il se mord les lèvres, cligne sans arrêt cette paupière qu'il a si péniblement réappris à bouger et qui donne parfaitement le change à présent. Elle lui souffle d'arrêter. C'est en train de devenir un tic mais il s'en fiche. Il se balance des tics. Il lui tourne le dos, se prend le visage dans les mains et demande à voix haute ce qu'ils fabriquent ici tous deux, dans le jardin de la députée, à parler de choses insignifiantes alors qu'ils ont perdu leur bébé, que les méandres de l'Ennuye sont à sec et que les températures ne baissent quasiment plus la nuit. Liseron essaie de sourire.

« Romaine n'avait pas la moindre chance de survie, Raoult. Elle n'a même pas eu le temps de voir le jour. Elle a seulement bataillé dans le noir. Chacun bataille dans son coin. Nous lui ressemblons en fait, sacrifiés avant même d'avoir eu le temps de découvrir notre rôle dans ce monde. Nous payons l'insouciance de nos parents. Nous sommes des proies qu'on surveille comme le lait sur le feu, des victimes, en fait. »

Elle balaie l'assemblée des yeux.

« Au mieux des faire-valoir. Moi, je préfère devenir une menace. Ou un clown, pourquoi pas.

— Arrête, Lise... »

Elle se détourne en serrant les poings. Personne ne l'appelle jamais ainsi, pas même sa mère, sauf lui précisément - Raoult Champier - et encore, les rares fois où ils ont fait l'amour.

« Un aiguillon, un clown triste, Raoult. On piaffe, on gueule, on s'envoie en l'air, on se bat, on s'aime comme des abrutis. Les adultes essaient de nous indiquer la voie, mais il n'y a plus rien à montrer. Nous allons défaire ce qu'ils ont construit et, quand ils le comprendront, ils hocheront la tête et baisseront les yeux. Au bout du compte, c'est nous qui devrons les consoler. Nous sommes leur remède, Raoult, une pilule difficile à avaler mais un médicament quand même. »

Elle sort le bandeau oculaire qu'elle gardait dans sa poche.

« C'est pas grave, on les console et on s'en fout. Inutile de se mettre à pleurnicher ou à gueuler comme l'autre matin au journal télévisé.

— Remède ou pas, la centrale de La Baume continue de fonctionner comme si de rien n'était. Ça fiche la trouille. Ils nous prennent pour des cons, Lise. C'est plombant. Je ne crois pas du tout en la victoire.

— Myriam talonne les deux autres candidats. Elle va coiffer au poteau le président sortant et, ensuite, ce sera une formalité... »

Raoult hausse les épaules d'un air dubitatif. Elle lui sourit de nouveau, de ce sourire craquant qui creuse ses fossettes. C'est vendu, Raoult ! Tu peux te mettre au boulot, commencer à réfléchir au menu pour le banquet de la soirée des élections. Myriam va gagner et une nouvelle ère s'annonce. Raoult cligne sa paupière et quitte le jardin en marmonnant qu'il n'y croit pas du tout. D'ailleurs Émir Germain, lui, n'a pas l'air convaincu non plus. Il a encore plus la trouille.

« Tout le monde a la trouille. »

Raoult hésite un instant au moment de franchir le portail. Il fait demi-tour, revient près de la boiteuse et lui souffle à l'oreille qu'il a préparé une tête de veau sauce gribiche dans l'appart de la mairie.

« Attention à l'arrogance du monde que nous voulons créer. »

Myriam commence par ces mots en prenant place devant la webcam. Elle est vêtue sobrement comme d'habitude - tailleur clair, pantalon, corsage -, mais Liseron, au dernier moment, lui a refilé le chèche bleu d'Émir qu'elle a jeté sur ses épaules. Le studio Twitch ressemble à une paillote, bleue également, un petit appentis indigo calé sous la verrière d'un ancien entrepôt industriel. Twitch, Instagram, YouTube, TikTok, Facebook peu importe, les projecteurs des médias vont bientôt illuminer la plateforme de la boiteuse. L'influenceur Éric Coultry en personne s'installe à côté de la candidate pour conduire le face-à-face avec les *viewers*. Un jeune cadreur leur tourne autour avec son téléphone portable.

Le premier internaute est plutôt discret, un ancien syndicaliste de la RATP qui demande à la candidate de développer son projet de relance verte. Canine explique que les problèmes du travail au noir et du chômage, récurrents dans notre pays, seront résolus par la création de milliers d'emplois verts, en particulier dans les secteurs de la rénovation des bâtiments, de l'éolien, du photovoltaïque, des transports, du recyclage ou même de certaines filières industrielles de pointe comme l'hydrogène, l'électrolyse, les dalles podo-électriques, les batteries de nouvelle génération, etc. Elle décrit cette politique de grands travaux, mentionne les emplois induits par la remise en état des anciennes gares et des lignes ferroviaires affectées au ferroutage mais n'a pas le temps d'aller plus loin. Anaïs, la copine de Liseron, a récupéré le trieur du loto de Dibona. Elle consulte son chronomètre, interrompt la discussion, fait tourner le boulier. Apparaît aussitôt un nouveau candidat, un garçon d'une dizaine d'années flanqué de deux adolescentes qui se déhanchent en brandissant leur téléphone. Le gosse ne pige pas qu'il est en direct sur la chaîne. Il bombe le torse et, d'une voix gourmande, demande à Canine si elle aime les fraises Tagada. Sa question provoque une salve de gloussements dans son dos. Myriam hausse les épaules puis, comme la règle le lui autorise, choisit de réfuter le gamin. Éric Coultry attrape le micro pour redire que le *live* ne dure qu'une heure. Ce n'est pas un divertissement. Le nombre d'interventions est limité.

Anaïs relance le boulier en pouffant de rire. Le cadreur pointe sa caméra sur ce petit sourire carnassier qu'on a déjà repéré devant les grilles du centre de rétention administrative. Le temps que s'établisse la connexion, Anaïs lui envoie un baiser du bout de l'index. Une avalanche de commentaires énamourés arrive immédiatement sur le *stream*, obligeant à passer à la seconde technique de tri. Le boulier de Dibona ne servira plus qu'à sélectionner les *followers* par groupes de cent ou de mille, peut-être davantage, relayé ensuite par un logiciel aléatoire qui se chargera du choix de l'intervenant au sein des groupes. Le côté hasardeux de la sélection est maintenu.

Apparaît donc la nouvelle internaute, une infirmière réanimatrice à l'hôpital de Garges-lès-Gonesse. Canine, ravie, la salue chaleureusement car elle a effectué un stage dans cette ville et connaît bien les lieux. L'autre ne relève pas la coïncidence, refuse de préciser dans quel service elle travaille et attaque bille en tête sur la question des migrants. C'est une cogneuse, à l'évidence. Elle a dû répéter son argumentaire devant le miroir de sa salle de bains et l'assène avec mépris, sans laisser la candidate s'exprimer. Au bout d'un temps le *streamer* essaie de redonner la parole à Myriam mais l'intervenante accapare le micro et poursuit sa diatribe en direct. C'est un déluge d'invectives et de contre-vérités. Éric Coultry constate en souriant que le nombre des *viewers* grimpe à nouveau de façon vertigineuse. Myriam, déstabilisée, montre quelques signes d'énervement. Coup d'œil au chronomètre. La communication est coupée. Anaïs sourit derrière sa manche puis, d'un geste, fait tourner à nouveau le boulier. Le logiciel aléatoire prend le relais.

« Le dépit et le ressentiment sont nos pires adversaires, on vient de le voir. Nos concurrents jouent sur ces sentiments très banals mais plutôt corrosifs et délétères. Je ne suivrai personne sur cette voie. Il n'y a pas de victime dans la présente course au pouvoir. La foule des aigris qui accompagne les principaux candidats se trompe. Le temps de la frustration est révolu. »

Un nouveau numéro arrive entre les mains d'Éric Coultry. L'intervenant en question apparaît à la seconde, mal réveillé, tout étonné de voir son visage surgir à l'écran. Il éteint sa clope, crache son chewing-gum, le colle à côté de lui sur une sorte de banquette en plastique puis, tout sourire, révèle qu'il est dans une rame du RER parisien. Il mâchouille son mégot et déclare qu'il n'y a que la bouffe et la baise qui vaillent en ce bas monde. Ça fait des plombes que le personnel politique lui casse les couilles. Et il en faut, des couilles, pour continuer à exercer sa profession, un métier pénible et mal payé, le pire de tous : livreur Uber Eat. Myriam hoche la tête avec commisération. Le type lui demande quelle est sa pizza préférée. C'est essentiel, de connaître la pizza préférée d'une candidate à la présidence de la République. Il rallume sa clope, déclare qu'il s'est inscrit sur le *live* pour avoir cette info en direct et énumère les spécialités maison : margherita, reine, napolitaine, quatre-fromages, diavola, calzone, forestière, capricciosa, quatre saisons. La liste s'arrête là. Il rote discrètement derrière sa manche. Myriam, après un temps d'hésitation, répond qu'elle aime surtout la pizza la plus ordinaire, la Bianca. Le livreur hausse les sourcils et inspire longuement. La fumée envahit le compartiment de métro. Canine lui conseille d'éteindre sa cigarette.

Suit un cariste de chez Amazon, le visage à demi dissimulé par une cagoule, qui propose à l'infirmière de taxer les GAFAM au plus vite, sans hésitation et sans faiblesse. Le type quitte le *live* immédiatement. Le *viewer* d'après agite les mains au-dessus de sa tête et, prenant les internautes à témoin, claironne qu'on est tous des *losers* et des gros cons à la fois... Alors, c'est bon, il va voter pour Canine. Ce sont les enfants qui vont payer la note et ils prennent tous parti pour elle. L'infirmière sourit. Elle marque quelques points, semble-t-il. Elle n'a guère le temps de profiter de l'embellie, perdant de nouveau l'avantage avec le spectateur suivant, tiré au sort comme les autres mais particulièrement vindicatif, un retraité alsacien qui, à peine arrivé dans le *stream*, se met à débiter une diatribe anti-écolo aussi éculée qu'efficace, bourrée de sous-entendus complotistes. Inutile d'essayer de raisonner ce genre de procureur qui dénonce tout à la fois la pseudo-dérive climatique, les farceurs du GIEC, la conjuration des grandes firmes pharmaceutiques, le complot des pédocriminels asservis aux banquiers juifs et aux nantis de Hollywood, l'invasion des migrants islamistes partout en Europe et la fin programmée de l'art de vivre à la française. Myriam fixe son interlocuteur droit dans les yeux. Elle le laisse parler sans répondre.

Arrive un étudiant en communication qui veut savoir pourquoi le triumvirat semble si défavorable à l'atome. Myriam, pédagogue, explique qu'elle n'est pas hostile à l'électricité d'origine nucléaire mais que certaines centrales sont tellement délabrées qu'il est du devoir des responsables politiques de les arrêter au plus vite, surtout après ce qui vient de se produire à La Baume. Une militante du mouvement L214 succède à l'étudiant, puis un employé de l'Équipement, une responsable de centre aéré, un antivax, un comptable furieux qu'on ose imaginer dilapider une partie des réserves d'or de la Banque de France, un céréalier de la Beauce, etc.

La rencontre touche bientôt à sa fin, sans gagnant ni perdant. Le boulier d'Anaïs désigne un dernier groupe de postulants. Arrive bientôt dans le *live* une femme entre deux âges, potelée comme Myriam, bienveillante et malicieuse, qui interroge la candidate sur ses prédilections en matière amoureuse. On ne lui connaît pas de compagnon ni, *a fortiori*, de compagne... Est-elle une de ces abstentionnistes du sexe qui, à l'image des électeurs qui décrochent de la politique, décrochent également de l'amour ? Que pense-t-elle de la condition des femmes tellement discriminées dans ce pays, quotidiennement assaillies dans leur corps ? Qu'en est-il de son corps à elle ? Que fait-elle de son corps et de ses désirs ? On est en droit de le savoir quand il s'agit d'une élection présidentielle. Myriam, surprise, lui répond d'une voix très douce que la situation des femmes est largement abordée dans son programme, qu'elle va s'atteler à ces différents problèmes mais que, la concernant, on touche au domaine de l'intime. Elle ne pense pas devoir répondre à ce genre de questions. L'autre acquiesce gravement. Elle précise qu'elle s'occupe de soins à domicile. Le problème de la sexualité se pose quotidiennement avec les patients dont elle a la charge. Puis, avec une sincérité désarmante, elle avoue que, du coup, elle ne sait plus trop où elle en est elle-même côté sexe. La ménopause aurait tendance à l'inciter à fermer la parenthèse, mais c'est plus fort qu'elle, elle n'y arrive pas.

Myriam plisse les yeux.

« Le sexe n'est jamais une parenthèse.

– Vous y arrivez, vous ? Vous préférez quoi, les hommes, les femmes ?... »

Myriam se passe une main sur la joue.

« Les jeunes, les vieux ? »

Myriam hésite une seconde puis, sincère à son tour, murmure que les femmes l'intéressent peut-être davantage à présent. L'autre a un petit rire triomphal.

« C'est ce que je pensais. »

L'infirmière commence à protester puis se met à rougir. Elle replie ses notes en baissant la tête, gênée de s'empourprer ainsi face aux internautes. Elle fait signe à Éric de passer à l'interlocuteur suivant mais le temps imparti à la dame n'est pas tout à fait écoulé. Finalement Myriam range ses affaires, se détourne de la cam' et bafouille que les amours d'une candidate à la présidence de la République ne devraient pas intéresser grand monde. Après quoi elle continue à rougir, pique vraiment un fard. Son front commence à transpirer. Anaïs glisse un doigt entre ses lèvres et siffle pour la remettre sur les rails. Myriam se lève, récupère le chèche bleu sur le dossier de sa chaise puis quitte le *stream* en faisant l'éloge du trio des meurtris de Foncouverte qui, eux aussi, chacun à sa manière, bataillent avec l'amour. L'influenceur récupère le micro et ajoute qu'à l'évidence quelque chose de profond et de très tendre unit la candidate aux cabossés de son village. Myriam hoche la tête. Elle espère qu'il en sera bientôt de même avec l'ensemble des Français.

Zuita et le commandant l'attendent à la sortie. Elle les rejoint, maugréant qu'elle aurait mieux fait d'accepter le débat télévisé classique qu'on lui propose depuis des semaines. Cette propension à rougir et à s'émouvoir pour des broutilles met en péril ses chances de figurer au second tour. Le commandant Thomas n'est pas de cet avis. Elle a répondu avec franchise à toutes les questions. Le désarroi qui l'a gagnée à la fin du *live* ne la discrédite pas, bien au contraire, il la rapproche des gens. De nombreuses femmes vont se sentir concernées par ses aveux. Les internautes ont vraiment été émus.

Le lendemain, l'image de l'infirmière rouge comme une pivoine fait le buzz sur les réseaux sociaux et deux sondages, coup sur coup, indiquent que le triumvirat vient à nouveau de gagner quelques points. Myriam a semblé compétente aux yeux des internautes, sincère, posée, à la hauteur de l'enjeu, ni timide ni entravée, seulement impressionnée vers la fin de l'émission par une interlocutrice de bonne foi. Canine s'est mise à rougir comme une gamine mais, peu importe, il n'y a rien de plus émouvant que quelqu'un qui rougit en évoquant l'amour. Elle ressemble à tout le monde. Elle est poreuse, perméable, sensible, incapable d'arrogance ou de morgue. Elle s'empourpre pour des riens. On a juste envie de l'aimer.

33

Un jour, rien qu'un jour, Liseron en est certaine, Émir sera troublé par la flambée de désir puissant et désordonné qui, depuis des mois, l'envahit tout entière à chaque retrouvaille. Il tombera en arrêt devant cet amour qui la ronge et l'exaspère. Il la regardera droit dans les yeux et, avec un petit rire étouffé, lui soufflera qu'elle est sa préférée, sa malicieuse, son épousée. Pour le moment il regarde ailleurs. Il n'a que faire des journées de liesse qui se profilent. Il se détourne et bat des ailes comme un oisillon hésitant à quitter le nid. Tranquille, peinard... Liseron bat des ailes également. Ils vont partir ensemble, c'est sûr. La situation politique évolue à grands pas dans ce pays, mais l'amour reste en embuscade et le nid en question est toujours suspendu au-dessus du vide comme tout au début.

Côté politique, c'est un succès inespéré pour Myriam et ses colistiers. Ils viennent de coiffer au poteau, d'extrême justesse, le candidat sortant.

L'amour se fiche des pourcentages mais, là, tout de même, il faut s'arrêter un instant : 21,6 % des bulletins exprimés sont allés à l'infirmière et à son triumvirat contre seulement 21,3 % pour le président en exercice, et évidemment, 23,4 pour la candidate de l'extrême droite. *Basta cosi.* L'amour veut tout, tout de suite, jamais de second tour, pas de miettes, surtout pas ces dixièmes de point ridicules séparant le deuxième candidat du troisième. L'amour n'a que faire de ces classements mais aujourd'hui on s'en fiche, c'est la stupéfaction. L'ancien président vient d'être balayé de la scène politique française. Évincé d'un chouïa, notre petit monarque central se fichant de la gauche comme de la droite. Bousculées, les traditions du vieux pays révolutionnaire. Il fait beau. Il fait chaud. La sécheresse commence à se faire sentir dans le sud du pays et certains observateurs en déduisent que la canicule qui se profile déjà a pesé sur le vote des Français. On voudrait le croire. Une sorte d'allégresse inédite gagne la population.

Il faut recompter l'ensemble des bulletins pour que la présence de Canine au second tour soit validée par le Conseil constitutionnel. La France retient son souffle. Les autres candidats ne trouvent pas de mots pour exprimer leur dépit et leur exaspération. L'ancienne gauche de gouvernement, laminée autant que l'extrême gauche par cette candidature surprise, se console à l'idée de ne pas être obligée de soutenir le candidat sortant au deuxième tour. Les écologistes fulminent avec leur maigre 4 %. Leur électorat s'est massivement tourné vers Myriam et ses projets autoritaristes. La droite classique voit ses mentors fuir le navire l'un après l'autre et sait bien où ces opportunistes comptent se refaire une santé. Et la candidate de l'extrême droite, elle-même, qui aurait tout lieu de pavoiser, se ronge les sangs car elle apparaît enfin pour ce qu'elle est, une politicienne rouée, une professionnelle n'incarnant aucun renouveau, une dirigeante qui gesticule sur la scène politique depuis trop longtemps et dont les coups de menton ont fini par lasser.

Quant au trio gagnant, il n'en revient pas. Il va remporter l'élection, c'est sûr et certain. Les sondages le confirment les uns après les autres, prédisant même une écrasante victoire aux tenants de la dictature écologiste dont la radicalité paisible semble avoir convaincu bien au-delà de leur propre camp. Les Français ont besoin de poigne et de changement. Impossible de faire marche arrière. Les visages de Myriam et du commandant Thomas parlaient d'eux-mêmes au terme de la nuit du dépouillement. Il est une densité du regard qui ne trompe pas, une gravité de la voix annonçant les combats à venir et la difficulté extrême de les remporter. L'infirmière a évoqué le temps d'après, elle en a parlé comme d'un paysage, une réalité lumineuse, coupée de brumes, qui échappera longtemps aux descriptions et aux pronostics. Quelque chose d'inouï est en train d'advenir. Les gens se croisent en se regardant droit dans les yeux, prêts à patienter quelques jours encore mais sachant qu'une page est en train de se tourner.

C'est une faille mineure, une pliure regorgeant de fossiles et d'éclats de calcite, une spirale géologique où il fait toujours bon se glisser. L'après-midi touche à sa fin. Le jour baisse, la nuit arrive. Elle tombera dans une heure, en temps voulu. Une forme de paix immémoriale s'installe aux abords de la montagne du Calvon. Les bêtes sortent de leur gîte en humant l'air du soir, le soleil va bientôt s'effacer de l'horizon avec son habituel rougeoiement qui, quoi qu'on dise, inquiète tout autant qu'il époustoufle. Émir et Liseron ont laissé Spoutnik à Pierrefeu, ils remontent le synclinal en se tenant la main. L'élection n'existe plus pour eux. Ni demain matin ni tout à l'heure. N'existe qu'un grand jadis érigé dans leur dos, dans notre dos à tous, le grand fourre-tout de l'histoire personnelle qui n'en finit pas de désigner des coupables, de nourrir les rancœurs, de nous tirer vers l'amertume avec parfois, tout de même, un peu d'amour en perspective ou un peu de politique en embuscade. Ou même une divinité à la manœuvre. L'amour, l'amer, le sacré... Liseron s'arrête pour cueillir un bouquet de chardons bleus. Elle grimace. On ne sait pas si ce sont les épines qui la blessent ou si cette histoire devient vraiment lassante. Elle explique au migrant qu'au moment où on lui ouvrait le ventre à la maternité, sa mère Zuita est allée immobiliser le battant de la vieille pendule du couloir, celle qu'on n'arrête jamais. Et quand le petit cercueil de Romaine a disparu sous la poignée d'abricots, elle l'a remise en marche. C'est ainsi qu'on salue les vies gâchées dans notre pays, avec juste un peu de temps volé.

Émir répond que sur les hauts plateaux de Guinée, le temps ne s'arrête pas, il n'y a même pas d'horloge. La vie s'écoule différemment. Les heures ne passent pas. C'est juste le Prophète qui passe, droit devant, accordé à ces montagnes au loin qui laissent peu à peu filer leurs dernières neiges, accordé aux bêtes sauvages, aux enfants des hommes et aux fruits qui gonflent dans les arbres. Le Christ passe lui aussi mais bien plus loin, comme un paysan, avec ses vêtements misérables et son sourire douloureux. Tous deux se croisent et s'entrecroisent aux extrémités du plateau. Ils nous disent de nous arrêter, d'ouvrir les mains et de regarder autour de nous. Parfois ils parlent, nous assaillent de questions et de promesses, nous étreignent, nous submergent comme la faim ou la fatigue. Ou la rage.

Peu importe. Ce qui compte, c'est l'étalon Spoutnik resté à Pierrefeu, c'est le synclinal, la lumière qui baigne ce pays, le regard doux et désirant qu'Émir renvoie pour la première fois à Liseron en se fichant royalement du second tour des élections. Elle pose les mains sur son visage. Il sourit, l'embrasse, recule jusqu'à la limite de la falaise, jette un coup d'œil aux vautours qui tournoient en dessous d'eux. Elle continue de le caresser comme tout à l'heure les flancs de l'étalon. Ce sont les mains de l'amour. Elle répète que ce sont les mains de l'amour, des mains malicieuses et esquintées à l'image de leurs deux existences. Il hausse les épaules. L'infirmière est en passe de gagner son pari. Le triumvirat va régner sur le pays trois années durant, pas une minute de plus, mais cette limitation, pour lui, est déjà une imposture. Un piège. Les dictateurs ne baissent jamais les bras. Il le sait, il en a trop connu en Afrique, il a croisé d'innombrables petits tyrans aux mains sales, à commencer par les passeurs libyens. Liseron répond que ses mains à elle sont douces et potelées et elles le caressent encore parce qu'elle a compris qu'il retournait au pays, lui, le désiré, le recueilli. Il a choisi de partir. Elle sait bien qu'il ne veut pas d'une nouvelle dictature, même provisoire, elle l'a deviné depuis le début mais, voilà, depuis tout ce temps elle continue de l'aimer. Il n'en doute pas. Il la serre dans ses bras. C'est un délice de la prendre dans ses bras, d'oublier les impunis de ce monde, de rêver loin au-dessus des sources de l'Ennuye. Il recule d'un mètre supplémentaire jusqu'à l'extrême bord de la falaise, balance sa jambe au-dessus du vide. Elle s'en fiche. Il peut côtoyer l'abîme tant qu'il veut, s'approcher tant qu'il voudra des vautours, elle n'a pas peur. Elle n'a peur de rien. Peut-être juste de son indifférence...

« Alors, c'est ça, tu rentres au pays ? »

Il hoche la tête. Liseron réagit en posant la main sur ses yeux et en écartant les doigts. Les champs de lavande, circonscrits par son index et son majeur, lui paraissent soudain incroyablement lumineux et bien dessinés. Il se mord les lèvres. Ce pays-là va lui manquer.

« Pas moi ? »

Émir ne répond pas. Il a l'impression d'avoir vécu un siècle depuis qu'il a quitté Conakry. Aujourd'hui, alors qu'ils viennent d'abandonner Spoutnik dans le hameau de Pierrefeu, qu'ils sont tous deux à la croisée des chemins, il hésite. Il hésite encore. Il n'y a pas si longtemps, après avoir abandonné son village, ses amis, son Dieu, sa croix, sa croisée, il a cru pouvoir marcher indéfiniment. Il savait marcher et dormir dans les fossés, pelotonné sur lui-même comme un chien. Maintenant il tourne le dos à ceux qui l'ont recueilli. Quelque chose de périlleux est en marche dans ce pays. Le commandant Thomas a beau se présenter comme le garant du retour à la démocratie, il est partie prenante de la dictature. D'ailleurs c'est lui qui raconte ici, c'est lui qui ordonne ce récit, lui, le rapporteur du moindre événement de la vallée de l'Ennuye, lui le narrateur qui dévoile, souligne, compare et exalte toute chose à sa façon rogue et millimétrée, à la sauce militaire, en se moquant du monde et de lui-même en tout premier.

« Tu sais bien que c'est lui qui raconte...

— Je me fiche de qui raconte. J'aime mieux ceux qui se taisent. Ou alors ceux qui prient.

— Les rois savent-ils encore prier, Émir ? Ici, non. C'est fini. Ils savent juste gesticuler et se battre... Alors c'est moi qui te prie à présent, mon amour. Je t'en prie, mon roi. Je veux partir aussi. Je t'en supplie de ma voix étranglée et dont le grain rauque bouleverse les hommes. Lorsque je me suis penchée sur la banque de la coopérative avec mon sac à main minuscule et que j'ai parlé avec cette voix trouble, le fils Savajol a oublié de fermer son tiroir et de cacher le tuyau. C'est absurde. »

Émir marmonne que tout ce qui est rauque appartient à Dieu. Il ajoute que les femmes, tout aussi bien, sont faites pour l'oraison et le brame.

« De quoi parles-tu ?... On s'en fiche. C'est pour nous que le vent se lève. Oublie tout, Émir. Emmène-moi en Guinée. J'ai dix-sept ans, un passeport neuf et un peu d'argent de côté. Tu connais les passeurs, n'est-ce pas ?

— Au retour, c'est plus facile. »

Il ôte son pied du précipice. Elle ôte ses mains de ses yeux.

« Au retour, il n'y a plus personne à transporter. Parfois même ils abandonnent leurs bateaux sur les rivages d'Italie ou de Grèce.

— Ils nous emmèneront. Et on emmènera Romaine par la même occasion. Le juge a fini par ordonner une autopsie. Il n'a pas cédé aux pressions d'EDF. J'ai donné mon accord pour qu'on exhume ma petite fille mais je ne pourrai jamais l'enterrer une seconde fois. Trop dur. Je vais la faire incinérer et j'emmènerai ses cendres avec nous. Tu es d'accord, Émir ? Tu veux bien me montrer ton pays ? Tu veux m'aider à fuir le mien ? On pourrait rejoindre ta grand-mère dans les montagnes, lui demander d'ouvrir le vase à l'entrée du village, remuer vos ancêtres avec la cuillère de padouk et y déposer Romaine. On pourrait la mélanger à ceux de ton clan et, ensuite, y goûter tous un petit peu, très doucement, pour ne rien oublier. »

Remerciements à Christine Bry, Julien Brocard, Pierre Astier, Olivier Fert, Bernard Laponche, Roland Desbordes, le CNL, Fabien Robert, Corinne et Alex Fage, Denis et Nicole Jeambar, Hervé Le Tellier, Claire Doubliez, Bruno Berthet et tous ceux sans qui ce livre n'aurait pas vu le jour.

Cet ouvrage a été composé par Soft Office

Imprimé en France
par DUPLIPRINT
733, rue Saint-Léonard, 53100 Mayenne
mai 2023 - N° 2982355B

DUPLIPRINT est titulaire du label imprim'vert®